DistelLiteraturVerlag

*Pascal Dessaint*, 1964 in Dunkerque geboren, lebt heute in Toulouse. Nach dem Geschichtsstudium übte er verschiedene Berufe aus wie Nachtwächter, Museeumswärter, Radiomoderator und veröffentlichte 1992 seinen ersten Roman. Seitdem hat er 15 Bücher geschrieben und erhielt mehrere Preise, darunter 1999 den «Grand Prix de littérature policière».

# Pascal Dessaint
# Schlangenbrut

Aus dem Französischen
von Katarina Grän

DistelLiteraturVerlag

Dieses Buch erscheint mit Hilfe des
*Ministère français de la culture –
Centre national du livre*

Deutsche Erstausgabe

Sonnengasse 11, 74072 Heilbronn
Die Originalausgabe erschien 2005
unter dem Titel «Loin des humains»
bei Éditions Payot & Rivages (Paris)

Druck und Bindung: Fritz Steinmeier, Nördlingen
ISBN 3-923208-77-4

*Für meinen Freund Valerio Evangelisti*

Die Schwierigkeiten des Lebens führen zu einer besonderen Form der Melancholie, die schließlich in einem Zusammenspiel aus Gesten, Blicken und Desastern zum Ausdruck kommt.

*Jim Harrison*

# MITTWOCH

## 1

## JAQUES LAFLEUR

Jaques Lafleur war kein Name der Vorsehung. Jaques mochte Blumen nicht besonders, genau genommen waren sie ihm gleichgültig, auch wenn sie in diesem Fall ein treffender Indikator seiner psychischen Verfassung waren. Sie war schlecht.

Jaques betrachtete die Dornensträucher. Es war Zeit, daß er etwas tat. Seine Hände gebrauchte. Sich beschäftigte. Egal womit. Er warf einen Blick in Richtung der Fenster, und es schien ihm, als hätte sich ein Vorhang bewegt. Pure Einbildung.

Jaques lenkte seine Aufmerksamkeit wieder auf die Ranken, die ein unentwirrbares Geflecht bildeten. Es war nicht mehr möglich, den Garten zu durchqueren, ohne sich die Beine an den dicken Dornen zu zerschrammen. Eines Abends hatte Jaques dort auf der Terrasse gesessen und ein Geräusch gehört. Anfangs hatte er an eine Katze gedacht, aber kurz darauf war ein Igel zum Vorschein gekommen. Das Tier war gut genährt, unerschrocken. Am späten Nachmittag hatte es stark geregnet, und Jaques hatte ihn danach getauft: Orage – Gewitter. Was würde Orage denken? War dieses Dornengestrüpp nicht die ideale Zuflucht für ihn? Orage war auf der Terrasse Zickzack gelaufen, ohne ihn auch nur wahrzunehmen und dann in einen anderen Garten verschwunden.

Konnte man Jeannes Garten überhaupt noch als solchen bezeichnen? Beim Gedanken an Jeanne dachte Jaques an einen Leuchtturm auf feindlichem Gebiet. Jeanne, einer der Gründe für sein Desaster. Jeanne, ein sicherer Hafen zunächst, dann die reinste Qual.

Was für eine irrwitzige Idee Jeanne gehabt hatte! Vor einigen Jahren hatte sie beschlossen, den Garten neu zu gestalten. Sie war noch gut bei Kräften. Sie hatte die Erde umgegraben. Sie hatte Bäume und Sträucher ausgerissen. Jeanne wollte einen schönen Rasen. Und dann eine Gartenlaube, an der Brombeeren wachsen sollten. Sie liebte diese Früchte, zog ihren Geschmack dem der Himbeeren vor. Sie hatte die Sträucher nach allen Regeln der Kunst anspaliert. Aber dann …

Fortan, je nach Jahreszeiten, den größten Teil des Tages der prallen Sonne ausgesetzt, hatten die Stecklinge, die sie ursprünglich gesetzt hatte, sich im Laufe der Zeit durch natürliche Ableger vermehrt und ihre dornigen Tentakeln in alle Richtungen ausgestreckt, bis schließlich ein undurchdringliches Dickicht entstanden war. Auf diese Weise hatten sie den ganzen Garten eingenommen und sobald sie die Einfriedung erreicht hatten, die ihn abgrenzte, waren sie noch dichter geworden, waren in den Himmel gewachsen und in die Breite gegangen und hatten sich hoffnungslos ineinander verschlungen. Die Gartenlaube war schon lange nicht mehr zu erkennen, im Winter ließ sich das Dach gerade noch erahnen.

Jaques hatte diese Brombeerranken monatelang vor Augen gehabt, ohne daß sie ihn gestört hätten. In seinem Zustand hätte er sowieso nicht gemerkt, wenn der Boden unter seinen Füßen nachgegeben hätte, wenn ihm der Himmel auf den Kopf gefallen oder was immer sonst für eine Schweinerei eingetreten wäre, die das Leben für ihn noch bereithalten mochte. Einzig der Bewegungsdrang, das Bedürfnis, seine Hände zu gebrauchen – bestimmt nicht der Wunsch,

Jeanne einen Gefallen zu tun – bewirkten, daß er sich jetzt darum kümmerte. Damit würde er für ein paar Tage die Zeit totschlagen. Das Gestrüpp mußte tief an den Wurzeln gepackt werden. Er würde Handschuhe brauchen, einen Spaten, eine Gartenschere. Sicher würde er diese Dinge in der Garage finden. Er würde sich nicht damit aufhalten, die Früchte zu pflücken, die noch nicht in der Sonne verdorrt waren. Dieses Jahr waren fast alle Beeren entweder der Sonne oder den Vögeln zum Opfer gefallen, wie dieser frechen Grasmücke, die direkt vor seiner Nase die Beeren verschlang. Jaques konnte ihr nicht sehr gefährlich erscheinen.

Kannte er die Heilkraft dieser Pflanze überhaupt? Hätte er sie gekannt, hätte Jaques sein Vorhaben vielleicht auf später verschoben, willensschwach wie er war. Er hätte einen ausreichenden Vorwand darin gefunden. Er hätte seine Schritte nicht plötzlich in Richtung Garage gelenkt. Er wäre vielleicht nicht gestorben. Oder nicht auf diese Weise.

Die adstringierende Eigenschaft der Brombeere hat eine wohltuende Wirkung auf die Schleimhäute. Wirksam gegen Hautflechte, Akne, Ekzem oder auch Furunkeln, ist sie ebenfalls ein bewährtes Mittel bei der Behandlung des Trippers. Schon der griechische Arzt Dioskurides empfahl sie zur Anwendung bei Darmträgheit und Gebärmuttersenkung, zur Festigung des Zahnfleisches, zur Behandlung von Geschwüren oder der Schmerzlinderung von Hämorrhoiden. Jaques hatte keine Ahnung von derartigen Eigenschaften. Dafür kannte er eine italienische Legende. Der Legende zufolge hatte die Brombeerfamilie früher eine Herberge geführt, aber so vielen Reisenden Kredit gewährt, daß sie den Laden dicht machen mußten. Seitdem postierten sie sich an Wegen und Kreuzungen und krallten sich alle, die vorüberkamen, mit ihren gefürchteten Dornen, damit sie bar bezahlten. Jaques hatte schon bar bezahlt.

Wie erwartet fand Jaques alles, was er brauchte, in der Garage. Er ölte die Gartenschere, zog Stiefel an und streifte eine Joppe über – mottenzerfressen zwar, aber sie würde einen guten Schutz abgeben –, auch Handschuhe, und ergriff dann einen Spaten.

Als er wieder auf der Terrasse stand, fragte er sich trotz allem, ob er es nicht sein lassen sollte. Er kehrte dem Haus den Rücken zu. Er musterte die Dornensträucher. Wo anfangen? In der Mitte vielleicht. Eine Bresche schlagen. Zur Mauer dahinter vordringen. Mechanisch betätigte er die Schere, wie um sich warmzumachen. Dann verbreiterte er die Schneise, Schritt für Schritt. Nach und nach würde er in der Mitte des Gartens Haufen zusammentragen. Später, wenn die Zweige ein wenig trockner wären, würde er sie verbrennen. Wenn er es jetzt machte, riskierte er, daß er die Kontrolle über das Feuer verlor und es sich auf die angrenzenden Grundstücke ausbreitete. Es war Spätsommer und es wehte eine leichte Brise. Und dann würde Orage sterben. Der Igel bedeutete ihm mehr als Jeanne. Die Grasmücke für ihren Teil würde davonfliegen, sie würde woanders etwas zu picken finden.

Hätte er es sich anders überlegt, der Antriebslosigkeit nachgegeben, die sein Verhalten seit so vielen Monaten bestimmte, oder auch nur ein paar Sekunden gezögert, bevor er begann, die Brombeeren zu beschneiden, hätte er sicher gehört, wie jemand das Tor öffnete und den Weg hinaufkam, der am Haus entlangführte.

Jaques war ganz in seine Arbeit vertieft. Der Schweiß trübte seine Sicht. Seine Muskelkraft ließ nach und die Arme schmerzten bereits ein wenig. Jemand legte eine Hand auf seine Schulter.

## 2

## FÉLIX

Dem Artikel zufolge, den ich gerade gelesen hatte, gab es weltweit über hundertsechzig Programme zur Auswilderung von Raubtieren, aber keines interessierte sich jemals für die Auswirkung auf die Beutetiere. Offensichtlich konnte Naivität gegenüber Gefahr sich als fatal erweisen. So waren gegen Ende des Quartärs mehr als die Hälfte der hundertsiebenundsechzig Arten großer Säugetiere von der Erdoberfläche verschwunden, als sie menschlichen Jägern begegnet waren. Ein Beutetier, das die Gewohnheit verlor, auf Raubtiere zu treffen, nahm sich nicht mehr in Acht, es wurde «naiv». Dieses Phänomen war in Gegenden zu beobachten, in denen die großen Fleischfresser ausgestorben waren. Wenn man sich nun dafür stark machte, sie wieder auszusetzen, würden die Pflanzenfresser ihre Reflexe zurückgewinnen. Eine erste Generation fiele den Angreifern wehrlos zum Opfer und danach würde alles wieder ins Lot kommen. Ich spann den Faden weiter. Unsere Gesellschaft bestand aus einigen Prachtexemplaren von Fleischfressern, den Mördern und Vergewaltigern. War es denkbar, rein hypothetisch, daß wir in ihrer Abwesenheit «naiv» wurden? Wie viele Generationen müßten vergehen, bis eine junge Frau nachts in feindseliger Gegend spazierengehen könnte, ohne zu fürchten, daß sie abgemurkst wurde? Ich spann den Faden noch weiter. Wenn man den Fiskus abschaffte, wie lange würde es dauern, bis man bei dem Gedanken an den Erhalt seines Steuerbescheids kein Muffensausen mehr kriegte?

«Willst du Blütenblätter für Paul?»

Ich sah von der Zeitung auf. Mein Urlaub ging zu Ende, drei Wochen, dazu einige längst fällige Tage Überstundenausgleich. Wir hatten einen Teil davon in der Toskana verbracht und uns pudelwohl gefühlt. Die Touristenfallen hatten wir soweit wie möglich vermieden, und ich hatte mich widerstandslos in unzählige Kirchen und Klöster schleppen lassen. Es waren herrliche Tage gewesen, und es war mir fast gelungen, zu vergessen, daß Berlusconi an der Macht war. «Verneige dich», scherzte Élisa als wir gewisse Ikonen betrachteten, «und vielleicht finden wir uns bald im Herzen einer Revolution wieder, beeil dich, uns bleiben nur noch drei Tage!» Es schien mir unglaublich, daß die Italiener so lässig bleiben konnten. Wie viele hatten sich nach den Ereignissen in Genua gefragt, ob sie nicht lieber die Koffer packen sollten? Italien wurde von mindestens einem großen Raubtier beherrscht. Wäre Élisa naiv geworden? Nun mach aber mal halblang, entspann dich!

Um mich zu entspannen, spannte ich aus. Seit einer Woche machte ich es mir schon an Deck der *Julip* bequem, wie auch jetzt wieder, in einem Liegestuhl unter dem Vordach. Ich hatte Pauls Käfig auf die Ankerwinde gestellt, und wir gaben ein beispielhaftes Paar Nichtstuer ab. Er reckte seinen schuppigen Hals nach einigen Lichtstrahlen, die durch das Astwerk blitzten, und ließ sich hin und wieder dazu herab, mir einen ausdruckslosen Blick zuzuwerfen, während ich mir die Zeit mit Schmökern vertrieb, eisgekühlten Tariquet süffelte und Gras rauchte. Es war die richtige Jahreszeit, und Élisas Pflanzen trugen reichlich. Wir verbrachten einige sehr angenehme Abende. Manchmal verging sogar eine ganze Weile, ohne daß ich an Magali dachte.

«Gleich», brummte ich und schielte schamlos auf ihre bronzefarbenen Beine. Élisa kehrte mir den Rücken zu, und ihre Hände flatterten durch die Windengewächse.

«Weißt du, daß wir heute den Elften haben?»

«Na und?»

«Klingelt da nicht was bei dir, Flugzeuge in Türmen und Türme in Trümmern?»

«Schert mich einen Dreck ...»

«Bist du schlecht gelaunt?»

«Morgen geht's wieder in den Bunker. Ich hätte nichts gegen eine Verlängerung ...»

«Du Ärmster ... »

Élisa hatte bereits wieder angefangen. Sie arbeitete in den städtischen Gewächshäusern, etwas weiter den Kanal hinunter. Dort hatte ich sie im Laufe der Ermittlungen über den Mord an Jérômine Gartner kennen gelernt. Ich war seit unserer ersten Begegnung aus dem Gleichgewicht, seit ich über die oberste Schiffsplanke getreten war. Jetzt waren wir schon über zwei Jahre zusammen, wir zwei. Élisa hatte mir viel über Pflanzen beigebracht, die ich jetzt mit anderen Augen sah, und es erschien mir ganz normal, wenn sie begann, mit ihnen zu sprechen, um ihnen zu schmeicheln oder mit ihnen zu schimpfen. So manches Mal hatte sie mir erklärt, daß Pflanzen intelligenter wären als wir. Wie am ersten Tag zog sie mich in ihren Bann.

Backbord hatte Élisa ein Spalier eingerichtet, an dem sich die Kletterpflanzen emporrankten und uns so vor Blikken der Passanten schützten, die auf dem Pier vorübergingen, jedenfalls zu dieser Jahreszeit. Unzählige Düfte erfüllten Bug und Steuerbord: Gaillardien, Passionsblumen, Rosen, Geranien, Kamelien, Farne, Tarescantia, Gewürzpflanzen und Cannabis. Die *Julip* war, objektiv betrachtet, der schönste Kahn auf dem Kanal. Bis zum Hafen von Ramonville und darüber hinaus konnte keiner mit ihr mithalten. Die *Julip* war gelb und blau. Als hätte sie darauf verzichtet, wieder auszulaufen, vielleicht meinetwegen, hatte Élisa kürzlich ernsthafte Umbauarbeiten vorgenommen, Fenster in die Lukendeckel gebrochen, Bullaugen in die Wände, einige der Blechluken verglast, lauter kostspielige Veränderungen und in meinen Augen überraschend für jemanden, der noch als wir uns kennen lernten fürchtete, niemals die nötigen Mittel für die Reparatur des altersschwachen Motors aufbringen zu können, eines guten, alten Badouin DK4, mit dem sie jedoch nicht einmal bis zum nahegelegenen Trockendock kommen würde.

Wieder auszulaufen, eben weil sie davon gesprochen hatte, wieder auszulaufen, sich von einer Schleuse zur anderen treiben zu lassen, wie sie sagte, und auch wenn sie nicht mehr davon sprach, auch wenn ich seitdem den größten Teil meiner Freizeit auf der *Julip* verbrachte, hatte ich mein Appartement am Port Saint-Étienne noch nicht aufgegeben. Ich zog mich manchmal dorthin zurück, wenn ich einen blutigen Fall am Hals hatte, um sie nicht mit meiner schlechten Laune zu belästigen – selbst wenn ich mir das vielleicht nur einbildete. Unserer Beziehung bekam das zweifellos gut. Sollte sie eines Tages die Leinen losmachen, würde ich nicht zu erpresserischen Maßnahmen greifen können. Ich wollte nicht, daß sie ging.

Ich ließ die Zeitung sinken und hievte mich aus dem Liegestuhl. Élisa machte mich scharf. Sie trug ein knappes, rotes Oberteil und sehr kurze, weiße Shorts. Diese Farben zusammen mit den unzähligen, porzellanblauen Winden wirkten einfach atemberaubend, wenn auch etwas patriotisch. Hummeln saugten Nektar aus den seidigen Blüten. Ich umschlang Élisa.

«Bist du sauer?»

«Warum sollte ich?»

Schwierig zu erkennen, wenn sie wütend war, daher meine Frage. Keine seltene Frage, ich stellte sie ihr jedes Mal, wenn ich das Gefühl hatte, daß ich sie verletzt haben könnte. Élisa wirkte immer ausgeglichen. Selbst, als die französischen Wasserstraßenbehörden die Spielregeln geändert hatten, hatte ich keine große Aufregung bei ihr bemerkt. Sicher hatte sie sich den sonst eher zurückgezogen lebenden Kahnbesitzern angeschlossen, die sich im Schoße einer Organisation zusammengetan hatten, aber soweit ich weiß, hat sie dort nicht groß für Furore gesorgt. Dabei gab es auch sonst reichlich Grund für Ärger, seien es die Boote, die der Uferböschung mit ihrer überhöhten Geschwindigkeit weit mehr Schaden zufügten als die verpönten Bisamratten, oder die Behörden – die gerade! –, die sich offenbar weigerten, sich dem Problem der Platanen anzunehmen, jener hunderttausend Bäume, die Paul Riquet zur gleichen Zeit pflanzen ließ, als der Canal du Midi ausgehoben wurde, und die heute alle ernsthaft erkrankt waren. Das nationale Forstamt hatte das Budget, das zur Erhaltung und Neuanpflanzung der Bestände nötig gewesen wäre, auf mehr als zwei Millionen Euro geschätzt, dreimal soviel wie die Summe, der die Wasserstraßenbehörden zugestimmt hatten. War das nicht Grund genug, eine Stinkwut zu kriegen? Der Kanal war, nach den Blumen, *das* unerschöpfliche Gesprächsthema. Élisa legte sich sofort ins Zeug. Sie beobachtete, machte sich ein Bild, fand Schuldige, hob aber nie die Stimme. Man könnte meinen, ihr Herz ging nur mit ihr durch, wenn wir uns liebten. Ich drückte sie fester.

«Was steht heute Abend auf dem Programm?»

«Ich merke schon, auf was du hinauswillst! Erst einmal fütterst du Paul, dann gehst du einkaufen und bereitest das Abendessen zu …»

«Ich meine, was noch?»

«Erst Paul.»

Ich nahm den Teller mit Blättern und Blütenblättern, den sie für ihn vorbereitet hatte. Ich öffnete den Käfig, und Paul richtete sich oben auf seinem Ast in seiner vorsintflutlichen und etwas linkischen Art auf und schien bereits die Qualität der dargebotenen Speisen zu prüfen. Er hatte sich bestens an uns gewöhnt. Mittlerweile fraß er die Blumen aus meiner Hand. Wenn er mehr verlangte, zwickte er mich in den Finger.

«Wie wär's, wenn man wieder auslaufen würde, Félix?»

Einen Moment fürchtete ich, daß es sie wieder packte, auch wenn es ein gutes Zeichen war, daß sie das Indefinitivpronomen benutzte.

«Schon?»

«Weihnachten. Warum nicht? Ich hab Lust auf Afrika...»

«Nordafrika?»

Ich lachte.

«Was ist daran so komisch?»

«Wenn du wüßtest, wie einige im Dienst drauf sind, nicht zuletzt Brugnera, wüßtest du auch, daß sie mich bei meiner Rückkehr aufziehen würden, und das nicht auf die nette Tour. Da kannst du sagen, was du willst, Nord oder Süd, das läuft aufs Gleiche hinaus. Nun, die können mich mal. Warum nicht? Hast du eine konkrete Vorstellung?»

«Südafrika. Die Kapregion ist ein wahres Paradies für Botanisten...»

«Und für einen Typen wie mich?»

«Dort gibt es Albatrosse», witzelte sie fröhlich.

Das sollte ein Kompliment sein. Ihrer Meinung nach bestand mein Naturell eher aus tierischem als aus pflanzlichem Stoff, in einem anderen Leben wäre ich eher Eule als Vergißmeinnicht, eher Rotkehlchen als Osterglocke. Élisa behauptete, daß der Unterschied, den es zwischen Mann und Frau geben mochte, in erster Linie auf unserer Fähigkeit beruhte, uns mit dem einen oder anderen Reich zu identifizieren. Zweifellos war ich also mehr Albatross als Eiskraut. Wenn wir Weihnachten zum Kap fahren sollten, wäre für jeden etwas dabei. Was hatte ich mit einem Albatross gemein?

«Stell dir herrliche Teppiche aus Heidekraut vor! Proteas so üppig, daß du schier darin versinkst! Bei einigen Blumen da unten kannst du zuschauen, wie sie aufgehen! Es scheint, daß ...»

Plötzlich brach sie ab, und ich starrte sie stirnrunzelnd an.

«Hörst du nichts?», fragte sie.

Außer dem Zischen der Fahrradreifen oder dem Rasseln der Rollerskaters auf dem Pier oder noch dem Rauschen der Platanen oder dem Lärm der Autos auf der Pont des Demoiselles und dem Boulevard Griffoul-Dorval hörte ich nichts, nein.

«Dein Handy ...»

«Jetzt, wo du es sagst ...»

Ich gab Paul den Rest seiner Ration und schloß den Käfig. Mein Handy hatte aufgehört, zu piepen.

«Du solltest rangehen, Félix.»

«Es hat aufgehört.»

«Es wird wieder losgehen.»

«Woher weißt du das?»

«Intuition.»

Dann fing es tatsächlich wieder an zu klingeln. Ich ging mit schleppenden Schritten den Kahn hinauf und trat ins Ruderhaus. Marcs Ferien waren weniger aufregend gewesen als unsere, sein Leben im allgemeinen war weniger aufregend. Er hatte drei Wochen an der Seite seiner Mutter in den Corbières verbracht. Sie kam nicht über den Schmerz nach dem tragischen Verlust ihrer Tochter hinweg. Das war jetzt fast drei Jahre her und Marc versuchte, die Leere auszufüllen, verbarg seinen eigenen Kummer. Gelegentlich kam Marc uns auf der *Julip* besuchen. Oft saß er einfach nur da und schwieg. Mich störte das nicht. Später fragte Élisa mich, ob er an seine Schwester dachte, und ich erklärte ihr, sicher, sicher denkt er oft an sie. Du wolltest mir nie sagen, wie sie gestorben ist, hakte sie nach, und als

Antwort verzog ich nur das Gesicht, verdrehte die Augen zum Himmel. Was sollte ich anderes tun? Ihr von der Sintflut erzählen, dem Grauen in jenem Herbst, als Béatrice von einer Schlammlawine davongeschwemmt worden war? Wie befreit man einen Körper, der im Gang eines Abwasserkanals feststeckt?

Marc rief mich nicht an, um von seinen Ferien zu erzählen. Während er die Ereignisse berichtete, zog ich meine Shorts aus und ging quer über den Kahn zur Schlafkoje. Das Bett war ungemacht, die Laken zerwühlt, auf dem Teppich lag eine Unterhose, Liebesduft hing in der Luft, und ich hatte Ärger am Hals.

«Ich weiß, daß du noch im Urlaub bist, aber ich hab keine Lust, daß Moncollin auf dumme Gedanken kommt...»

Nämlich auf den Gedanken, ihn im vorliegenden Fall mit Brugnera in ein Team zu stecken.

«Magali ist bei mir», erklärte er.

Klar, das mußte eines Tages so kommen. Ich sagte nichts und öffnete die Truhe, in der ich meine Dienstwaffe versteckte.

«Ich komme, hol nur meinen Wagen auf der Straße...»

Ich zog meine Jeans an, schlüpfte barfuß in Turnschuhe und schnappte mir meine Jacke. Élisa wußte schon, was los war. Sie hatte sich auf meinen Platz im Liegestuhl gesetzt und blätterte in der Zeitung. Sie sah mich mit ihren umwerfenden blauen Augen an und lächelte: Siehst du, ich hatte Recht. Ich zuckte unbehaglich die Schultern, und sie tippte:

«Ein naives Opfer?»

# 3

## RÉMI

Vierundzwanzig Jahre, und er war noch immer da. Nicht seine Worte. *Vierundzwanzig Jahre, und er ist noch immer da!* Ein Satz, zufällig aufgeschnappt. Rémi war nicht einmal traurig. Sein Vater hatte nie irgend etwas kapiert. Eines Tages würde Rémi ihm zeigen, wozu er fähig war. Das würde schon noch kommen. Natürlich war seine Schulbildung jämmerlich, *natürlich träumte er im Stehen!* Aber er schuldete ihm nichts, jedenfalls nicht viel. Rémi lebte noch bei seinen Alten, aber er überwies ihnen gut ein Drittel seines Gehalts, nicht weniger. Seine Alten waren von der alten Schule. Rémi verstand das Prinzip, er akzeptierte die Bedingungen. Keine andere Wahl. Für den Moment. *Du bist erwachsen, wenn du finanziell unabhängig bist, und bis es soweit ist, erzähl keine Märchen...* Er hatte seinen Kumpels nichts davon gesagt, sie hätten sich mit Sicherheit über ihn lustig gemacht. Ebenso sicher war er ärmer als sie. Seine Kumpels konnten sich Markenklamotten leisten, er nicht. Rémi machte ihnen etwas vor, er hüllte sich in eine Aura, die er – auf daß es auch gut in ihre ungebildeten Schädel hineinging – als Antikonsumverhalten bezeichnete. Rémi kaufte Sonderangebote, gönnte sich nie mehr als eine Jeans pro Jahr, gab selten über dreißig Euro für ein Paar Schuhe aus und haßte Logos auf T-Shirts. Ich bin doch kein

Vieh, das man brandmarkt und eines Tages zum Schlachthof führt.

«Bist wohl vom Rinderwahnsinn befallen!»

«Bescheuerte Bande. Immerhin mach ich das ganze Gedöns nicht mit.»

«Immerhin!»

Hinter seinem Rücken munkelten die Kollegen, daß er kein *Konsumierer* war, weil seine Eltern verdammte Geizkragen waren. Keine Kohle. Er wußte nichts von dem Gespött. Was er hingegen wußte, war, daß er arm war (aber das würde sich bald ändern) und daß er jeden Morgen um sechs Uhr aufstand. Scheiße.

Seine Mutter war schon auf. Sie bereitete sein Vesper. Es gab keinen Grund, warum sie es nicht weiterhin tun sollte, solange er im Haus wohnte.

«Hast du gut geschlafen, Rémi?»

«Gut, Maman, danke.»

«Ei, Tomate, Ziegenkäse, richtig so?»

«Du weißt, Maman, ich könnte ein Sandwich im Café um die Ecke kaufen.»

«Und wäre es genauso gut?»

«Nein.»

«Siehst du …»

«Aber Maman, ich bin vierundzwanzig.»

«Ich weiß … Ich geb dir einen Apfel? Bananen zerdrückst du immer …»

Rémi seufzte, die Nase in seiner Kaffeetasse. Sie machte ihn nicht stark genug für seinen Geschmack.

«Was seufzt du? Erstens sind die Sandwiches aus dem Café an der Ecke nicht so gut wie meine. Zweitens behältst du so deine Sous für andere Dinge. Ist das nichts?»

«Doch …»

«Als wenn du dir große Sprünge erlauben könntest.»

«Ich bin unabhängig.»

«Natürlich. Ich geb dir zwei Äpfel …»

Viertel vor sieben stieg Rémi auf seinen Drahtesel. Er fuhr bei Rot über Ampeln, scherte sich überhaupt wenig um die Verkehrsregeln. Er nahm das Rad zu jeder Jahreszeit und bei jedem Wetter. Bei Emmaüs hatte er ein Klappergestell erstanden. Er hatte den Rahmen neu gespritzt, gelb. Er hatte alles selbst wieder aufgemöbelt. Rémi nahm nie den Bus, zu teuer. Über ein Euro pro Fahrt, zwei Fahrten am Tag, fünf Tage die Woche, siebenundvierzig Wochen im Jahr. Man sah gleich, das war fast ein Monatslohn! Nicht weniger als drei Monate Kost und Logis, die er seinen Eltern zahlte! Wie er es auch drehte und wendete, ein Paar Treter kosteten soviel wie dreißig Fahrten! Das war die Strampelei wert und eine Erkältung, wenn es schüttete. Strample, Rémis! Davon bekam er ordentlich Waden. Er hätte jeden seiner Kumpels bei einem Rennen geschlagen.

Rémi, vierundzwanzig Jahre alt, angestellt im Rahmen einer Arbeitsbeschaffungsmaßnahme für Jugendliche, die Waden etwas verspannt, machte sein Rad am Gitter der Firma fest, ein Schloß vorn, ein anderes hinten. Er betätigte die Stechuhr und schlenderte gemächlich zum Umkleideraum. Er hängte seinen Brotbeutel in seinen Spind, den er nie abschloß. Dann schnappte er sich seinen Blaumann.

Marcel zog bedächtig an seiner Kippe. Bei Marcel war Rémi gut angeschrieben. Marcel war ehemaliger Abdecker, ehemaliger Schrotthändler, ehemaliger Totengräber. Ehemalig.

«Guten Morgen, Kleiner.»

«Guten Morgen, Marcel.»

«Hast du dein Freßpaket?»

«Klar.»

«Du sollst deinen Vater und deine Mutter ehren. Ehre.»

«In Ehren, Marcel.»

Marcel lächelte und Rémi zog seinen Blaumann an, der ihn größer erscheinen ließ.

«Ich bin pünktlich.»

«Wie immer. Immer.»

Manchmal wechselten sie auch weniger belanglose Worte. Rémi stellte Fragen, und Marcel erzählte, wie es früher war. Es war jedes Mal anders.

«Ich weiß noch, als ich Gebeine aufpoliert hab, in Bordeaux. Du findest alles Mögliche in den Särgen. Da gibt's Typen da unten, die lassen sich mit Weinflaschen begraben, nur Grands Crus. Grands Crus.»

«Na und?»

«Nun, du kannst in ihren Taschen wühlen, soviel du willst, sie denken selten an einen Korkenzieher. Komisch, nicht?»

«Komisch ...»

«Also, mit meinem Kumpel, wir waren ihnen zu Diensten. Ich hab eines gelernt, Kleiner.»

«Was denn?»

«Tote trinken nicht!»

Marcels Blick wurde wehmütig und, soweit das möglich war, sämtliche Gesichtszüge ebenfalls.

«Es war jedes Mal, als hätten wir einen Schatz gefunden. Du könntest auch eines Tages auf einen Schatz stoßen, Kleiner.»

«Schatz.»

«Mach dich nur über mich lustig.»

«Entschuldige.»

«Schon gut, Kleiner.»

Rémi ging durch die Fabrik. Die Lagerhalle, in der er arbeitete, war wie ein Brückenkopf. Wenn er erst dort wäre, würde er sich nützlicher fühlen als noch vor wenigen Minuten. Nicht, daß er an die Tugend der Arbeit glaubte, nicht, daß er zu denen gehörte, die meinten, daß man schuften muß, um zu leben, aber die Aufgabe, die ihm zufiel, hatte bei aller Eintönigkeit einen Reiz, der gewisse Ambitionen in ihm nährte oder zumindest gewisse Träume. Eines Tages wäre er Forsthüter oder gar Abenteurer. Die

Natur würde es ihm danken. Er würde sich noch nützlicher fühlen.

Das große Hin und Her begann. Die meisten der Fahrer zwinkerten ihm zu. Rémi spuckte in die Hände und packte seine Gabel. Die Laster kippten ihre Ladung in eine Art riesiges Sammelbecken, von dem Laufbänder ausgingen. Rémi stand am Anfang des Bands. Vor seinen Augen rollte Papier vorüber, tonnenweise Papier in allen erdenklichen Formen, die Ausbeute einer täglichen Abholung. Es war ein Paradoxon, aber in dieser hoch-technologisierten Stadt steckte die Mülltrennung noch in den Kinderschuhen. In vielen Vierteln basierte die Altpapiersammlung noch auf dem Prinzip der Freiwilligeninitiative. Es schien jedoch, daß die Leute wesentlich verantwortungsbewußter waren, als man meinte. Sie hatten den *Bürgerreflex.* Rémis Überzeugung. Man mußte nur überall Behälter aufstellen!

Verpackungen machten einen wesentlichen Teil der Sammlungen aus. In die Container wanderten sogar Zahnpastatuben! Was für Verpackungen! Was man nicht alles verpacken konnte! Dann waren da natürlich die Zeitschriften, alles mögliche Gedruckte, sogar alte Rechnungen. Und dann die Bücher! Es gab Leute, die Bücher wegwarfen! Zugegeben, Rémi war ein mittelmäßiger Schüler gewesen, aber das war so eine Sache, die er nicht verstand, auch wenn er sich dadurch ein kleines Zubrot verdienen konnte. Er ließ diese Bücher mitgehen, um sie am Sonntag auf dem Flohmarkt zu verkaufen. Natürlich konnte er damit kein Vermögen machen. Er stieß nur selten auf einen gut verkäuflichen Schmöker. Auch wenn es gelegentlich vorkam. Meistens fand er statt eines spannenden Romans das Guiness Buch der Rekorde, einen veralteten Führer für Rucksacktouristen, ein Kochbuch oder die Biographie eines Politikers.

Zwischen den Fuhren las Rémi die Nachrichten oder überflog seine Bücher. Ab und zu winkte er Marcel zu, der am anderen Ende der Lagerhalle seine Kippe rauchte, obwohl es nicht erlaubt war. Erlaubt. Natürlich wurde Rémi nicht dafür bezahlt, schlecht obendrein, um sich zu bilden, ebensowenig um das Papier auszusortieren. Dafür gab es weiter unten am Band Menschen und Maschinen. Seine Aufgabe bestand lediglich darin, aufzupassen, daß die Maschinen nicht alles Mögliche verschluckten, keine Ladehemmung bekamen oder gar den Geist aufgaben. Denn oft schmissen die Leute wirklich alles Mögliche in die Container.

Rémi stach seine Gabel in die Haufen. Methodisch. Etwa alle zwanzig Zentimeter. Sobald die Zinken seiner Gabel auf einen Fremdkörper stießen, ob hart oder weich, griff er mit den Händen hinein. Bestenfalls zog er eine leere Flasche oder eine Windel hervor, schlimmstenfalls ein Stück Stahl oder eine tote Katze. Rémi erinnerte sich an die tote Katze! Wie widerlich! Er befürchtete, daß es wieder vorkommen würde. Er war ganz grün im Gesicht geworden, und Marcel hatte ihm attestiert, daß er einen sehr schlechten Leichenbestatter abgeben würde. Leichenbestatter.

Rémi stach seine Gabel in das Altpapier. Soeben hatte ein Laster eine randvolle Kippe abgeladen. Bis dahin war der Morgen eher ruhig verlaufen. Er hatte zwei Schundbücher geborgen, für die er vielleicht einen Euro fünfzig, zwei Euro rausschlagen konnte. Zwischen den Fuhren war Zeit zum Luftholen gewesen.

Ein Karton rollte auf das Laufband, ohne aufzureißen. In dem Fall war es Rémi erlaubt, seine Nase hineinzustecken, ja sogar geboten. Der Karton konnte etwas enthalten, das den Papierschlucker außer Gefecht setzte, ein großer Schraubenbolzen – nicht auszudenken! Rémi zog den Karton schnellstens aus dem Verkehr. Er streifte die Handschuhe ab. Er öffnete den Karton. Vielleicht ein Schatz.

# 4

## FÉLIX

Wenn man macht, was man will, heißt das noch lange nicht, daß man es auch wirklich möchte. Man tut einen Haufen Dinge, trifft vorschnelle Entscheidungen, und später bereut man es, weil letzten Endes nicht das dabei herausgekommen ist, was man sich insgeheim erhofft hatte. Bei manchen Entscheidungen ist das Bedauern mehr oder weniger vorprogrammiert. Manch ein Leben wird dadurch bitter. Manchmal auch – zweifellos weniger dramatisch – steigt ein Typ in sein Auto, fragt sich, was er da eigentlich soll und schlägt mit der Faust aufs Lenkrad. Das Lenkrad ist solide, und der Typ noch im Urlaub, *a priori*. Zumindest versucht er sich einzureden, daß er noch im Urlaub ist. Macht er sich Illusionen? Wenn ja, halten sie gerade so lange vor, wie er braucht, um seinen Wagen aus der Parklücke zu holen, in der er seit mehreren Tagen steht (wenn nicht ein Blödmann seine Kiste schräg davor und ein anderer seine dicht dahinter gequetscht hätte, würde er bei dem Manöver vielleicht nicht schimpfen), und sich zu einer bereits kalten Leiche zu begeben. Das Erwachen, man errät es, ist äußerst brutal.

Ich hätte genauso gut zu Fuß zum Tatort gehen können. Ich brauchte nicht mehr als drei Minuten, um die Avenue Crampel hinaufzufahren, in die Rue du Sergent-Razat einzubiegen, ein Stück an den Eisenbahnschienen entlangzufahren und die Place d'Italie zu erreichen. Ich fuhr einmal um den Kreisel und steuerte «Le Saouzelong» an, eine Bar mit Pferdewettbüro.

Das Saouzé-Loung, die «lange Weide» in okzitanisch, ist ein Viertel mit fließenden Grenzen. Die meisten Leute werden Sie übrigens mit großen Augen anstarren, wenn Sie es erwähnen. Man geht nach Busca, nach Saint-Agne oder nach Rangueil (das einige Klein-Rangueil nennen werden, um es von dem Univiertel Rangueil auf der anderen Seite der Umgehungsstraße zu unterscheiden, oder besser gesagt, der Avenue de Saouzeloung, tja, tja…), aber nach Saouzé-Loung, wo ist denn das? Vielleicht irgendwo in diesem Umkreis, begrenzt von den Eisenbahnschienen und der Avenue Crampel, dem Boulevard de la Marne und dem Canal du Midi sowie der Avenue Albert-Bedouce und Lauragais. Vielleicht. Das Viertel Saouzé-Loung unterscheidet sich in seiner Beschaffenheit und trügerischen Ruhe kaum vom Viertel Rangueil, und man kann sich berechtigter Weise so seine Gedanken machen. Obgleich geradlinig, scheinen die mehr oder weniger breiten Straßen mit ihren Bürgersteigen, gesäumt oder nicht von Platanen, deren Wurzeln den Straßenbelag deformieren, willkürlich angelegt. Sie bilden unübersichtliche, verworrene Kreuzungen, verlaufen kreis- und fächerförmig, man könnte meinen ein Labyrinth. Man verläuft sich, muß sich mit Geduld wappnen. Am besten ist es noch, man konsultiert einen Stadtplan. Die Villen sind schön, häufig sind sie von hübsch herausgeputzten Gärten umgeben, man wähnt sich in einem Seebad. Hier und da erheben sich jedoch Wohnhäuser, nie sehr hoch, wie riesige Lego-Bauten.

Die Nachbarn hatten sich in kleinen Gruppen auf dem Bürgersteig versammelt. Zwei Männer in Uniform bewachten das Haus, aber es waren keine Ausschreitungen zu befürchten. Das Viertel war so ruhig wie seine Bewohner. Zur Mittagszeit, wenn alle Siesta hielten, hätte man nackt durch die Straßen spazieren können. Es gibt solche Orte: Das Leben ähnelt ein wenig dem Tod.

«Alles klar, Jungs?»

Sie nickten, und ich musterte die Bude.

«In Badehose wär's angenehmer, was?»

Es handelte sich um ein einstöckiges Haus mit ungleichem Satteldach aus roten Ziegeln. Es war von bescheidenem Äußeren. Die einzige Tür- oder Fensteröffnung im Erdgeschoß war eine Garage, von der aus rechts eine Treppe mit rostigem Geländer zum Haupteingang führte, der im oberen Stock gelegen war. Es gab drei Fenster, von denen eines mit orangenem Isolierband geflickt war. Es hatte der Explosion der Fabrik weniger gut standgehalten als die anderen, war aber nicht zerbrochen. Man hatte es in aller Eile notdürftig repariert und dann war es so geblieben. Man hatte sich nicht einmal die Mühe gemacht, die Versicherungen einzuschalten, sei es aus Nachlässigkeit oder Überdruß. Die Fassade war an einigen Stellen rissig. Der Garten war von Unkraut überwuchert, aber ein Tulpenbaum und eine Strandkiefer ragten daraus hervor.

«Da möchte ich nicht in kurzen Hosen durchgehen», bemerkte einer der Männer, und ich lächelte, während ich die Eingangstür aufstieß.

Ich würde bald verstehen, was er meinte. Links führte ein Weg am Haus entlang, den ich hinaufging. Ich fand mich im Schatten zweier großer Liguster wieder, die seit langem nicht beschnitten worden waren und prall voller Früchte hingen, und gelangte auf die Terrasse. Marc kam mit den Schritten eines Tuareg auf mich zu. Er war verlegen. Ich zwinkerte ihm zu, um ihn aufzumuntern, und fragte, bemüht, meine Nervosität nicht durch meine Stimme zu verraten, zuallererst:

«Magali?»

«Sie ist bei Jeanne Lafleur.»

Ich fuhr fort:

«Wer hat die Leiche entdeckt?»

«Ein Nachbar, als er aus dem Fenster gesehen hat.»

Marc zeigte auf eine Villa hinter dem Brombeerdickicht, eine Villa in baskischem Stil mit Lambrequins und apfelgrünen Fensterläden. Der Nachbar hatte ungehinderte Sicht auf den Garten.

«Wann?»

«17 Uhr 15.»

«Ihr habt die Leiche noch nicht geborgen ...»

«Es gibt da ein Problem ...»

Tahir und Pons sahen mit hängenden Armen auf den Toten hinab. Serge Turbé und Eusèbe Cathala lagen sich ein Stück abseits in den Haaren. Das ging etwa so:

«Du gehst mir auf den Geist, Turbé. Ich halt mich ran und du bist nicht zufrieden ...»

«Du kannst doch wohl drei Minuten warten, oder?»

Serge trug einen weißen Anzug und eine Sonnenbrille, die er auf die Stirn geschoben hatte, Eusèbe ein Paar verwaschene blaue Shorts, ein grünes, offenbar schweißgetränktes T-Shirt und Espadrilles, denen man den langen Sommer ansah. Das hieß nicht, daß man ihn wie mich aus dem Urlaub gerissen hatte.

«Ich wünschte, ich wäre in Djibouti, ja, oder in Kabul oder Tschetschenien oder Salt Lake City!»

«Findest du nicht, du übertreibst», seufzte Serge.

«Der Aperitif geht auf dich, oder ich hau ab ...»

Serge gab der Erpressung nach, und Eusèbe, der sich schließlich dazu herabließ, mich zu grüßen, setzte sich auf die Stufen, die zum Wintergarten führten, der direkt ans Haus angebaut war. Die Fensterscheiben waren schmutzig und größtenteils zerbrochen. Die Sonne ging unter, und der Tatort versank langsam im Schatten. Eusèbe zog ein Buch von Réjean Ducharme aus seinem Koffer und las laut vor: «Sie sog sie in sich auf und präsentierte sie dir dann erneut mit einer Frechheit, strahlend vor Schamlosigkeit.»

«Teufel auch, ist das schön», stöhnte er.

Serge verzog das Gesicht.

«Und wie krieg ich die Leiche da jetzt raus?», fragte Tahir für sich selbst.

«Betrachte Eusèbe einfach als festes Inventar und besorgt mir Bretter, Ihr findet sicher welche in der Garage.»

«'ne Plastikplane tut's nicht?», fragte Pons.

«Leg Plastik da drauf, geh über das Plastik, und du wirst sehen, du bleibst mit den Eiern an den Dornen hängen... Na los, Jungs, wir haben genug Zeit verloren...»

«Genau», stieß Eusèbe hervor, ohne daß wirklich klar war, ob er uns meinte.

«Kannst du dir vorstellen, wie es passiert ist, Félix?»

«Die Tatwaffe?»

«Vielleicht unter diesen verdammten Dornen.»

Ein Spatengriff ragte daraus hervor und warf einen schrägen Schatten auf die Terrasse wie der Stab einer Sonnenuhr. Jaques lag mit verschränkten Armen auf dem Bauch, und würde da nicht das Blut auf den Blättern glänzen, hätte man meinen können, er sei eines natürlichen Todes gestorben. Er lag mit dem Gesicht zur Erde, berührte sie aber nicht. Die Brombeeren standen so dicht, daß der Körper einige Zentimeter über dem Boden schwebte. Serge und seine Männer würden keine Fußspuren finden. Ich näherte mich der Leiche soweit wie möglich, aber der Kopf wies in die entgegengesetzte Richtung. Lafleur trug Handschuhe, Stiefel, eine Joppe und Jeans. Unvorstellbar bei der Hitze.

«Er hat gearbeitet», stellte Marc fest. «Er hatte sich in den Kopf gesetzt, aus diesem Scheißgestrüpp Kleinholz zu machen. Er hatte gerade angefangen. Jemand ist aufgekreuzt und hat ihn umgebracht. Zweifellos ein Bekannter.»

«Nicht unbedingt...»

Vor ein paar Monaten hatte eine Horde jugendlicher

Rowdys sich an einem Rentnerpaar ausgetobt. Nur so zum Spaß. Sie waren nie gefaßt worden.

«Können gewisse Arbeiten nicht warten?»

Marc warf mir einen fragenden Blick zu, aber er wußte ganz genau, was ich damit sagen wollte.

«Würde dir das einfallen? Würdest du dir nicht lieber am Flußufer die Sonne auf den Pelz scheinen lassen? Glaubst du nicht, das hätte bis zum Winter warten können? Würdest du bei einem solchen Wetter Stiefel anziehen?»

Ich behielt den Rest meiner Überlegungen für mich, so idiotisch waren sie. Wenn Jaques Lafleur keine Stiefel angezogen hätte, wäre er nicht tot, und wenn er nicht tot wäre, wäre ich noch bei Élisa, ich hätte ein Barbecue gemacht, roten Thunfisch gegrillt.

«Sicher nicht.»

«Und du bist noch am Leben!»

Pons und Tahir kehrten mit Brettern in verschiedenen Größen zurück. Sie stellten einige in eine Ecke und machten sich daran, je eins im rechten Winkel zur Terrasse auf jede Seite der Leiche zu legen, so daß diese bald wie in ein U gebettet lag. Eine wackelige Angelegenheit, aber es reichte jetzt, um uns einen Überblick zu verschaffen. Als hätten sie den Einsatz oft genug einstudiert, kletterten sie auf die Bretter, die das Gestrüpp beiseite drückten und die Leiche gleichzeitig absenkten. Auf die gleiche Art würden sie jeden Quadratmeter des Gartens absuchen. Am Rand der Terrasse war die Dornenwand nicht ganz so dick, und die Aufgabe würde schwieriger werden, je weiter sie vordrangen. Ein Kahlschlag kam nicht in Frage, jedenfalls vorläufig nicht, und sie würden sich unweigerlich Hände und Arme zerkratzen. Sie würden den Metalldetektor einsetzen in der Hoffnung, die Tatwaffe zu finden, dann geeignete Pinzetten, um Stoff- oder Kunststoffasern zu sammeln, die unter Umständen an den Dornen hängen geblieben waren, oder was immer sonst dazu dienen konnte, uns auf die Spur des Mörders zu führen. Puzzlearbeit. Wie Serge bemerkte, war es windig, und der Wind wirbelte einen Haufen Dreck durch die Gegend. Es war sogar denkbar, daß sie eine Baumwollfaser aus einer Socke von Douste-Blazy fanden, auch wenn der Bürgermeister sich nicht mehr oft in den Straßen der Stadt sehen ließ.

Tahir machte Dutzende von Fotos aus verschiedenen Winkeln. Dann überließen die zwei Männer uns das Feld. Serge machte sich rechts an die Arbeit, ich links. Pons hatte ein weiteres Brett hinzugefügt, so daß das Rechteck jetzt vollständig war, und ich stand wackelig darauf, Lafleurs Kopf fast in Reichweite der Spitze meiner Turnschuhe. Serge warf ein paar Notizen auf seinen Block und hob die blutgetränkte Joppe an. Eusèbe rief sich in Erinnerung und rezitierte: «Wenn ein Verwundeter sich in sich selbst verkriecht, ist er schließlich ein Gefangener seiner selbst und gerät in Panik, daß ihn keiner mehr findet...» Serge brummte:

«Ich sehe nicht, was uns anderes übrig bleibt. Wir holen ihn da raus...»

Wir nahmen jeder einen Arm. Es wäre einfacher gewesen, ein Insekt unbeschadet von einem Fliegenfänger zu lösen. Ich hätte mich fast nach hinten verabschiedet, versank mit einem Fuß in den Dornen, fing mich aber wieder, und bald legten wir Lafleur auf die Terrasse. Tahir und Pons machten sich sofort an die Arbeit, um das leere Rechteck abzusuchen, und wir atmeten tief durch.

«Nicht sehr romantisch», bemerkte Eusèbe.

Er hatte seinen Ducharme beiseite gelegt. Er ging neben der Leiche in die Hocke. Lafleur war brutal die Kehle durchgetrennt worden. Die Wunde klaffte weit auseinander. Man konnte die Halsschlagader sehen.

Jaques Lafleur war knapp vierzig. Er hatte eine ganze Menge graue Haare, und sein Gesicht wies neben den Kratzern, die von dem Sturz in die Dornen herrührten, kurze

Narben auf, zweifellos Andenken an ein Fenster, das direkt vor seiner Nase explodiert war.

«Er ist tot», stellte Eusèbe fest, aber keiner lachte darüber. «Er ist verblutet.»

«Was noch?», fragte Marc genervt.

«Du gestattest?»

Eusèbe zog eine ungetönte Brille aus seinen Shorts. Über sein Gesicht huschte plötzlich, wenn auch nur flüchtig, ein heiterer Ausdruck. Er kratzte sich die Innenseite seines Oberschenkels und rezitierte:

«Wir haben uns angelächelt und dabei tief in die Augen geschaut, dorthin, wo man gleichzeitig eindringt und empfängt...»

Wenn wir weiter unsere Ungeduld zeigten, würde er noch die Arbeit verweigern. Wir schwiegen wie nach einem Gebet. Eusèbe wußte das offenbar zu schätzen.

«Nun gut», meinte er. «Wir müssen uns ein wenig unterhalten, wir zwei. Das verschafft mir für heute Abend Gesellschaft.»

«Bitte, Eusèbe», flehte ich.

«Ich stelle eine vaskuläre Wunde in Höhe des Halses fest. Die Wunde ist V-förmig, was bestimmte Waffen ausschließt, wie beispielsweise das Messer.»

«Was kann es sonst sein?», fragte Marc.

«Eine Gartenschere», schlug ich vor.

Eusèbe streifte Latexhandschuhe über, was Serge ein Grinsen entlockte, und begann die Wunde von allen Seiten zu untersuchen.

«Du bist in Form, Félix... Schauen wir uns das mal näher an... Hm... Die Halsschlagader ist durchtrennt. Ein sauberer Schnitt. Die Schlagader klafft weit auseinander. Ebenfalls durchtrennt: Die Jugularvene. Der Sternocleidomastoideusmuskel ist auch nicht verschont geblieben...»

«Der Sterno-Kledo-was-Muskel?»

«Cleido», korrigierte er mit einem Seufzer. Der Muskel,

der Brust-, Schlüssel- und Warzenbein miteinander verbindet.

«Danke für die Aufklärung.»

«Die Verletzung wurde bei lebendigem Leibe beigebracht. Obwohl keine Blutergüsse auf der Haut sind, und das aus gutem Grund!»

«Nämlich?»

«Die Schlagader klafft weit auseinander, sag ich doch.»

«Na und?»

«Dein Kunde ist wie schnell verblutet? In drei Sekunden. Daher keine Blutergüsse! Ein paar prächtige Fontänen und pfft!»

Der Urheber dieses Verbrechens war vielleicht ohne einen Kratzer davongekommen, aber mit Sicherheit nicht ohne einen Tropfen Blut auf der Hose.

Vom Wintergarten aus rief ich den Staatsanwalt an. Ich gab ihm die übliche Zusammenfassung. Erforderte die Situation, daß er sich persönlich in Bewegung setzte? Nein, ich dachte nicht. In dem Fall wünschte er mir viel Glück, daß ich ihn täglich auf dem laufenden hielt, man würde nach der Frist von einer Woche sehen, auch wenn er volles Vertrauen hatte, daß ich den Fall vorher lösen würde.

«Wir haben grünes Licht», sagte ich zu Marc.

Er machte mich nicht darauf aufmerksam, daß ich meine Spucke verschwendet hatte. Dabei hatte ich sowieso einen trocknen Mund. Wenn Magali mir gegenüberstände, würde es mir besser gehen. Vielleicht.

Wir zogen die Handschuhe an, die Serge uns gegeben hatte. Der Wintergarten diente als Rumpelkammer, und wir hielten uns nicht lange damit auf. Von dort führte ein Flur rechts zur Garage und links zu zwei Räumen. Der erste war leer, oder zumindest schien es nicht so, als hätte in letzter Zeit jemand dort gewohnt. Der zweite hingegen enthielt ein

Einzelbett, einen Tisch, eine kleine Kommode und einen Stuhl, der gleichzeitig als Nachttisch und Kleiderständer diente. Nichts an der Wand, weder ein Bild noch ein gerahmtes Foto. Die Tapete war grauenerregend. Das Bett war ungemacht – ein einziges nicht sehr sauberes Laken. Ein leerer Aschenbecher auf der Kommode. Keine Bücher. Aber ein Kugelschreiber, eine Lampe und ein elektronischer Wecker auf dem Nachttisch-Stuhl. Über der Lehne hing eine Jacke, etwas warm für die Jahreszeit. Die Kommode enthielt nur Kleidung. Nicht gerade viel. Der Tisch war nackt wie ein Babypopo.

«Sie haben in getrennten Zimmern geschlafen.»

«Hol Serge, er soll Fingerabdrücke nehmen ...»

Ich durchwühlte die Jacke und fand eine Brieftasche, aber weder Terminkalender noch Adreßbuch. Das fing nicht gut an. Taschenkalender faszinierten mich, sie konnten meine Gedanken stundenlang beschäftigen. Hätte ich in diesem Augenblick einen gefunden, hätte ich sicher ein wenig von meinem Streß abbauen können.

In der Brieftasche waren Jaques Lafleurs Papiere, abgelaufener Personalausweis, Führerschein, ein Zwanzigeuroschein.

Wir verließen den Raum. Am Fuß der Treppe wurde ich reichlich nervös, und Marc mußte dafür bezahlen.

«Du gehst zur Autopsie», herrschte ich ihn an.

Er sah mich an, als hätte ich von ihm verlangt, einem Auspuff einen Zungenkuß zu geben. Beinahe hätte er etwas gesagt. Das Schweigen hielt an. Sie war da oben, und ich mußte mich an den Gedanken gewöhnen. Allein.

«Sei so lieb, Venti. Zieh Leine ...»

Ich stieg die Stufen hinauf. Meine Sohlen waren bleischwer. Ich durchquerte eine Küche, einen weiteren Flur, der zu einem Schlafzimmer führte und gelangte ins Wohnzimmer.

Wieder sah ich die Flammen.

Jeanne Lafleur saß in einem Sessel. Das Zimmer ging zum Garten hinaus. Das Fenster stand weit offen.

Wieder sah ich die Flammen über Magali Lopez' – Lieutenante de Police – Rücken züngeln.

Jeanne Lafleur war mager, ihre Haare waren vollständig ergraut, ihr Gesicht war von tiefen Falten zerfurcht. Anämisch? Unter Schock?

Wieder sah ich, wie ich Magali auf den Arm nahm und überall Flammen, immer mehr Flammen.

Jeanne starrte ins Leere, mit finsterem, flackerndem Blick. Magali hingegen schien es recht gut zu gehen. Sie trug Jeans, Schuhe mit flachen Absätzen und eine Jacke über einem Rollkragenpullover. Ich versuchte, mir die Narben unter der Wolle nicht auszumalen. Sie lächelte mich an, und mein Blick glitt über sie.

«Kann ich kurz mit dir reden, Félix?»

Ich folgte ihr in die Küche. Wir sprachen mit leiser Stimme.

«Sie ist nicht mehr ganz richtig im Kopf...»

«War sie Zeugin des Verbrechens?»

«Ich glaube nicht...»

«War das Fenster schon auf?»

«Nein, ich habe es aufgemacht, es roch muffig, und ich bin fast erstickt...»

Ihr mußte sehr warm sein unter ihrem Rollkragenpullover. Wie weit reichten die Narben hinauf? Tröstete sie sich damit, daß sie noch am Leben war? Dank meiner. Oder wegen mir.

«Da hast du gut dran getan.»

«Sie sagt, sie weiß nicht.»

«Was weiß sie nicht?»

«*Ich weiß nicht*, sie wiederholt das ohne Unterlaß, und dann noch ein Wort, ich möchte, daß du es dir selber anhörst...»

Wir kehrten ins Wohnzimmer zurück. Ich sah in den

Garten. Dort war nur noch Tahir. Den Packpapierumschlägen in seiner Hand nach zu urteilen sammelte er Fasern. Ich zog einen Stuhl auf eine beruhigende Distanz heran. Ich begann ganz vorsichtig:

«Madame Lafleur ...»

«Ich weiß nicht ...»

Alle meine Fragen riefen dieselbe Reaktion hervor, bis zu dem Moment, in dem ich das Opfer eindeutig beim Namen nannte.

«Jaques ist ...»

Sie sprach besagtes Wort aus, aber ich verstand es nicht. Sie sagte «*perdis*», «*perdit*» oder «*Perdrix*»?*

---

* Perdrix: Hier bedient sich der Autor einer Wortkette, die so nicht ins Deutsche zu übertragen ist: «verlorst», «verlor», «Rebhuhn». Im Französischen klingen diese drei Worte sehr ähnlich, sie enden klanglich alle auf -i. Der Begriff *Perdrix*, lat. Perdix perdix, zu deutsch Rebhuhn, wird im nachfolgenden eine Rolle spielen. Um die atmosphärische Dichte des Romans nicht zu gefährden, wurde daher die Originalversion übernommen *(Anm. d. Übers.)*.

## 5

## JAQUES LAFLEUR – Heft 2001/1

Juni

Ich hätte mir in den Fuß hacken können, nur um zu verstehen. Martial, dort, seit Stunden. Und ich am Holzhacken. Mariel hat keine Fragen gestellt, ich hoffe, das ist ein Entgegenkommen. Wenn Martial mich so ansieht, glaube ich, ja, daß ich mir den Fuß entzweihacken könnte, ohne daß er die geringste Reaktion zeigen würde. Martial ist alterslos, er ist wie diese Berge, den Bergsteigerhammer immer in der Nähe, wie die zerklüfteten Bergkämme, wie die Findlinge, obgleich man ihnen besser nicht traut. Er sagt nichts, ich weiß nicht einmal, ob er mich wirklich beobachtet und erst recht nicht, ob er meine Technik und mein Geschick beurteilt. Das geht seit Stunden so, aber als ich ihn plötzlich anspreche, reicht das, um ihn in die Flucht zu treiben. Er steigt den Grashang hinauf, fast sieht es aus, als liefe er, obgleich seine Beine nicht mehr mitmachen – diese alten Ziegenhirten bewahren ihre Beweglichkeit bis zum Tod, und wenn sie auch nur den Eindruck erwecken, ist der Effekt nicht weniger überzeugend. Martial fragt sich vielleicht, ob ich seine Tochter vernasche. Wenn das der Fall wäre, würde er sich, glaube ich, darüber lustig machen. Ich vernasche Mariel nicht.

Martial ist Witwer, und ich habe so Sachen gehört, ich weiß nicht, wieviel daran ist. Sie hieß Odette, wurde aber La Muette – die Taubstumme – genannt. Man erzählte sich, daß sie als junges Mädchen eines Morgens zur Quelle aufgebrochen war. Es war Spätherbst, der erste Schnee war nicht weit, und Odette war dem Bären begegnet. Odette war auf der Stelle erstarrt. Das Raubtier hatte sie verschont, aber sie hatte die Sprache verloren. Zwar hatte sie sich von ihrem Schrecken erholt, danach aber nie mehr viel gesprochen. Vielleicht lag ihre Schweigsamkeit ja auch in ihrem Naturell, vielleicht hatte sie später gar auf ihren Mann abgefärbt. Wenn man Martial auf das Thema ansprach, behauptete er fatalistisch und ohne Groll: «Wegen dem Bären!» Das Unglück wollte es, daß La Muette bei ihrer Heirat keine Jungfrau mehr war. Eine fromme Seele hatte sich beeilt, Martial damit aufzuziehen, und dieser hatte gefragt, als hätte er noch nie etwas von einem Jungfernhäutchen gehört: «Wegen dem Bären?» Seitdem war reichlich Wasser in die Schluchten gestürzt. La Muette war tot. Die Umstände waren nicht vollständig geklärt. Die Gendarmerie hatte Nachforschungen angestellt. Eine Weile hatten sie Martial in Verdacht, sie getötet zu haben. Aber als mehrere glaubwürdige Personen schworen, sie hätten gesehen, wie La Muette, eine kleine, dunkle, schmächtige Gestalt, Kurs auf den Pic Marterat genommen hatte – was für eine verrückte Idee in ihrem Alter, hatte sie sich vorher auch nur ein einziges Mal in diese Richtung gewagt? –, hatten die Gendarmen Martial schließlich in Ruhe gelassen. Der Form halber hatten sie einen Hubschrauber losgeschickt, um die Flugrichtung der Geier zu verfolgen und ihre Ermittlungen letztendlich eingestellt. La Muette wurde als vermißt gemeldet. Wegen dem Bären?

Ich legte noch einen Scheit auf den Klotz, gut einen Ster hatte ich schon geschafft. Die Stücke lagen um mich herum verteilt, ich mußte sie nur noch zu Mariels Haus hinauftragen und unter dem Unterstand stapeln. Mariel mußte jeden Augenblick zurück sein. Martial würde hinter dem Bergrücken verschwinden. Der Alte lebt mitten in einer Schlucht, in einer Scheune *à pas d'oiseau*, das heißt, mit stufenförmig angelegtem Giebel – ein Zeichen, daß es sich um einen sehr alten Bau handelt. Wären nicht mehrere Öffnungen in die Mauern geschlagen, das Mauerwerk vernachlässigt und die Ziegel im Laufe der Jahre durch Wellblech ersetzt worden, wäre die Scheune malerisch. Martial besitzt nur noch wenige Ziegen, die er des Abends in seiner Mundart ruft. Trotz seiner dringlichen Rufe geruhen sie nicht, hinabzusteigen, es sei denn, ihre Euter sind zu geschwollen. Ich bin schon Zeuge des Theaters gewesen. Die Ziegen meckern. Ihr Echo hallt von den Felswänden wider. Martial ruft. Man könnte meinen, sie unterhalten sich. Schließlich geht er wieder hinein und knallt die Tür zu. Und die Tiere schweigen.

«Sie können welche haben, wenn Sie möchten ...»

Martial hat sich davongemacht, wie üblich. Ich habe die Axt in den Klotz geschlagen und bin zum Haus hinauf gegangen, Patou auf den Fersen.

Mariels Haus ist ein solider Bau. Die Steine und Ziegel sind ohne Mörtel zusammengefügt worden. Es schmiegt sich an den Hang und reicht über drei Stockwerke, von denen das erste nur dem Höhenausgleich dient. Mit seinen vorspringenden Dachfenstern, die in ihrer Form an eine Pfeffermühle erinnern, mutet es etwas chinesisch an. An der einen Fassade ist ein Balkon, an der anderen eine Galerie mit hölzernem Geländer. Das Dach aus schuppenförmig übereinandergeschichteten Schieferplatten ist mit einem Schneegitter mit Zwiebelmuster versehen.

Patou ist nicht über die Schwelle getreten, er hat sich auf die Fußmatte geworfen und mich weiterhin beobachtet, ein bißchen wie der Alte, außer daß er mit dem Schwanz wedelte. Ich habe Wasser aus der Schöpfkelle getrunken, die

Mahlzeit auf der Arbeitsplatte aus beschlagener Eiche zubereitet und schon bald Mariels Wagen gehört, der den Weg hinaufkam. Der Hund ist von der Fußmatte hochgeschossen. Türengeklapper. Schritte. Kläffen. Und schon stand Mariel in der Tür, erschöpft, aber trotz allem lächelnd.

Mit fünfzig Jahren ist Mariel immer noch schön und immer noch genauso spontan hilfsbereit. Sie zieht pausenlos durch die Täler. In dieser Gegend ist eine Krankenschwester eine Seltenheit. Die Entfernungen sind zu weit, die Straßen zu gefährlich, die Tage im Winter zu kurz. Ihre Kundschaft verteilt sich auf alle Täler, die sternförmig von Oust ausgehen bis nach Salau am äußersten Ende, oder gar Ossèse – Welten voneinander entfernt.

«Schön, daß du da bist», hat sie gesagt.

Das war später, nachdem ich den Tisch abgeräumt und das Geschirr gespült hatte. Die Nacht war hereingebrochen und mit ihr die Kühle. Mariel hatte die Nachrichten auf ihrem Anrufbeantworter abgehört, und ich hatte aufmerksam gelauscht. Sie hatte Patou hereingeholt, der jetzt neben dem Kamin pennte, und einen Holzscheit nachgelegt. Sie nippte an ihrem Wein und tat ganz locker, aber ich spürte, daß sie sich Sorgen um mich machte.

«Weißt du noch, als du das erste Mal in der Gegend aufgekreuzt bist ... Was hast du da gesucht?»

«Ich mußte mich abreagieren ...»

«Wo kamst du her?»

Sie wußte sehr gut, wo ich hergekommen war. Ich hatte mir eines Sommers in den Kopf gesetzt, mehrere Gipfel zu erklimmen, den Mont Valier, den Mont Rouch und den Pic de Cartescan.

«Du warst unglaublich unternehmungslustig ...»

«Meinst du, ich bin krank?», scherzte ich.

Mein Lachen klang falsch. Mariel zuckte die Schultern.

«Du bist dort im Hof stehengeblieben und hast um Wasser gebeten. Sofort hast du das Holz gesehen, das für den Winter hereingeholt werden mußte....»

Sie stellte ihr Glas ab und begann, mit einem Schüreisen im Feuer zu stochern.

«Du bist oft wiedergekommen, du hast nie viel von deinen Problemen gesprochen... Kann ich offen zu dir sein?»

«Wenn du nicht zu grausam bist...»

«Du scherzst, aber ich spüre wohl, daß es nicht mehr ist wie früher. Du bist gekommen, um dich abzureagieren, das stimmt, und um neue Kraft zu schöpfen. Du bist gegangen wie neu geboren... Du bist oft gekommen, ich war glücklich und geschmeichelt...»

«Und jetzt nicht mehr?»

«Doch, natürlich! Du machst es mir nicht leicht. Aber vielleicht mische ich mich in Dinge, die mich nichts angehen. Laß mich dir sagen, was ich empfinde, ich habe den Eindruck, daß du dich versteckst...»

«Hier habe ich immer Zuflucht gefunden, Mariel.»

«Ja, aber es war nicht das Gleiche. Dieses Mal verheißt dein Besuch nichts Gutes, oder irre ich mich?»

Ich habe geschwiegen. Wie ist es möglich, daß nie etwas zwischen uns gewesen ist? Wir sind wochenlang zusammen. Sie liest in mir wie in einem offenen Buch. Sie hat ihre Reize. Ich weiß ihre Sanftmut und ihr Feingefühl zu schätzen. Es gab so viele schöne Momente, in denen wir hätten schwach werden können. Der Altersunterschied zwischen uns ist gewiß kein Hindernis.

«Wie auch immer. Aber du sollst wissen, daß du jederzeit darüber reden kannst, wenn dir danach ist...»

«Mach dir um mich keine Gedanken, Mariel.»

«Du bist traurig, und ich spüre es, und der Hund spürt es, er geht dir nicht von den Fersen...»

Ich sah den Hund an, als erwartete ich Zustimmung von ihm, dann meine Hände, schließlich wieder Mariel. Vor ein paar Jahren hatte ich ihr von Pierre und Valérie erzählt. Ich hatte ihr nicht alles erzählt.

«Natürlich zwingt dich keiner, Jaques.»

«Alles in Ordnung, glaub mir ...»

Sie hat gelächelt. Unmöglich, sie zu belügen. Nach einer Weile habe ich gesagt, vom Thema ablenkend:

«Morgen jäte ich das Unkraut bei der Quelle.»

Sie hat weiter in der Glut herumgestochert und gesagt:

«Ich fahre nur bis Ercé. Ich werde früher zu Hause sein.»

Ich werde ihr die Last meiner Schuld nicht aufladen. Ich werde ihr nicht sagen, daß ich beschlossen habe, den Schleier zu lüften. Werde ich Pierre töten müssen?

Wenn nötig, werde ich ihn töten.

## 6

## BEFRAGUNG DER NACHBARN

Auszüge aus den Zeugenaussagen, zusammengetragen von Magali Lopez, Kriminalbeamtin, den 11/09/02.

NACHBAR N° 1

Frage: «Ihr Schlafzimmerfenster geht zum Garten der Lafleurs hinaus, richtig?»

Antwort: «Genau.»

Frage: «Sie haben sich dort zwischen 17 Uhr und 17 Uhr 15 aufgehalten, ist das korrekt?»

Antwort: «Ich beendete eine ausgiebige Siesta, es war vielleicht 16 Uhr 30. Ich bin hinuntergegangen, um meinen Kaffee zu trinken, und dann habe ich mich für meinen Termin bei meinem Zahnarzt fertig gemacht. Ich bin wieder in den ersten Stock hinaufgegangen, wo sich mein Badezimmer befindet. Ich habe mich geduscht, ich habe mir die Zähne geputzt, normal, oder? Während ich mich anziehe, schaue ich gern aus meinem Fenster ...»

Frage: «Das sind eine Menge Possessivpronomen, nicht?»

Antwort: «Was?»

Frage: «Schon gut, nichts. Kommt es oft vor, daß Sie in den Garten *Ihrer* Nachbarn schauen?»

Antwort: «Oh! Nein!»

Frage: «Warum nicht?»

Antwort: «Ist Ihnen nichts aufgefallen?! ... Das Dornengestrüpp! Tut Ihnen das nicht in den Augen weh, so eine Schlamperei?! Die Brombeeren wachsen wie blöd! Das Zeug vermehrt sich wie Teufel! Und das schert sich nicht um die Gesetze der Menschen! Das macht nicht am Zaun halt! Scheiße! Sie wuchern sogar in meinen Garten hinüber! Also wirklich!»

Frage: «Also?»

Antwort: «Ich könnte gut darauf verzichten! Ich werde ehrlich zu Ihnen sein, Mademoiselle, mein Verhältnis zu Jeanne ist nicht gut, wegen der Brombeeren ...

Frage: «Aber heute um 17 Uhr ...»

Antwort: «17 Uhr 12 oder 13.»

Frage: «Um 17 Uhr 12 oder 13 haben Sie in den Garten geschaut, nicht wahr?»

Antwort: «Ja.»

Frage: «Warum?»

Antwort: «Na, wegen der Leiche! Das zieht den Blick an, so eine Leiche! Auch wenn ich zuerst gedacht hab, er hatte einen Schwindelanfall gehabt ... Erst keinen Finger rühren und sich dann eines Tages plötzlich in der prallen Sonne aufspielen ...»

Frage: «Was haben Sie getan?»

Antwort: «Ich hab mein Fenster geöffnet und gerufen: ‹He, hallo, geht's Ihnen nicht gut?› Oder so ähnlich. Und dann hab ich meine ... die Polizei gerufen.»

Frage: «Von Ihrem Fenster aus können Sie auch die Fassade von dem Haus der Lafleurs sehen, oder irre ich mich?»

Antwort: «Nein. Wenn ich den Garten sehe, sehe ich auch die Fassade.»

Frage: «War jemand an einem der Fenster?»

Antwort: «In dem Moment, als auch ich aus meinem Fenster geschaut habe? Sie denken an Jeanne? Nein, ganz sicher, nein.»

Frage: «Gut, Sie sehen also Jaques Lafleur langgestreckt in den Dornen. Und davor?»

Antwort: «Ich hab Ihnen bereits erklärt ...»

Frage: «Ich meine, haben Sie ungewöhnliche Geräusche gehört, den Ausbruch einer heftigen Diskussion, Schreie? Was auch immer Ihre Aufmerksamkeit erregt haben könnte, während sie *Ihre* Zähne putzten?»

Antwort: «Nein.»

NACHBARN N° 2 und N° 3. Abwesend.

NACHBARIN N° 4

Frage: «Ihre Fenster gehen in keiner Weise auf den Garten der Lafleurs, richtig?»

Antwort: «Und das ist gut so!»

Frage: «Warum?»

Antwort: «Na wegen der Brombeeren! Wenn das kein Elend ist!»

Frage: «Sie hatten also kein gutes Verhältnis zu Monsieur und Madame Lafleur?»

Antwort: «Ich glaube, Sie machen einen Fehler, Mademoiselle.»

Frage: «Was für einen Fehler?»

Antwort: «Jaques und Jeanne waren nicht verheiratet.»

Frage: «Ah! Sie tragen aber denselben Namen?»

Antwort: «Jaques und Jeanne waren Bruder und Schwester. Und ich behaupte, das ist nicht normal!»

Frage: «Und was ist mit Ihrem Verhältnis zu ihnen?»

Antwort: «Jeder bleibt für sich, und die sollen mich ja in Ruhe lassen!»

Frage: «Haben Jaques und Jeanne schon immer zusammengelebt?»

Antwort: «Erst seit ein paar Monaten. Vorher hat er sich nicht oft blicken lassen.»

Frage: «Wissen Sie, warum?»

Antwort: «Sie haben sich wohl nicht verstanden.»

Frage: «Und trotzdem lebt er seit einigen Monaten bei seiner Schwester ...»

Antwort: «Er hat keine Wahl gehabt.»

NACHBAR N° 5

Frage: «Jaques Lafleur ist im Oktober 2001 ins Viertel gekommen, ist das korrekt?»

Antwort: «Nach der Explosion der Fabrik, ja. Haben Sie sein Gesicht gesehen? Offenbar war er in den ersten Reihen. Ich persönlich glaube, er hat einen Knacks wegbekommen. Wie so viele ...»

Frage: «In welchem Verhältnis standen Sie zu ihm?»

Antwort: «Kein Verhältnis. Er war einer von der mürrischen Sorte, verstehen Sie. Anfangs hab ich gegrüßt, ich hab versucht, ein Gespräch anzufangen ... Aber ich laß mich doch nicht zum Affen machen!»

Frage: «Keines Ihrer Fenster geht auf den Garten. Aber Ihr Haus ist zweifellos am nächsten. Haben Sie sie gelegentlich streiten hören?»

Antwort: «Dauernd.»

Frage: «Wissen Sie, was der Grund für ihren Streit war?»

Antwort: «Wenn die Leute sich streiten, geht es meistens ums Geld.»

Frage: «Ums Geld?»

Antwort: «Moment! Ich habe nicht gesagt, daß sie sich um Geld gestritten haben ... Sie haben sich gestritten, das ist alles. Man schnappt hier und da ein paar Worte auf, aber gleich zu wissen, warum die Leute sich wirklich streiten ...»

Frage: «Wie weit liegt der letzte Streit zurück?»

Antwort: «Mittwoch , 4. September.»

Frage: «Woher wissen sie das so genau?»

Antwort: «Ich habe am Mittwoch, den 4., meinen Rasen gemäht, ich mähe jeden ersten Mittwoch im Monat den Rasen. Ich habe den Rasenmäher ausgestellt, und da ging es scharf zur Sache!»

Frage: «Haben Sie vielleicht mehr gehört als gewöhnlich?»

Antwort: «Er hat irgend etwas erwähnt, das sie weggeschmissen hat, ich weiß nicht was. Er schien dran zu hängen, was sagen Sie dazu!»

Frage: «Heute Nachmittag haben Sie nicht zufällig gehört, wie sich im Garten jemand gestritten hat?»

Antwort: «Nein.»

Frage: «Haben sie vielleicht Besuch gehabt heute Nachmittag?»

Antwort: «Woher soll ich das wissen?»

Frage: «Sie könnten gesehen haben, daß ein Auto vor ihrer Tür parkt?»

Antwort: «Ich habe Siesta gemacht.»

NACHBARIN N° 6

Frage: «Können Sie mir etwas über Jaques Lafleur erzählen?»

Antwort: «Jaques Lafleur? Wenn Sie wüßten!»

Frage: «Wenn ich was wüßte?»

Antwort: «Jaques Lafleur war ein Faulenzer! Der Beweis: Den Tag, wo er beschließt, seinen Hintern zu bewegen, stürzt er sich ins Unglück! Es ist übrigens ziemlich wahrscheinlich, daß er nie im Leben gearbeitet hat!»

Frage: «Er scheint sehr unter der Explosion der Fabrik gelitten zu haben, oder nicht?»

Antwort: «Die Explosion muß herhalten! Er ist nicht der Einzige, der gelitten hat! Nehmen Sie mich, ich habe wochenlang keine Fensterscheiben gehabt ...»

Frage: «Das kann man nicht vergleichen. Lafleur ist am

eigenen Leibe getroffen worden. Und ich mache Sie darauf aufmerksam, daß eine Menge Leute wochenlang ohne Fenster waren ...»

Antwort: «Hm! Regen Sie sich nicht auf ... Gut, ich werde Ihnen was sagen ...»

Frage: «Was denn?»

Antwort: «Etwas, das beweist, daß ich die Wahrheit sag. Das erste Mal hab ich meinen Augen nicht getraut ... Nun, Sie wissen es vielleicht nicht, aber Jaques hat vor der Post von Saint-Michel oft die Hand aufgehalten! Wie ein Penner! Arme Jeanne! Was für eine Schande!»

NACHBAR N° 7: Abwesend.

NACHBAR N° 8

Frage: «Können Sie mir etwas über Jaques und Jeanne Lafleur berichten?»

Antwort: «Soll ich Ihnen was über Brombeeren erzählen?»

Frage: «Danke, aber das Problem ist mir bekannt ... Haben sie oft Besuch empfangen?»

Antwort: «Den anderen Bruder manchmal.»

Frage: «Den anderen Bruder?»

Antwort: «Pierre. Ich hab ihn lange nicht mehr gesehen. Aber man drückt sich ja auch nicht dauernd die Nase am Fenster platt, oder?»

# 7

# FÉLIX

Es war 18 Uhr 38, als ich in der Sackgasse parkte. An ihrem Ende gruppierten sich die Gebäude auf recht ansprechende Art in einem Kreisbogen. Sie verdeckten zu einem Teil die Eisenbahngleise. Nur die Oberleitung schimmerte durch die Bäume des Anwesens, das der Böschung am nächsten stand. Das Haus von Valérie und Pierre Lafleur tauchte gleich auf der rechten Seite auf. Der Ort war denkbar ungeeignet zum Manövrieren, die Autos standen dicht an dicht, und ich wußte mir nicht anders zu helfen, als auf den Bürgersteig zu fahren. Trotzdem konnte ich es nicht vermeiden, daß ich einen Teil der Zufahrt zum benachbarten Grundstück blockierte. Ich fühlte mich nicht besonders entspannt. Zu viele Emotionen hagelten in zu kurzer Zeit auf mich ein. Die Leiche hatte mich weniger durcheinander gebracht als Magali. Es war mir nicht gelungen, ihr gerade in die Augen zu sehen. Ich hatte ihr die Drecksarbeit überlassen. Was das anging, machte ich mir keine Vorwürfe. Es lag in der Natur der Sache, einer Natur, die auch verlangte, daß ich mich jetzt ausschließlich mit dem Mord beschäftigte. Ich klingelte und wartete. In dem Augenblick fuhr ein Zug vorbei. Vielleicht war keiner zu Hause, oder das schwache Klingeln ging in dem Lärm unter. Ich gab es auf.

Das Haus war nichts Besonderes. Die Fensterrahmen

waren aus PVC, und das Dach war erst kürzlich neu gedeckt worden. Der Schein trügt nicht immer. An diesen einfachen Merkmalen ließ sich schon ablesen, daß Pierre Lafleur wohlhabender war als sein Bruder oder seine Schwester. Die Nähe der Bahngleise und die Lärmbelästigung, die von ihnen ausging, setzten dieser Einschätzung jedoch einen Dämpfer auf. Jeder vernünftige wirklich Reiche hätte sich weiter abseits der Bahngleise niedergelassen.

Der Boden vibrierte noch immer, als ich das Tor aufstieß, das sich seitlich an die Fassade anschloß. Ich ging weiter am Haus entlang und erreichte den Garten. Die Zierpflanzen waren nicht gerade üppig, aber der Kontrast zu Jeanne Lafleurs Garten war überdeutlich. Spielzeug lag auf dem kurzen Rasen verstreut. Diese Seite des Hauses hatte eine Galerie, an der sich Wein emporrankte. Die Trauben waren weiß und fast reif. Aus der Nähe betrachtet war das Haus nicht sehr groß, aber es gehörte noch ein Nebengebäude hinten im Garten dazu. Die Tür stand offen, und ich durchquerte das kurze Stück, das mich von ihr trennte, in wenigen großen Schritten. Immer noch niemand.

Ich drang in den Raum ein. Drinnen war es heißer als draußen. Ich zählte elf Vivarien, von langen Neonröhren erleuchtet. Sie verbreiteten ein unangenehmes Licht. An den täglichen Umgang mit einem Leguan gewöhnt, konnte ich mich nicht wirklich für ihren Inhalt begeistern. Die größten Schlangen waren so dick wie mein Arm. Die meisten waren nicht dicker als ein Ochsenziemer. Einige waren nicht zu erkennen. Ich durchforstete die Vivarien, in denen das Lebensumfeld der Schlangen naturgetreu nachgestellt war, mit den Augen, ohne jedoch immer lebende Körper ausmachen zu können. Um so lebhafter wuselte es in den Käfigen, die unter dem Fenster standen, in der Verlängerung einer Arbeitsplatte, auf der sich Zeitschriften, Akten und Hefte, Pipetten, Pinzetten und Giftbehälter stapelten. Die Käfige enthielten einerseits von abstoßenden

Mißbildungen verunstaltete Laborratten, andererseits weiße Mäuse. All die Nagetiere traten sich ständig gegenseitig auf die Füße. Eine Maus war entwischt, aber sie begnügte sich damit, mit bebender Schnauze auf dem Rattenkäfig auf und ab zu laufen. An ihrer Stelle hätte ich mich verzogen.

Ein weiterer Zug fuhr vorbei, die Fensterscheiben vibrierten, der Boden bebte, aber die Nager änderten ihr Verhalten nicht im geringsten. Ich merkte erst, daß er neben mir stand, als der Lärm abebbte.

«Der 18 Uhr 45 von Toulouse nach Auch», erklärte er.

«Kennst du alle Züge?»

«Das ist ein Spiel mit Papa ...»

«Ist er da?»

«Nein.»

«Und Mama?»

«Sie nimmt ein Bad.»

Er war keine fünf Jahre, besaß aber schon eine stark ausgeprägte Persönlichkeit. Er trug eine Badehose, ein zitronengelbes T-Shirt voller Lehmflecken und Sandalen. Seine Gesichtszüge ließen keinen Zweifel an seiner Verwandtschaft mit Jaques Lafleur. Mochte dieser Junge seinen Onkel?

Plötzlich schien er mich zu vergessen. Sein Blick schweifte durch den Raum und blieb an der entflohenen Maus hängen. Von da an führte er jeden Handgriff mit Überzeugung aus. Offenbar kannte er keine Angst. Ein Junge, der inmitten von Schlangen aufwuchs, sah vielleicht keine Bedrohung darin, daß ein Fremder wie selbstverständlich in seinen Garten spazierte. Ich hätte der böse Mann sein können.

«Es tut mir Leid», stieß er hervor.

Die Formulierung und der überzeugte Ton, in dem er sie vorbrachte, klangen seltsam aus seinem Mund. Leid – was?, dachte ich. Ahnte er, bevor ich es aussprach, daß ich sein Vorhaben mißbilligte? Das Erstaunlichste ist, daß ich ihm tatenlos zuschaute, wie gebannt, und für den Bruchteil einer Sekunde kein Kind mehr in ihm sah, wegen seiner Grausamkeit. Dabei mußte er auf einen Hocker steigen, um oben an den Käfig zu kommen, und selbst dann mußte er noch den Arm strecken. Er packte die Maus beim Schwanz und sprang vom Hocker, den er eilig mit einer Hand zu den Vivarien trug, fast zerrte. Dann stieg er erneut darauf. Er hielt die Maus immer noch beim Schwanz. Sie zappelte, aber als er sie losließ und sie nicht weit von der Schlange herunterfiel, die sich auf einem Stein zusammengerollt hatte, schien sie nicht übermäßig erschrocken. Sie begann, in der Luft zu schnuppern. Die Gefahr war ihr nicht bewußt. Der Angriff kam schnell und unvermittelt. Das Reptil rollte sich sofort auf, und die Maus verschwand in seinem Schlund. Nur der Schwanz kam einen Moment später noch einmal zum Vorschein, schwach zuckend wie ein Regenwurm, den ein Spaten entzweigehackt hat. Die Schlange hatte sie in einem einzigen Bissen hinuntergeschlungen. Schließlich schluckte sie auch den Schwanz.

«Das ist die Natur», behauptete er.

«Du hast ihr keine große Chance gegeben.»

Er drehte sich zu mir um und rümpfte die Nase, als würde ich ihm eine selbstverständliche Pflicht streitig machen. Ich dachte daran, daß manche Typen aus dem Gefängnis flohen. Wenn man sie wieder einfing, brachte man sie nicht direkt zum Zoo, man warf sie nicht den Tigern zum Fraß vor. Noch nicht.

«He! Sie muß schließlich fressen!»

«Quentin?»

Er sprang eilig vom Hocker.

«Quen ...»

Ob Valérie Lafleur sich sogleich genierte – und sie hatte allen Grund dazu – , oder ob sie Angst um ihr Gör hatte – in dem Fall hätte sie sich vorher Sorgen machen sollen – , ihre Stimme begann zu zittern.

«Was haben Sie hier zu suchen? Wer sind Sie? … Quentin! Komm da raus!»

Der Junge lief zu ihr. Valérie Lafleur war einen Meter vor mir abrupt stehen geblieben, und ich nahm den Duft von Jelängerjelieber wahr, den ihr Parfum verströmte. Ihre Haare waren noch naß. Sie waren blond mit einem hübschen rötlichen Schimmer. Ihr weißer, weit ausgeschnittener Bademantel, der mit einem Gürtel um die Taille gehalten wurde und kurz über den Knien endete, verhüllte eine Figur, die ich mir problemlos appetitlich vorstellen konnte. Sie hatte regelmäßige Gesichtszüge, klare grüne Augen und einen sinnlichen Mund. Ich zeigte ihr meinen Ausweis.

«Was hat das zu bedeuten?»

Eine Angst verjagte die andere. In ihrem Blick lag Panik.

«Vielleicht könnte Quentin in seinem Zimmer spielen, finden Sie nicht?»

Sie sah ihren Sohn an und fuhr ihm mit der Hand durchs Haar.

«Na los! Mach schon!»

Er machte, daß er fort kam. Froh, daß er so leicht davongekommen war, zischte er pfeilschnell durch den Garten, lief die Treppe zur Galerie hinauf und verschwand im Haus.

«Ich habe keine guten Nachrichten, Valérie …»

Sie wirkte alarmiert.

«Pierre?»

«Nein. Es geht um Ihren Schwager. Ich würde gern mit Ihrem Mann sprechen … Sein Bruder ist tot.»

Ihr Blick verschleierte sich. Ein Zug zerriß erneut die Stille. Wieviele kamen so im Laufe des Abends vorbei? Ich an ihrer Stelle wäre verrückt geworden.

«Aber wie?», stammelte sie.

«Es ist nicht sehr schön.»

Am Fuß der Treppe stießen wir ein wenig aneinander und sicher hätten wir unsere Scherze deswegen gemacht, wenn die Umstände nicht makellosen Anstand von meiner Seite und Schmerz und Andacht von ihrer gefordert hätten – jetzt schon. Sie begann, die Treppen hinaufzusteigen, überlegte es sich aber schnell anders. Sie trat zur Seite und ließ mich vor, um eine peinliche Situation zu vermeiden. Trotzdem entging mir nicht, daß sie sehr schöne Beine hatte. Wie Élisa.

«Entschuldigung ...»

«Keine Ursache ... Ich ziehe mich nur schnell an. Machen Sie sich's im Wohnzimmer bequem, im ...»

«Verzeihen Sie, ich habe mich nicht vorgestellt. Capitaine Félix Dutrey ...»

«Es dauert nicht lange ...»

Das Zimmer war nicht groß, aber zwei Fenstertüren gingen auf die Galerie hinaus, so daß der Raum lichtdurchflutet war, sogar jetzt, als der Tag sich neigte. Die Einrichtung gefiel mir: gelbe Wände mit einem Stich ins Orange, Sofa und Sessel aus rotem Leder, leichtes Mobilar aus lackiertem Holz, nicht zu viel Nippes. An einer Wand hing ein Gemälde eines australischen Aborigines, darunter eine Bildunterschrift wie im Museum: «Traum einer Schlange». Das Motiv war nicht sehr deutlich, aber die ausdrucksvollen Farben paßten gut zu dem Gelb der Wände. Auf dem niedrigen Tisch lagen ein paar Bücher herum. Erfrischenderweise gab es keinen Fernseher.

«Erlauben Sie, daß ich Ihnen ein paar Fragen stelle, während wir auf Ihren Mann warten?»

Sie hatte Wort gehalten und nicht mehr als fünf Minuten gebraucht. Sie hatte sich sehr schlicht gekleidet, in angemessenen Farben. Ich hatte sie mit leiser Stimme mit ihrem Sohn diskutieren hören. Sie wollte, daß er brav war, sie würde ihm später erklären, warum. Jetzt saß sie in einem Sessel. Sie hatte eine kleine Lampe angemacht, die so plaziert war, daß der «Traum einer Schlange» zur Geltung kam, und etwas von Valéries Schatten auf die Wand hinter ihr warf. Sie hatte sich wieder gefangen.

«Sind Sie bereit?»

«Ja.»

«Wann haben Sie ihren Schwager das letzte Mal gesehen?»

«Das kann ich nicht genau sagen ...»

«Hat er Sie nie besucht?»

«Nicht, seit er bei Jeanne eingezogen ist ...»

«Hatten Sie kein gutes Verhältnis zueinander?»

«Das würde ich nicht sagen ...»

Ich wartete auf die Fortsetzung. Als sie nicht kam, fragte ich:

«Wie soll ich das verstehen?»

«Es muß ihm unbehaglich gewesen sein.»

«Was denn?»

«Unser Glück ...»

Sie wandte ihren Blick ab und tat so, als studiere sie ihre Fingernägel. Ihre Hände waren lang wie die einer Harfinistin und ihre Fingernägel schienen mir in gutem Zustand. Sie stieß einen kurzen Seufzer hervor und sah mich erneut an.

«Es gab eine Zeit, da haben sie sich sehr gut verstanden, und dann ... Ach! Es wäre mir lieber, wenn Pierre Ihnen das selbst erzählt. Ich habe mich nie in ihre Angelegenheiten gemischt ...»

«Ich verstehe ... Haben Sie unter der Situation gelitten?»

«Ich habe vielleicht bedauert, daß die Dinge nicht einfacher waren.»

«Schätzen Sie Jaques?»

«Wie man den Bruder seines Mannes schätzen kann ... Jaques hatte nicht viel mit uns gemein. Aber auch das, denke ich, könnte Pierre Ihnen besser erklären ...»

Sie schwieg. Mehr bekam ich nicht aus ihr heraus. Ich

hätte trotz allem Worte von der Art erwartet: Wie schrecklich für meinen Mann, armer Pierre, wenn er es erfährt… Vielleicht hatte sie das ganze Ausmaß des Dramas noch nicht begriffen. Nach fast fünfzehn Jahren im Metier war ich auf diesem Gebiet mit zahlreichen Reaktionen konfrontiert worden. Die von Valérie Lafleur gehörte nicht zu den Schändlichsten. Ich fuhr fort, um die Stille zu füllen:

«Ihr Sohn ist nicht gerade scheu…»

Sie lächelte schwach.

«Hat er Ihnen den Trick mit der Maus gezeigt?»

«Erzählen Sie mir nicht, er hat es extra für mich getan?»

«Einer gelingt es immer, zu entkommen. Quentin beobachtet das genau. Ich habe sogar den Verdacht, daß er ein wenig nachhilft. Er ist oft im Garten. Quentin ist *sehr* gewieft. Kaum kommt Besuch, spielt er ihm seine kleine Nummer vor. Normalerweise sind die Leute beeindruckt… Wie haben Sie reagiert?»

«Ich habe vor kurzem einen Artikel über naive Beute gelesen…»

«Naive Beute?»

«Sagen wir vereinfacht, Tiere, die jegliche Wachsamkeit ihren natürlichen Feinden gegenüber verloren haben und somit um so verletzlicher werden. Ich denke nicht, daß sie sonderlich um ihr Schicksal zu beneiden sind…»

«Man muß wachsam bleiben?»

«Ich fürchte, ja… Die Szene hat mich, ich gebe es zu, unangenehm berührt… Ist das nicht gefährlich?»

«Quentin ist vorsichtig. Er kennt die Gefahr. Er liebt die Schlangen. Pierre hat ihn schon sehr früh dem Test mit der Blindschleiche unterzogen.»

«Der worin besteht?»

«Sobald ein Kind alt genug ist, um zu laufen, geben Sie ihm eine Schlange zum Anfassen und Streicheln, eine Blindschleiche oder Natter, irgendeine harmlose Art. In den allermeisten Fällen reagiert es nicht anders als bei einer kleinen Katze, und später spürt es nichts von dieser lächerlichen Abneigung gegen Reptilien. Es lernt, sich in acht zu nehmen, ganz einfach. Wie man sich im Leben in acht nehmen muß, sei es vor Schlangen oder Menschen, nicht wahr?»

Jetzt deutete ich ein Lächeln an.

«Sie sprachen von Besuchern?»

«Ich sehe, Sie denken, Quentin nimmt sich nicht genug vor den Menschen in acht... Sie müssen wissen, daß jeder, der sich direkt zum Vivarium begibt, die Erlaubnis von meinem Mann hat. Sie sind die Ausnahme, die die Regel bestätigt.»

Der Vorwurf war kaum versteckt. Valérie war so schön wie intelligent, so bestimmt wie scharfsinnig. Ich hoffte für ihren Mann, daß er mithalten konnte. Wenn meine Fragen sie aufgewühlt hatten, ließ sie sich nichts anmerken. Für sie war der weitere Verlauf der Unterhaltung harmlos, und ich hätte sie nur durch einen geschickten Schlenker wieder ins rechte Gleis bringen können. Ich sah keinen Nutzen darin.

«Pierre empfängt viele Journalisten, die sich für seine Arbeit interessieren.»

«Welche?»

«Er legt Giftreserven für bestimmte Laboratorien an und... Genau, eben das.»

Der Gang eines Menschen ist aufschlußreich. Er sagt etwas über den physischen Zustand, drückt Müdigkeit aus, Niedergeschlagenheit oder Freude. Als ich Pierre Lafleur pfeifend die Treppen hinaufkommen hörte, sagte ich mir, daß er fit war, daß er einen guten Tag gehabt hatte, daß er niemanden umgebracht hatte und daß er froh war, nach Hause zu kommen. Als er in einer der Fenstertüren auftauchte, sah ich jedoch sofort an seinen Hosenbeinen hinunter. Ich bemerkte keine verdächtigen Flecken. Seinem

Aufzug nach zu urteilen hätte er von der Jagd kommen können, aber sein Gesicht drückte etwas anderes aus als derlei Einfalt. Sein Blick war lebhaft und offen, die Miene heiter. Er sah seinem Bruder sehr ähnlich, und sie waren bestimmt nicht mehr als drei Jahre auseinander. Die Haltung seiner Frau und die Farbe ihrer Kleidung, nicht so sehr meine Anwesenheit, alarmierten ihn. Sein Gesicht drückte Besorgnis aus.

«Liebling ...»

Ich erhob mich, stellte mich vor und überbrachte ihm die schreckliche Nachricht.

«Tot», preßte er zwischen den Zähnen hervor.

Solche Situationen gehören zum Beruf, aber man gewöhnt sich nie ganz daran. Eine Leiche ist nie etwas anderes als eine Leiche, solange man die Angehörigen ignorieren kann. All jene, denen der Tote etwas bedeutet, wenn auch nur indirekt. Später ist sie nicht mehr nur eine Leiche, besser gesagt ist sie nicht mehr wirklich eine Leiche. Sie erwacht wieder zum Leben durch den Schmerz, den sie verursacht. Und ich, wenn ich diese verfluchte Verwandlung miterlebe, wäre am liebsten aus einem anderen Stoff, aus Zink oder Titan. Bis dahin war ich wie ein Mechaniker, der sich über einen ausgedienten Motor beugt, wie ein Chirurg, einen bösartigen Tumor vor Augen. Was tun? Was soll's. Nichts als Schrott. Nur ein totes Organ. Jetzt mußte ich mich daran erinnern, daß der Wagen jemandem gehörte, der ihn vielleicht dringend brauchte, daß es jemanden gab, der vielleicht noch ein Fünkchen Hoffnung hegte.

Mann und Frau nahmen sich in den Arm. Sie drückte ihn sehr fest. Er strich ihr übers Haar. Eine Weile verharrten sie so und trösteten sich. Schließlich fragte er:

«Wie?»

«Auf bestialische Weise ...»

«Ich kümmere mich um Quentin», sagte sie.

«Draußen ist es angenehmer ...»

Ich folgte ihm auf die Galerie. Pierre Lafleur gehörte bestimmt zu der Sorte Mann, die bei offenem Fenster schlief, sogar im Winter, wenn nicht gar am liebsten draußen. Wir lehnten uns an das Geländer, während auf dem Gleis ein Zug vorbeidonnerte. Er sah automatisch auf die Uhr.

«Gewöhnt man sich daran?», fragte ich.

«Es kommen jeden Tag zweiundvierzig Züge vorbei. Ich achte nicht mehr besonders darauf ...»

Er schloß für eine Sekunde die Augen. Er weinte nicht. Aber es hatte ihn schwer getroffen. Der Wein hing direkt über unseren Köpfen, und er streckte den Arm aus, um eine Traube zu pflücken.

«Wann haben Sie Ihren Bruder zuletzt gesehen?»

Er steckte eine Weintraube in den Mund, kaute und spuckte sie mit einer Grimasse wieder in den Garten. Mit einer Geste lud er mich ein, die Rebsorte meinerseits zu probieren, aber ich schüttelte den Kopf.

«Letzten Mittwoch. Vor einer Woche ...»

«Wo?»

«Bei meiner Schwester.»

«Wie war er drauf?»

«Griesgrämig ... Er hat kein Wort mit mir gesprochen. Meine Schwester wußte nicht mehr ein noch aus. Sie hatten sich gestritten ...»

«Worüber?»

«Ich weiß nicht ...»

Ich sah ihn von unten an.

«Was schauen Sie mich so an?»

«*Ich weiß nicht* ... Ihre Schwester bringt nur diese Worte hervor ...»

«Sie haben sie getroffen ...»

«Jaques ist in ihrem Garten gestorben.»

Er verarbeitete die Information, schüttelte den Kopf.

«Kümmert sich jemand um sie?»

«Ja.»

«Jeanne ist krank. Eine Depression, die einfach nicht besser wird. Sie war schon mehrfach im Krankenhaus ...»

«In der Psychiatrie?»

Er wich aus.

«Jeanne war Professorin und gewiß nicht dafür gemacht... Sie hat sich zu unserer Mutter geflüchtet, und nach ihrem Tod hat sie buchstäblich den Verstand verloren...»

«Und Ihr Bruder?»

«Er lebte seit fast einem Jahr bei Jeanne. Er hat sich nie erholt...»

«Wovon?»

«Er war auf der Umgehungsstraße, als die petrochemische Fabrik explodiert ist. Ich wußte nicht, daß er zu dem Zeitpunkt in der Stadt war...»

«Wo hätte er denn sein sollen?»

«Bei ihm wußte man nie...»

Eine Windschutzscheibe war ihm um die Ohren geflogen. Ich hätte daran denken müssen. Es war bald ein Jahr her. Männer, die aus ihren Autowracks geborgen wurden, Frauen, an den Leitplanken zusammengesunken, verstört, das Trommelfell zerborsten und das Gesicht voller Blut. Wie hatte Jaques sich verhalten? Wo kam er her? Wo wollte er hin? Pierre Lafleur fuhr fort:

«Seit einigen Jahren hat er nicht mehr viel von sich hören lassen... September... Jaques brauchte fast nichts zum Leben. Er erntete Wein, sammelte Melonen in Cavaillon, Pflaumen im Tarn, was weiß ich? Er wollte frei sein! Mit fast vierzig, was ist das für eine Freiheit!»

«Und seit letztem Mittwoch?»

«Ich habe ihn nicht mehr gesehen. Ich habe nicht mehr mit ihm gesprochen.»

«Ihre Frau hat mir erzählt, daß sie sich sehr gut verstanden haben...»

«Vor langer Zeit, ja, bevor er angefangen hat, uns Vorhaltungen über unseren Lebensstil zu machen ... Die Wahrheit ist, daß er mich eines Tages um Geld gebeten hat, wir hatten gerade dieses Haus gekauft, und ich konnte ihm nicht helfen ...»

«Hat er es Ihnen verübelt?»

«Unser Verhältnis ist schlechter geworden, ja. Es ist bescheuert, die anderen für die Fehler verantwortlich zu machen, die man selbst begangen hat ...»

Er steckte noch eine Weintraube in den Mund, und dieses Mal spuckte er sie nicht wieder aus. Als wäre die Frucht in seiner Hand ausgereift. Er fuhr fort:

«Auch ich hatte meine Wanderjahre, aber irgendwann war ein Punkt erreicht, an dem das Spiel zu Ende war, ich bin seßhaft geworden, habe eine Familie gegründet. Vielleicht wäre mein Leben interessanter verlaufen, wenn ich anders gehandelt hätte, obwohl ich nicht recht daran glaube, wenn ich mir Jaques Spießrutenlauf ansehe ... Jaques ist immer nur in die Irre gelaufen, und das hat ihn nirgendwo hingeführt ... und schlimmer.»

«Schlimmer?»

«Sie sind nicht hier, Capitaine, um mir zu verkünden, daß mein kleiner Bruder im Lotto gewonnen hat ...»

Die Emotion, lange unterdrückt, quoll jetzt hervor. Er hatte eine aufrichtige Zuneigung zu seinem Bruder empfunden und empfand sie noch.

«Vielleicht hätte ich mir mehr Mühe geben sollen, oder?»

«Das hätte nichts geändert, fürchte ich ...»

«Doch ... Ich würde mich nicht verantwortlich fühlen ... Was habe ich für ihn getan? Was habe ich für Jeanne getan? Ich habe immer nur an mich gedacht ...»

«Jetzt ist nicht der Zeitpunkt, sich zu geißeln ...»

«Kann ich ihn sehen?»

«Morgen, wenn Sie wollen. Einer meiner Männer wird sie zum Leichenschauhaus fahren ...»

«Danke … Ich verlaß mich auf Sie, darauf, daß Sie den fassen, der das getan hat.»

«Ich werde mein Bestes tun … Hatte Ihr Bruder irgendwelche Feinde?»

«Schon möglich, bei dem Leben, das er führte …»

«Hätte er Sie angerufen, wenn er in Gefahr war?»

«Das ist unwahrscheinlich.»

Ich stellte ihm noch einige Fragen, die Heikelste hob ich bis zum Schluß auf. Er hatte sich der Traube entledigt. Wir würden uns natürlich wiedersehen müssen, und er gab mir seine Handynummer. Am Fuß der Treppe beschloß ich, ihn zu fragen:

«Was haben Sie zwischen 16 Uhr und 17 Uhr 15 gemacht?»

Ein Zug fuhr vorüber, und seine Worte gingen in dem Lärm unter. Er wiederholte, als wir durch den Garten gingen:

«Ich war in der Natur, am Ufer der Ariège.»

«Wo genau?»

«Am Confluent, das ist oberhalb der Gemeinde von Portet …»

«Das kenne ich, es ist ein zauberhafter Ort. Mich erinnert er immer an Louisiana, an die sumpfigen Tümpel dort, es wimmelt nur so von Mücken, und man erwartet fast, daß Krokodile auftauchen …»

Er war zu höflich, um mich zurechtzuweisen und mir zu bedeuten, daß es sich doch wohl eher um Alligatoren handelte.

«Waren Sie allein?»

«Ja … Ich habe meinen Bruder nicht umgebracht, Capitaine.»

Ich blickte in Richtung Vivarium. Die Nacht war fast hereingebrochen, und durch die Fenster drang Krankenhauslicht.

«Ich habe selbst einen Leguan», sagte ich.

«Terrarienfreund?»

«Notgedrungen. Paul hat uns während einer Ermittlung auf dem Kommissariat Gesellschaft geleistet.»

Marc und ich waren an seine Gegenwart gewöhnt. Wir konnten uns nicht mit dem Gedanken anfreunden, ihn dem Tierschutzverein anzuvertrauen. Eines Abends hatten wir Kopf oder Zahl gewettet. Ich hatte gewonnen.

«Ihre Frau erwähnte, daß Sie für Laboratorien arbeiten?»

«Nicht nur.»

Pierre ließ das Tor hinter uns offen. Wir gelangten zu meinem Wagen. Ich überzeugte mich davon, daß mir niemand den Weg versperrt hatte. Mir würde allerdings keine andere Wahl bleiben, als im Rückwärtsgang aus der Sackgasse hinauszufahren.

«Ich bin Spezialist beim Zoll am Flughafen von Blagnac. Die Feuerwehr greift auch auf meine Dienste zurück. Ich bin rund um die Uhr erreichbar.»

«Ihre Einsätze sind außergewöhnlich, nehme ich an.»

«Glauben Sie das ja nicht, Capitaine. Erst vor vierzehn Tagen habe ich einen Anruf vom Flughafen erhalten. Ich sollte eine erwachsene Python aus einer Maschine der Air France aus Mailand holen. Natürlich hat sich niemand in den Laderaum getraut. Der Gepäckträger stand unter Schock. Ich habe mich um Saint-Exupéry gekümmert und ...»

«Saint-Exupéry?»

«So nenne ich alle Schlangen, die das Flugzeug nehmen ...»

Ich lächelte und drehte den Zündschlüssel um. Er stützte sich mit den Ellenbogen auf die offene Tür.

«Glauben Sie mir, meine Aufgabe war weit heikler, was den Gepäckträger betraf. In solchen Fällen gewähre ich eine Art psychologischen Beistand und praktische Unterstützung.»

Er hielt inne.

«Die wilden Tiere werden uns zunehmend vertraut. Manche Exzentriker tragen dazu bei, daß neue Gefahren entstehen. Täglich werden neue Spezies importiert, für die es in Frankreich kein Gegengift gibt. Seren gegen sogenannte seltene Schlangen sind sehr teuer. Gegen den Biß einer asiatischen Klapperschlange hat das Opfer keine Chance. Bei einer Kobra führt der Biß zu einer Lähmung der Atemwege ... Ich habe weniger als eine Stunde, um zu handeln. Vincent habe ich natürlich nichts von alledem erzählt.»

«Vincent?»

«Der Gepäckträger.»

Ich fuhr an.

«Und die übrige Zeit?», fragte ich noch.

«Ich zähle. Ich nehme an der nationalen Erfassung von Reptilien und Amphibien teil.»

«Sie sind also immer in der freien Natur.»

«Vorausgesetzt, wir verstehen das gleiche unter dem Ausdruck freie Natur. Wenn wir berücksichtigen, daß die Stadt in einigen Aspekten eine Art Dschungel geworden ist, dann ja, dann bin ich immer in der freien Natur. Trotzdem wären Sie überrascht, wieviele Schlangen man in dieser Stadt beobachten kann, nicht weniger als fünf Arten.»

«Nein, wirklich!»

Er trat zurück, damit ich die Tür schließen konnte. Sein Gang verriet nur noch Niedergeschlagenheit. Ein Teil seiner selbst war gestorben.

«Ich winke Sie raus», sagt er.

Aber er schaute woandershin, Tränen in den Augen, und ich mußte allein sehen, wie ich zurechtkam. Er begleitete mich jedoch noch ein paar Schritte bei dem Manöver, unentschlossen wie ein Fisch in trüben Gewässern.

«Finden Sie den Mörder meines Bruders, Capitaine.»

Es fehlte noch Öl in meinem Getriebe. Ich war noch nicht richtig drin. Sonst hätte ich die Antwort auf eine einfache Frage, die ich mir stellte, schneller gefunden, ungeachtet der Tatsache, daß Valérie Lafleur mich zweifellos mehr verwirrt hatte, als ich mir eingestehen mochte. Warum war sie aus der Haut gefahren, als sie mich mit ihrem Sohn überrascht hatte? Oder war es, weil er im Vivarium herumhing? Quentin war vorsichtig. Quentin kannte die Gefahr. Quentin war mit diesem kleinen, grausamen Spiel vertraut. Und dann machte es ihr nichts aus – das Haus bot sich dafür an –, daß Besucher allein hinten in den Garten gingen. Warum also die Aufregung? Ihr Mann warnte sie sicherlich jedes Mal vor. Ihr Wutausbruch, dieser im Nachhinein überraschende, kurze Moment der Panik, ließ sich dadurch erklären, daß sie nicht vorgewarnt worden war – ganz verständlich. Ich zermarterte mir das Hirn über Nichtigkeiten.

Unbewußt schlug ich den Weg zur *Julip* ein. Ich parkte auf der Avenue Crampel und rief Marc vom Pier aus an. Wie lange war ich schon nicht mehr in meiner Wohnung gewesen? Wozu bezahlte ich noch Miete, wenn ich selbst in den schlimmsten Momenten nicht mehr ohne Élisa auskam? Suchte ich immer noch fadenscheinige Entschuldigungen, wie ihre hypothetische Abreise? Ich mußte den Sprung wagen, und ich hatte Angst. Ein Rückzug wäre nicht mehr möglich. Es bestand das Risiko, daß wir einander überdrüssig wurden. Aus Verrücktheit würde Langeweile werden. Vielleicht war es eine Form des Glücks, die den Sprung wert war. Mit der Zeit würde ich weniger anspruchsvoll werden. Aber jetzt war nicht der Moment, darüber nachzudenken.

Marc war sauer auf mich. Ich hörte es an seiner Stimme. Verschnupft, der Kerl. Er sagte mir, daß Eusèbe wünschte, *in Frieden und Verzückung* zu arbeiten. Er wußte selber nicht recht, wie er es geschafft hatte, Ruhe zu bewahren. Am Tatort hätte er sich zweifellos nützlicher machen können. Serges Männer hatten die Tatwaffe nicht gefunden.

«Morgen werden wir ein paar Fragen auf den Grund gehen», sagte ich. « Auf eine gewisse Weise war Jaques Lafleur schon tot.»

«Warum reißen wir uns dann den Arsch auf?»

Élisa war nicht mehr an Deck. Die Luken und Bullaugen verströmten ein tröstliches Licht wie ein spiegelverkehrter Sternenregen. Die Lichtkegel voller Insekten kreuzten sich unter dem Astwerk der Platanen. Lautlos – zumindest glaubte ich das – steuerte ich auf den Bug zu. In einem Glas brannte eine Kerze herunter. Ich zog meine Jacke aus, faltete sie, verstaute meine Waffe darin, packte das Ganze auf den Tisch und setzte mich auf einen Stuhl.

Élisa ließ nicht lange auf sich warten. Ich legte den Kopf zurück, und sie umschlang mich, küßte meinen Hals, lächelte schließlich selig. Sie spürte eine Veränderung in mir, zu ihrem Vorteil.

«So früh hab ich dich noch gar nicht erwartet ...»

Sie fing an, mich zu massieren.

«Hm ...»

«Hast du Hunger?»

«Ich könnte nichts runterkriegen.»

Ich begann, ihr von dem Mord zu erzählen. Das hatte ich noch nie getan, und sie schien es zu würdigen. Sie massierte weiter, aber der Rhythmus ihrer Finger paßte sich jetzt dem meines Berichts an. Ich ersparte ihr gewisse Details, aber ohne, daß sie etwas sagte, ohne, daß ich ihr Gesicht sah, spürte ich mal die Überraschung oder Neugier, mal den Ekel und Schrecken, den sie dabei empfand. Als ich geendet hatte, verfielen ihre Finger wieder in einen regelmäßigen Rhythmus. Wir schwiegen eine Weile. Schließlich sagte sie:

«Man kappt Blumen nicht mit der Gartenschere ...»

«Die Ironie an der Sache war mir noch gar nicht aufgegangen. Sicher steckt ein Sinn hinter dem Ganzen …»

«Entspann dich …»

«Ich bin auf dem besten Weg.»

«Du hättest mir Blätter mitbringen sollen. Wenn man sie abkocht, wirken die Brombeeren gegen Durchfall, das hätte dir gut getan.»

«Ich bitte dich!»

«Du bist so ein Sensibelchen …»

«Willst du uns nicht lieber einen Joint drehen …»

«Was bist du ungeduldig! … Kennst du die Legende von Tristan und Isolde?»

«Vage …»

«Weißt du, wo ihre Liebe hingeführt hat?»

«In den Tod.»

«Ja. Und der Legende zufolge ließ König Matke sie in zwei getrennten Särgen begraben, aber über Nacht brach eine grüne und belaubte Brombeerranke aus Tristans Grab und drang in Isoldes Grab ein, und wenn man sie auch abschnitt, sie wuchs die nächste Nacht wieder neu …»

«Klar, die Ableger!»

Élisa kicherte.

«Wie wär's, wenn du den Joint drehen würdest!»

«Gut, und danach lieben wir uns.»

«Was würdest du von einer Vorspeise halten?»

«Einfach so? Hier? Jetzt?»

Sie nahm ihre Hände von meinen Schultern, verlor aber nie ganz die Tuchfühlung. Sie baute sich vor mir auf. Sie hatte etwas von einer infernalischen Schönheit. Ihre Finger streiften meine Wimpern, meine Wangen. Das war nicht gut für die Konzentration. Ihre Finger schlängelten sich unter mein Hemd, noch tiefer.

«Mmmm …»

Ich bekam einen Steifen. Élisa beugte sich vor.

# 8

## JAQUES LAFLEUR – Heft 2001/II

Juli

Heute Morgen hat Mariel mir gesagt, daß es mir an Willensstärke fehlt. Es bestand keinerlei Anlaß, mir das zu sagen. Mein Schweigen beschäftigt sie, sie ist zu diesem Schluß gekommen, sie hat ihn laut ausgesprochen, wie für sich selbst, es ist ihr so rausgerutscht, nur daß ich da war. Ich habe nicht reagiert. Der Morgen dämmerte gerade erst herauf. So früh arbeitet mein Geist langsam, aber ich glaube, zu einem anderen Zeitpunkt wäre ihre Bemerkung genauso an mir abgeprallt. Mariel hat den Hund gestreichelt, mir einen schönen Tag gewünscht und ist gegangen. Ich habe den Tisch abgeräumt und das Kaffeegeschirr gespült.

Ich rechnete gewiß nicht damit, gestört zu werden. Der Tag hätte ganz mir gehört, er wäre verlaufen wie jeder andere auch, und es wäre mir nur recht gewesen.

Normalerweise hinterlegt Hervé die Post in dem Lebensmittelgeschäft im Dorf, was ihm kilometerlange Serpentinen erspart, und Mariel holt sie am Abend ab. Das ist nicht immer praktisch, manchmal kommt sie spät nach Hause, und der Lebensmittelladen ist schon geschlossen. Zumal sie das Haus immer sehr früh verläßt, wird die Post oft tagelang nicht abgeholt. Hervé hat ihr diese Gepflogenheit mehr oder weniger aufgezwungen, seiner Meinung nach rechtfertigt ein Brief nicht die Liter Benzin, die sein Wagen auf der Steigung verbraucht und die Gefahren, denen er sich aussetzt, speziell im Winter. Ich habe also sofort gedacht, daß er etwas für mich hatte. Und ich habe ebenso neugierig wie ungeduldig zugesehen, wie das gelbe Auto den Weg hinaufkam.

Hervé hat neben der Quelle geparkt. Er hat die Autotür zugeknallt und, bevor er mich auch nur angesehen hat, die Landschaft betrachtet, als sei er nur deshalb gekommen. Hervé hat früher ein Auge auf Mariel geworfen, da ist er wohl bis heute nicht drüber weg. Hervé ist um die Vierzig und ich kann ihn, offen gestanden, nicht riechen.

«Sie lassen uns nicht los ... Ich weiß nicht wieso, aber sie lassen uns nicht los, was?»

Seine Hände waren leer. Ich fing wieder an, Holz zu stapeln. Drei Tage strömender Regen hatten mich davon abgehalten. Die meiste Zeit hatte ich mir die Nase an der Fensterscheibe plattgedrückt. Ich versuchte, die Berge durch die Wolken zu erahnen. Wenn letztere manchmal aufbrachen, einen Bergrücken oder einen Gipfel freigaben – nicht immer sehr deutlich –, schien es mir, als würde ich nichts wiedererkennen. Ich mag dieses Gefühl ständiger Veränderungen, obwohl sich natürlich nichts grundlegend verändern kann, dazu bedürfte es schon eines Erdbebens oder einer anderen Naturkatastrophe. Oder wir müßten uns auf eine andere geologische Stufe begeben. Der Himmel klarte erst nach Einbruch der Dunkelheit wirklich auf, er gab Anlaß zu Hoffnung auf eine Wetterbesserung, aber am nächsten Tag regnete es erneut.

«Du bist nicht gerade ein gesprächiger Zeitgenosse!»

Er ist mir schneller aus dem Sinn gegangen, als er den Hang hinaufgekommen war. Er hätte ein Fels sein können, obwohl ich für einen Felsen mehr Interesse aufbringe. Mir ist bewußt geworden, daß er ins Leere plapperte.

«Was?», habe ich gebrummt.

Ich habe ein weiteres Scheit auf den Stapel gelegt und mir die Stirn gewischt. Die Schubkarre war leer. Nur noch zwei Fuhren. Das Ende war in Sicht. Ich habe einen Blick in die Umgebung geworfen. Der Regen hatte den Himmel reingewaschen. Schafe sprenkelten die sommerlichen Berge. Die Sonne begann zu brennen, und die Tiere würden bald nicht mehr von den Felsen zu unterscheiden sein. Geier zogen ihre Kreise. Ich hatte Martial nicht wiedergesehen. War er krank? Hätte Hervé es gewagt?

«Sie hat noch einen Rest von Schönheit, Mariel, nicht wahr?»

Er hatte sich nicht von seinem Wagen entfernt. Zwischen uns lagen mehrere Meter. Ich hatte die Axt auf dem Klotz liegen lassen.

«Was genau willst du?»

«Bah!»

Er hat die Achseln gezuckt. Er hat begonnen, die Fassade zu studieren. Er mußte in meinen Augen gelesen haben, daß ich ihn problemlos mit einem kräftigen Tritt in den Arsch die Schlucht hinunterstoßen könnte. Ich trug derbe Schuhe, mit denen ich ihm ein Loch im Bauch verpassen konnte. Er war nicht groß. Doch er hat sich ein Herz gefaßt, als würde das Feuer nicht brennen, wenn man nicht hinsah.

«Du willst mir doch nicht etwa erzählen, daß Ihr beiden ... oder?»

«Du willst was zu tratschen haben, was?»

Er hat die Drohung nicht verstanden. Ich bin zwei Schritte auf ihn zugegangen. Der Hund hat die Zähne gebleckt. Ich habe an Mariel und den Ärger gedacht, den ich ihr bereiten würde. Er hat weitergesprochen:

«Es könnte sein, daß Mariel und ihr Vater ... Das sind natürlich nur Gerüchte, aber trotzdem, sie reden nicht mehr miteinander, sie sehen sich nicht mehr, findest du das etwa normal?»

Mit einer vagen Geste hat er die unermeßliche Weite angedeutet.

«So weit weg von allem? ... Da, ein Adler!»

Blöderweise habe ich zu dem hochgesehen, was er für einen Adler hielt, und was nur ein Bussard war. Er flog über die Tannenschonung. Ein Adler wäre nicht so tief geflogen. Entweder verkaufte Hervé mich für dumm, oder er war es selber.

«Du könntest da einziehen, verstehst du, du könntest zehn, zwanzig Jahre dort leben, du wirst nie einer von hier sein ...»

Ich habe Anstalten gemacht, auf ihn loszugehen, und er ist in seinen Wagen gestürzt. Von da an habe ich mich ruhig verhalten, ihn aber nicht mehr aus den Augen gelassen. Er ist weggefahren. Er hat einen Blick auf den Beifahrersitz geworfen und mich mit einem boshaften Lächeln bedacht. Dieser Hurensohn hatte einen Brief für mich. Er wäre mir noch ein wenig auf die Nerven gegangen, und dann hätte er ihn mir zweifellos gegeben. Ich habe mich nicht gerührt, erniedrigen würde ich mich nicht. Er hat gewendet, gegrinst und Gas gegeben.

Der Wald würde den Wagen bald verschlucken. Aber unmittelbar, bevor das geschah, ist Hervé hart in die Bremsen gestiegen. Er hat die Felswand gestreift. Er fuhr zu schnell, und das war die einzige Möglichkeit, den Zusammenstoß zu vermeiden.

Ein anderes Auto ist zwischen den Bäumen aufgetaucht.

Was hatte er vor? Sollte Valérie mir endlich geschrieben haben, und er kreuzt hier auf ... Weiß er Bescheid? Ich bin wieder hineingegangen. Ich zitterte. Zu viel unterdrückter Schmerz. Ich habe mir die Hände gewaschen. Ich habe Kaffee gekocht. Dabei war ich verzweifelt.

Patou hat gebellt, aber der Eindringling hat sich bemüht, ihn zu beruhigen. Ich habe zwei Tassen auf den Tisch gestellt. Bald darauf hat er ans Fenster geklopft. Der Hund war vor ihm hergelaufen und tanzte jetzt um mich herum, schwanzwedelnd, als wolle er mir sagen, daß ich mich auf eine schöne Überraschung gefaßt machen sollte. Hunde sind wesentlich großherziger als Menschen, weniger verschroben und beständiger. Pierre hat sich blinzelnd in das Halbdunkel geschoben.

«Bist du da, Brüderchen?»

Es hat keine Gefühlsausbrüche gegeben, gerade mal eine kurze, heftige Umarmung unter Männern. Ich habe mich losgemacht und den Kaffee serviert. Wir haben uns jeder an ein Ende des Tisches gesetzt. Nach einer Weile hat er gesagt:

«Dachte ich mir, daß ich dich hier finde ...»

Er hat die Tasse zum Mund geführt und einen Schluck getrunken. Seine Miene verriet keine Wut, zeigte überhaupt keine besondere Emotion.

«Wie lange schon? Ein Jahr?»

«Kann sein ...»

Er hat ein Gesicht gezogen.

«Ich war gerade in der Gegend, ich bin in Le Valier wandern gewesen ... Über Le Riberot», hat er erklärt.

«Das ist ein ganz schönes Stück.»

«Es lohnt sich ...»

«Hast du Vipern beobachtet?»

«Ein paar, ja.»

«Hast du Bartgeier gesehen?»

«Du weißt genau, daß ich nie nach oben schaue!»

Es war nur, um etwas zu sagen. Schon als Kinder war das der entscheidende Unterschied zwischen uns. Er hat immer den Boden abgesucht und ich den Himmel. Ich sagte, daß Vögel für den Himmel sind wie Worte für den Menschen, er, daß Schlangen Steinen ein Gesicht geben. Wir hätten uns ergänzen können, haben uns aber im Gegenteil, dem Schein zum Trotz, allmählich voneinander entfernt. Auf die Dauer gesehen konnten wir nur entgegengesetzte

Wege gehen. Zweifellos haben wir dabei etwas verloren. Vielleicht hatten wir es gespürt, bevor das Leben uns tatsächlich trennte und das sichere Gefühl bestätigte.

Er hat sich umgesehen und anerkennend genickt.

«Hübsch hier ...»

«Ich fühl mich wohl hier.»

«Um so besser ... Willst du wissen, wie es Jeanne geht?»

«Geht es ihr gut?»

«Es geht. Und mir? Auch gut. Danke.»

Er hat mich angelächelt, sein Lächeln war künstlich. Dann ist er aufgestanden und hat aus dem Fenster gesehen.

«Schöne Gegend. Alles wirkt so viel weniger zerbrechlich als anderswo. Es geht überall bergab, weißt du das?»

Ich habe nicht geantwortet. Ich wußte nicht, worauf er hinauswollte.

«Am Ende klammern wir uns an Strohhalme. Und manche wundern sich, wenn es ein Ende mit Schrecken wird ... Dabei steht schon in der Heiligen Schrift, in der Schöpfungsgeschichte: ‹Füllet die Erde und machet sie euch untertan und herrschet über die Fische im Meer und über die Vögel im Himmel und über das Vieh und über alles Getier, das auf Erden kriecht.› Wenn wir davon ausgehen, wie sollen wir da noch vor irgend etwas Respekt haben? Verdammte Religion ...»

Wahrscheinlich wollte er in dem Moment an die Vergangenheit anknüpfen. Unter Globetrottern. Gelegentlich hatte ich bei ihnen Zuflucht gesucht, einen oder zwei Tage, eine Woche, manchmal länger. Quentin war noch nicht geboren. An manchen Abenden aßen wir auf der Galerie, wir erfanden die Welt neu. Es waren erhabene Augenblicke, voller Freude, Wärme und Intelligenz, solche Augenblicke, in denen die Zeit stehen zu bleiben scheint, und für die man normalerweise später, weil sie nicht von Dauer sein können, eine verfluchte Melancholie entwickelt. Diese Momente waren gerade das Richtige nach langen Tagen der

Einsamkeit. Doch eines Abends ging das alles zu Ende. Nichts würde jemals wieder so sein können wie früher.

Seine Taktik hat nicht gefruchtet, er hat sich wieder hingesetzt, und ich habe frischen Kaffee gekocht.

«Weißt du, Brüderchen, ich habe dich nie verurteilt ...»

Ich sah zu, wie der Kaffee durchlief. Er betrachtete seine Hände. Ich spürte wohl, daß seine Worte ihn große Überwindung gekostet hatten.

«Du hast dein Leben immer nach deiner Fasson gelebt. Schon möglich, daß ich mir seinerzeit Sorgen gemacht habe, daß ich mich nicht immer richtig verhalten habe, nun ja, ich hatte Angst um dich ... Wäre es dir lieber gewesen, ich hätte mich 'nen Teufel drum geschert?»

Er hatte mich zwar nicht verurteilt, zumal er es betonte, aber ich hatte seine Mißbilligung so oft gespürt. Sie lag in einem Blick, einer kurzen Bemerkung, harmlos zunächst, verletzend im Nachhinein, sei es nur durch die Ironie oder den Zweifel, die darin lagen. Vielleicht hatte ich mich getäuscht, obwohl er nach der langen Zeit alles behaupten konnte. Er mußte sich mit dem Gedanken abgefunden haben, daß er mein Leben nie hätte bestimmen können. Er konnte sich damit trösten, daß er sich somit keine Schuld an meiner Niederlage zu geben brauchte, aber es würde immer ein Bruch in seiner Zuneigung zu mir bleiben.

«Die Liebe ist gefährlich ... Aber ich sehe, daß es dir gut geht. Das freut mich ...»

Ich habe Kaffee nachgeschenkt. Wenn ich mich schuldig fühlen sollte, dann nicht wegen der Zuneigung, die er mir entgegen zu bringen glaubte. Trotz allem war ich irritiert. Wenn ich nicht aufpaßte, würde ich weich werden. Es war ausgeschlossen, daß ich auf sein Versöhnungsangebot einging, und wenn er mich auf den Knien anflehen würde. Daher habe ich ein wenig hart gefragt:

«Was willst du, Pierre?»

«Was habe ich dir getan, Jaques?»

Er wußte es nicht.

«Wenn es nur eine Frage der Knete ist, weißt du, wir sind aus dem Gröbsten raus ...»

«Hör zu ... Ich habe dich vor drei Jahren um eine kleine Finanzspritze gebeten, das war vor drei Jahren, als ich sie gebraucht hätte ... Vergiß es.»

«Und wenn ich dir sagen würde, daß du mir fehlst ...»

Würde er sich noch nackt ausziehen? Würde er mir ein Zeichen geben, bevor er mir sein Herz lebend auf dem Tablett servierte? War das normal zwischen zwei Brüdern? Die Situation wurde mir unerträglich. Ich konnte nicht glauben, daß das alles war. Pech, wenn ich mich wieder täuschte. Ich beobachtete ihn eine Weile. Für jemanden, der den ganzen Morgen in den Bergen herumgekraxelt war, war er sehr blaß. Ich fragte, und ebenso gut hätte ich einen Hammer ergreifen und ihm den Schädel einschlagen können:

«Hast du irgendwelche Probleme?»

Sein Blick schwankte.

«Oh! Es ist nicht immer eitel Sonnenschein mit Valérie. Ich weiß nicht, was in ihrem Kopf vorgeht ...»

«Und was soll ich deiner Meinung nach tun?»

«Sicher nichts ...»

Pierre hat sich in Schweigen gehüllt. Ich habe den fernen Klang der Glocken im Dorf gehört, die 13 Uhr läuteten. Ich hätte ihn bitten können, zum Essen zu bleiben, um die Wogen zu glätten. Er hat gesagt, er würde unterwegs etwas essen, es klang wie ein Vorwurf.

Ich hatte voreilig gesprochen. Jetzt war es zu spät, um mehr zu erfahren. Valérie hat mir endlich geschrieben, habe ich gedacht. Valérie leidet.

# DONNERSTAG

# 9

# FÉLIX

Im Flur wieherte jemand. Moncollin rührte sich nicht. Seine Nasenflügel bebten, als hätte er einen schlechten Geruch in der Nase, aber sein Gesicht behielt den gleichen stoischen Ausdruck.

Patrick Moncollin hatte sich weiter entwickelt, seit er vor zwei Jahren Claude Mousplèdes Nachfolge angetreten hatte, sowohl auf physischer als auch auf mentaler Ebene. Sein Gesicht war länger geworden, die Nasenlöcher waren größer, die Augen runder und die grau-blauen Haare erinnerten jetzt an Eselshaar. Vielleicht war es nur Einbildung. Er war wie dieser Mann, der schließlich seinem Hund ähnelt, der seinem Tier so nahe ist, daß er mit ihm gegen die Mauer pinkeln würde, was er übrigens manchmal auch tut. Er wird Mann-Boxer oder Mann-Pudel oder Mann-Pitbull oder Mann-Labrador. Moncollin für seinen Teil war Mann-Pferd. Besaß er eins? Großes Geheimnis. Eines Tages würde ich mir vielleicht erlauben, ihn auf das Thema anzusprechen. War es reine Nostalgie, eine fixe Idee, Ausdruck eines naturverbundenen Traums? Wie dem auch sei, die Zuneigung, die er den Einhufern entgegenbrachte, war offenkundig. An der Wand hinter ihm befanden sich so viele Pferde, auf Litographien, Radierungen oder einfach Farbfotografien, alle hübsch eingerahmt, daß Moncollin hinter seinem Schreibtisch wie das Leittier einer großen Herde wirkte. Ein Spaßmacher vom Dienst wieherte daher gelegentlich im Flur.

Moncollin seufzte und legte langsam, nachdenklich einen Finger zwischen die Augenbrauen. Schließlich rieb er sich die Augen, bevor er mich vertrauensvoll ansah, die Wangen leicht aufgebläht.

«Das hat ihnen nicht gepaßt», sagte er.

«Was denn, Commissaire?»

Noch vor einigen Monaten wäre er sofort voller Elan zur Sache gekommen. Er hätte mir sehr schnell seine Sicht der Dinge geliefert und eine Methode angeraten, die ich nicht befolgt hätte, weil ich immer meinen eigenen Kopf haben mußte. Ich hätte ihm aus Höflichkeit zugehört und dann vergessen, daß es ihn überhaupt gab.

Ein angenehmes Licht durchflutete den Raum und erzeugte einen wechselnden Widerschein auf Hälsen, Köpfen, Schläfen, in den Mähnen. Von draußen drang der Lärm der Maschinen auf der Baustelle der zukünftigen Metrostation herein.

Ich war stehen geblieben. Ich war noch nicht ganz wach. Vor ein paar Monaten haben wir alle ein Stück von uns verloren, dachte ich, wir werden noch lange darunter leiden. Nein, sicher nicht alle. Denn an einigen prallt alles ab, ihr Gehirn verschließt sich, sie haben kein Gedächtnis und kein Mitgefühl. Ich versuchte nicht mehr zu ergründen, ob es das Resultat einer natürlichen Unfähigkeit war, Anteil zu nehmen, eines Defekts des Moralgefühls, oder des Selbsterhaltungsinstinkts. Seit dem Tag nach dem Drama habe ich immer wieder die gleichen kläglichen Verhaltensweisen festgestellt. Die Welt bricht zusammen, und das Leben geht weiter. Und mit ihm die Dummheit. Ganz besonders in den Kommissariaten.

«Katastrophen! Doudou* im Rathaus, dann die Attentate

---

* Doudou: Wortschöpfung des Autors für Philippe Douste-Blazy, zur

in New York, und zu allem Überfluß die Fabrik, die uns um die Ohren fliegt, und die Rechtsextremen in der zweiten Runde der Präsidentschaftswahlen!»

«Fast ein Jahr traumatischer Ereignisse», gab ich zu.

«Ich stelle fest, daß Sie meine Ansichten teilen. Den Nächsten, den ich Eselsschreie ausstoßen höre, schnappe ich mir im Flur und schlage ihm die Fresse ein.»

Wir schwiegen ein Weilchen wie in der Hoffnung, daß es eintreten würde.

«Aber wir weichen nicht», sagte er dann, «wir geben der Bosheit, dem Gespött, der Taktlosigkeit nicht nach ...»

Er begann, sich langsam in seinem Sessel hin und her zu wiegen, nachdenklich, die Hände gefaltet.

«Sie waren im Urlaub, und Sie hätten dort bleiben sollen.»

«Ventimiglia war als Erster am Tatort und ...»

«Ich kann es mir denken», unterbrach er mich. «Man soll Pferde und Esel nicht zusammenbringen ...»

«Dabei kommen Maultiere heraus, Commissaire.»

«Oder Maulesel ... Sagen Sie Ihrem Teamkameraden, ich hätte es geschätzt, wenn er mir zwei Worte hätte zukommen lassen. Brugnera ist nicht zufrieden. Brugnera ist ein Mann, den ich nicht immer begreife ...»

«Brugnera ist ein Riesentrottel.»

«Was hat er Ihnen denn getan?»

«Er ißt Pferdefleisch ...»

«Also wirklich!», empörte er sich mit einem Lächeln und fuhr übergangslos fort:

«Was haben wir?»

Ich faßte die Lage zusammen. Moncollin war zugänglicher geworden, und als ich geendet hatte, beglückwünschte er mich. Es war eine gute Idee gewesen, gleich seinen Bru-

---

Zeit der Handlung des Romans Bürgermeister von Toulouse, heute Gesundheitsminister *(Anm. d. Übers.)*.

der aufzusuchen. So wie ich die Dinge darstellte, gab es vorläufig keinen Grund, ihn zu verdächtigen. Er hatte den Eindruck, daß ich den Fall vom richtigen Ende aufzäumte. Er war gnädig, denn wenn ich ein Ende zu fassen hatte – ein Ende wovon? –, hatte ich schon jetzt das Gefühl, daß es mir aus den Fingern glitt.

«Könnte ich dennoch einen Vorschlag machen?»

«Selbstverständlich.»

«Lassen Sie die Möglichkeit eines Raubmordes nicht außer acht. Und wer weiß, was er zu erzählen gehabt hätte ...»

«Wem?»

«Und was? Fragen, die Sie sich stellen müssen.»

«Wir werden darüber nachdenken.»

«Was sagt Ihr Gefühl?»

«Jaques Lafleur war in keiner guten psychischen Verfassung. Der familiäre Hintergrund war auch nicht gerade berühmt. Die Zeugenaussagen stimmen überein: Es ging bergab mit ihm. Mein Gefühl sagt mir, daß man ihm den Gnadenstoß verpaßt hat.»

«Ich wollte Sie noch fragen ...»

Er zögerte. Jetzt würde er über Magali reden, mir sagen, daß es vielleicht keine gute Idee war, wenn wir zusammenarbeiteten. Vor drei Monaten war sie noch im Krankenhaus, ich ...

«Ach! Nichts ... Tun Sie, was Sie für richtig halten.»

## 10

## RÉMI

Rémi klappte das Heft zu. Der Karton enthielt einen ganzen Packen. Rémi lächelte selig. Was für ein Leben! Ein ganzes Leben! Er hatte die Hefte auf seinem Bett ausgebreitet. Wie viele waren es? Eins, zwei, nie mehr als drei pro Jahr. Sie deckten fast zwei Jahrzehnte ab. 2001 hörten sie auf. 1978, 1982 und 1985 hatte er gierig verschlungen. Er hatte sie willkürlich aus dem Haufen gegriffen. Den größten Teil des Abends hatte er darin gelesen, dann war er eingeschlafen. Aber er war bald wieder aufgewacht, vor Aufregung, und hatte weitergelesen. Es waren alle möglichen Hefte, hübsche Hefte aus seidigem Papier und andere für drei Sous, die beim ersten Sonnenstrahl gelb werden. Auf jedem Heft stand einfach nur: Jaques Lafleur und das Datum. Darin folgten kleine, nichtssagende Ereignisse und großartige Abenteuer aufeinander, ohne genauere Datumsangabe als die des Monats.

Wenn er ehrlich war, hatte Rémi das erste Heft nicht zufällig herausgezogen. 1978 war sein Geburtsjahr. In jenem Jahr durchquerte Jaques Lafleur Amerika von Nord nach Süd. Auf jede erdenkliche Art und Weise. Teufel, das haute einen um! Welch ein Mut! Jaques Lafleur war ein *Abenteurer*. Traumhaft! Der schönste Augenblick war zweifellos, als Jaques Lafleur sich nach tagelangem, anstrengendem Marsch, während dem er keiner Menschenseele begegnet war, am Rande der Andenkordilleren in einer Felsnische *eingenistet* hatte. Um ihn herum glitten gewaltige Kondors in einem *unendlichen und coelinblauen* Himmel. Rémi kannte das Wort nicht, coelinblau, aber er spürte die Ergriffenheit.

«Rémi», rief seine Mutter unten von der Treppe aus. «Du kommst noch zu spät!» Er warf einen Blick auf seinen Wecker. Es war 6 Uhr. Rémi konnte noch ein paar Extraminuten rausschlagen. Er würde sich nicht die Zähne putzen. Er fühlte sich stark in den Beinen. Er würde über die Bürgersteige fahren. Er würde sämtliche roten Ampeln ignorieren!

Rémi blätterte vorsichtig um. Die Handschrift war krakelig, manchmal kaum lesbar, zweifellos, weil Lafleur unter allen Bedingungen geschrieben hatte, ohne Unterlage, sich vor Regen schützend, in der Kälte, abends am Lagerfeuer, oft in unbequemer Haltung. Die Texte hinterließen manchmal einen seltsamen Eindruck. Es war, als wollte Lafleur nur sein Leben dokumentieren, konnte aber der Versuchung nicht widerstehen, eine Geschichte zu erzählen, als handele es sich um das Leben eines anderen. Auf die Art nahmen alltägliche Berichte manchmal, wenn auch nicht immer, eine romantische, fast poetische Dimension an. Ah! Was für ein Glück! Wie gern hätte Rémi ebensolche Abenteuer erlebt! Wie ihn plötzlich das Fell juckte, seinen Rucksack zu packen und sich auf den Weg zu machen! Ah! Ein Leben ohne Ketten an den Füßen! Ohne irgend jemandem eine Rechtfertigung schuldig zu sein! Frei!

Aber wie konnte man sich von so einem Schatz trennen? War Jaques Lafleur tot? Wer hatte diese schönen Hefte weggeworfen? Mit Sicherheit nicht ihr Autor. War es möglich, daß die Menschen so wenig Respekt vor den Toten hatten?

6 Uhr 30. Rémi würde nicht gehen, ohne ein Heft mitzu-

nehmen. Er würde es während der Pausen lesen. Er griff in den Stapel. 2001.

Seine Toilette ließ er sausen. Er begnügte sich damit, seine Haare anzufeuchten. Unfähig, sich zu beherrschen, öffnete er das Heft mitten auf der Treppe und blieb für einen Moment abrupt stehen.

*Wenn nötig, werde ich ihn töten.*

Wen?

Rémi überflog die Zeilen darüber und darunter.

Warum? Pierre? Seinen Bruder?

Etwas hatte sich im Ton geändert. Die Begeisterung war nicht mehr da. Der Kerl hatte plötzlich Blei an den Füßen. Er war nicht mehr derselbe. Rémis Herz zog sich zusammen. Es war, als wäre Jaques Lafleur sein Freund geworden, und er ahnte nichts Gutes für ihn, ganz und gar nichts Gutes.

Mißmutig setzte Rémi sich an den Küchentisch, und seine Mutter schenkte ihm Kaffee ein.

«Ich habe deinen Imbiß gemacht, Rémi.»

«In Ordnung, Maman!»

«Na, du hast aber gute Laune heute!»

Rémi trank seinen Kaffee in kleinen Schlucken. Sein Vater trat in die Küche. Er würde ihn nerven. Spannung lag in der Luft, bevor er auch nur den Mund aufmachte. Das überkam ihn von Zeit zu Zeit. Jetzt war wirklich nicht der richtige Moment. Sie gaben sich keinen Gutenmorgenkuß. Sein Vater war nie besonders zärtlich gewesen. Eines Tages hatte Rémi seine Eltern dabei überrascht, wie sie sich küßten, und die Szene war ihm absurd vorgekommen.

«Du wirst es weiter schwer haben, verstehst du? Aber du wirst es nie so schwer haben, wie ich es schwer hatte… Und du wirst es bis zum Schluß schwer haben.»

«Nicht unbedingt», brummte Rémi vor sich hin.

«Was erzählst du da?»

«Ich komm da raus…»

«Hältst dich wohl für was Besseres?»

Seine Mutter warf ihm einen besorgten Blick zu. Konnte Rémi nicht wenigstens eine Sekunde an sie denken. Sonst hätte sie ihren Mann den ganzen Tag am Hals, wenn sie nur einmal eine falsche Bemerkung machte. Das war so sicher, wie Lava aus einem ausbrechenden Vulkan fließt, wie die Asche auf die Schwachen und Elenden herabregnet. Sein Vater trampelte auf ihm herum, und Rémi sollte sich nur treten lassen. Er spürte an der Art, wie sie sich an der Spüle bewegte, daß seine Mutter Angst bekam.

«Ißt du nichts?», fragte sie in einem Ton, der liebevoll klingen sollte, aber ihre Nervosität verriet.

Rémi bekam nichts herunter. Sein Vater hatte ihm den Appetit verdorben. Wenn er so drauf war, hätte er der ganzen Welt den Appetit verdorben.

«Du kommst da raus ... aber womit?»

«Ich bin spät dran, Papa.»

Rémi stellte sein Kaffeegeschirr in die Spüle, schnappte sich seinen Brotbeutel, stopfte das Heft hinein und verließ schnellstens die Küche. Als er über die Schwelle trat, bevor er die Tür zuschlug, hörte er seine Eltern noch sagen:

«Ganz dein Sohn!»

«Er arbeitet!»

«Immer nimmst du ihn in Schutz!»

«Er will da raus kommen, Roger.»

«Ja, was denn noch?»

Rémi kam pünktlich auf die Minute. Marcel merkte sofort, daß etwas nicht stimmte, aber er mißverstand ihn und zog ihn auf:

«Warst du auf 'ner Raveparty? Rave.»

«Hab nicht viel geschlafen ...»

Rémi fragte sich, wie er vorgehen sollte. Das Heft klammheimlich herausnehmen und unter seinem T-Shirt verstecken? Später am Sortierband wäre es ein Kinderspiel.

Wer würde sich schon darüber wundern? Es wäre Papier inmitten von Papier. Oder sollte er es lieber im Spind lassen? Er wollte nicht mit Marcel darüber sprechen. Einziges Problem: Marcel würde den Umkleideraum als letzter verlassen. Und dann würde Marcel sich darüber wundern, daß er seinen Spind abschloß, was er sonst nie tat, denn er würde nicht anders können: Dieses Heft war zu wertvoll.

«Du hast Recht, Junge. Nutz die Gelegenheit. Was du dir jetzt nicht nimmst, gibt dir später keiner mehr.»

«Ich fühl mich nicht wohl, Marcel.»

«Ah!»

Marcel erhob sich schwerfällig und kramte in seinem eigenen Spind herum.

«Ich hab die Medizin. Medizin.»

Er förderte einen Flachmann Pernod zutage. Wie ein Apotheker studierte er das Etikett. Schließlich diagnostizierte er:

«Es ist der Zuckermangel. Mußt gleich wieder eine Dosis zu dir nehmen.»

«Jetzt gleich?»

«Wenn ich es dir sage. Ich geh Wasser holen.»

«Oh! Du bist wie ein Vater für mich, Marcel.»

«Man hat nur einen Vater. Sorg dich gut um ihn.»

Rémi nutzte die Gelegenheit und ließ das Heft unter sein Hemd gleiten. Als Marcel zurückkehrte, täuschte er einen Magenkrampf vor, das Gesicht zu einer schmerzverzerrten Grimasse verzogen, eine Hand auf den Bauch gepreßt.

«Halt durch!»

Marcel schenkte die Dosis ein.

«In einem Zug, Kleiner, in einem Zug!»

Rémi schluckte tapfer. Der Pernod stieg ihm sofort zu Kopf. Er schwankte zum Band und konnte erst gegen zehn Uhr wieder richtig klar denken. Als hätte sich alles gegen ihn verschworen, hatte er nicht eine Minute Atempause. Die Wagen folgten einer auf den anderen in einem Höllentempo. Er hatte einen Haufen Unrat vom Rollband gezogen. Endlich konnte er sich eine Pause gönnen. Er legte seine Gabel beiseite, setzte sich auf seinen Hocker und begann wieder, in dem Heft zu blättern.

Jaques Lafleurs Leben war erstaunlich kompliziert. Er war in eine merkwürdige Falle gestolpert. Hatte er das denn nicht kommen sehen? Unbegreiflich! Das konnte ja nur böse enden. Früher oder später würde Jaques aus den Bergen herunterkommen. Worauf wartete er? Warum hatte er den Überraschungsbesuch seines Bruders nicht ausgenutzt? Das war vielleicht eine Überraschung! Es kamen noch schöne Passagen, aber Rémi, der das Drama nahen spürte, zollte ihnen sicher nicht die verdiente Aufmerksamkeit. Er übersprang Zeilen. Er wollte es wissen. Aber 2001 hörte das Heft auf. Gab es noch andere Hefte für dieses bestimmte Jahr?

Als Rémi am Mittag wieder in den Umkleideraum kam, war ihm schlecht. Marcel aß schon, seine Tupperware-Box vor sich. Heute gab es Salade Niçoise. Niçoise.

«Nanu! Du mußt ja schwer gebechert haben! Willst du noch eine Medizin?»

«Nein danke, Marcel.»

Marcel lenkte seine Aufmerksamkeit wieder auf den Fernseher. Der Apparat von der Größe eines kleinen Aquariums produzierte ein undeutliches Schwarzweißbild, aber der Ton war gut. Manchmal verschwand das Bild, und Marcel stand auf, um die Fernsehantenne auszurichten.

Rémi probierte sein Sandwich: Schweinebraten, grüner Salat, Gurke, Mayonnaise.

«Er soll mit der Gartenschere umgebracht worden sein. Wie schrecklich! Es erwischt immer die Gleichen!»

«Wer denn?»

«Na, Jaques Lafleur!»

Rémi kaute auf seinem Sandwich. Er hielt mittendrin inne. Seine Hände sackten auf den Tisch. Er starrte auf den

Fernsehschirm, aber der Journalist von France 3 war schon zu einem anderen Thema übergegangen. Mit trockener Kehle stammelte er:

«Pierre ... Pierre Lafleur?»

Marcel schüttelte den Kopf.

«Nein ... Jaques Lafleur. Lafleur ... He! Kennst du den?»

Marcel wiederholte seine Frage, und Rémi sagte ganz leise:

«Ja, ein wenig ... Er war fast ein Freund.»

# 11

## FÉLIX

Die Haut körnig wie poröser Stein, die Augen grün wie fauliges Wasser, die Ohren wie zwei gleiche Backen eines Schraubstocks, bot Brugnera auch nicht gerade einen ästhetischen Anblick. Er stand weiter unten im Flur, wild gestikulierend, ganz allein, und ich brauchte ein paar Sekunden, um den Sinn seiner Gesten zu begreifen. Er stampfte von einem Fuß auf den anderen – spöttisch. Er riß das Maul auf und reckte den Hals. Wenn er Pferd spielte, glich er einem Affen, trotz der schweren Stiefel.

«Du hast ein Problem, Brugnera.»

«Hast du sie abgeknutscht?»

Er hätte es gern gesehen, daß ich in den Knast gewandert wäre, als ich Lopez ins Krankenhaus befördert hatte. Nur hatten meine Fehler trotz seiner Machenschaften keine Sanktionen nach sich gezogen. Vielleicht war das *mein* Problem.

«Du magst die Menschen nicht, du bist blutgierig und...»

Er erstarrte, ballte die Fäuste. Im Vorbeigehen schleuderte ich ihm an den Kopf – so als würde ich einem Affen eine Erdnuß zum Fraß vorwerfen:

«Moncollin möchte dich sprechen...»

«Was?»

Er wurde blaß. Ich fand mich ein wenig gemein. Aber

ich spürte, daß es mir gut tun und daß ich anschließend keinerlei schlechtes Gewissen haben würde. Er steuerte ohne Eile auf Moncollins Büro zu. Ich verlangsamte meinen Schritt, um an der Ecke zum nächsten Flur zu sein, wenn er vor der Tür anlangte. Dann fing ich an zu wiehern und verduftete, ließ ihn mit erhobener Faust vor einer Tür stehen, die sich öffnete, ohne daß er geklopft hätte. Zu spät stellte er sich die grundlegende Frage: Bin ich völlig bescheuert?

Ich verjagte Brugnera aus meinen Gedanken. Ein paar Schritte weiter, und ich befand mich gedanklich in Jaques Lafleurs Schlafzimmer. Ein Zimmer wie eine Zelle. Ein Zimmer, um sich die Kugel zu geben.

Ein Einzelbett: Einsamkeit, Masturbation. Einige Kleidungsstücke und nicht neu: Armseligkeit. Ein Tisch mit nichts darauf: um dort gelegentlich zu essen? Zu schreiben? Mit dem Kuli, der auf dem Nachttisch-Stuhl lag? Schreiben worüber? Es gab nichts, worauf man hätte schreiben können, Kalender, Heft, Briefpapier. Dieser Kuli lag nicht zufällig dort. Es konnte nicht so sein wie mit einem Haufen Dinge, die die Leute zu Hause haben und die sie nie benutzen, wie ein Gewehr über dem Kamin oder einen Aschenbecher, obwohl sie mit dem Rauchen aufgehört haben. Ein Kuli wird dauernd benutzt. Ich kannte niemanden, der ohne auskam, und sei es nur, um ein Datum anzukreuzen oder einen Einkaufszettel zu schreiben. Vorausgesetzt, es war Papier vorhanden. Im Schlafzimmer befand sich nichts dergleichen, mit Ausnahme der Ausweispapiere und einem Zwanzigeuroschein. An anderen Stellen im Haus gab es etwas zum Draufschreiben, zugegeben, ich durfte mich nicht hineinsteigern, an der Existenz eines Terminkalenders festhalten und mir einreden, daß der Mörder ihn hatte verschwinden lassen, weil er kompromittierende Informationen enthielt, aber wie auch immer, dieses Nicht-Vorhandensein war befremdlich. Ich hatte den Eindruck, daß ein Stück fehlte.

Ich warf einen trübseligen Blick auf die Akten, die sich während meines Urlaubs auf meinem Schreibtisch gestapelt hatten. Marc klapperte auf seiner Tastatur. Unsere Schreibtische bildeten ein L, und unsere Computer standen jeweils am äußeren Ende, um die Kommunikation zu erleichtern – hätten wir uns vorgebeugt, hätten wir uns am Bart ziehen können. Als ich mich setzte, streckte er sich und blinzelte.

«Hallo, Félix ... ich kann dir sagen!»

«Was hast du?»

«Gestern, gegen Nachmittag, geht ein junger Kerl den Bürgersteig der Rue des Trente-Six-Ponts hinauf. Er hat sich was zu futtern gekauft: Baguette, Spaghettis, Speckwürfel, Senf. Als er bei sich ankommt, läßt er das Senfglas fallen, und es zerspringt auf dem Asphalt. Der Junge ist korrekt. Er stellt sein Essen auf die erstbeste Fensterbank und geht in seine Wohnung hinauf, um etwas zu holen, womit er den Dreck beseitigen kann. Bloß daß, als er runterkommt, sein Essen verschwunden ist ...»

«Na und?»

«Na, und er denkt sofort, daß seine Nachbarin ihm eins ausgewischt hat, eine Achtzigjährige, die bei jeder Gelegenheit Streit mit ihm sucht, laute Musik und der ganze Kram, und das artet aus. Zwei Messerstiche.»

«Für wen?»

«Den jungen Kerl.»

«Tot?»

«Halb ... Die Achtzigjährige ist flüchtig.»

«Ein kleines Alltagsdrama, wie man es gern hat ...»

Wir hatten eine magere Chronologie, gerade mal drei Daten über ein ganzes Jahr verteilt, oder fast: 21. September 2001, 4. und 11. September 2002. Bis zum Beweis des Gegenteils hatte man uns im Zusammenhang mit diesem Zeitabschnitt die nebulösesten Hypothesen präsentiert. Die Explosion der Düngemittelfabrik war ein Unfall. Rein zufällig befand Jaques Lafleur sich an jenem Morgen auf der südlichen Umgehungsstraße. Er hatte keine Chance gehabt, wenn er auch alles in allem weniger zu bedauern war als die dreißig offiziell für tot erklärten Personen oder all die Unglücklichen, die ihr Augenlicht verloren hatten, deren Glieder zerfetzt wurden oder, schlimmer noch, als dieser Mann, der – allein – die Kraft aufgebracht hatte, die Notaufnahme aufzusuchen, das Gehirn bloßgelegt.

Wir waren dem Schlimmsten entkommen, denn die staatliche Gesellschaft für Schießpulver und Sprengstoff hatte der Explosion standgehalten. Die Ironie des Schicksals wollte es, daß Magali und ich fünfzehn Monate vorher mit dem Hubschrauber über das Gebiet geflogen waren und keine Ahnung hatten, daß wir bald nur um Haaresbreite dem Tod entgehen würden, verloren inmitten einer in Flammen stehenden Reifendeponie. Ich hatte es nicht vergessen, und als an diesem 21. September um 10 Uhr 17 die Halle 221 in die Luft ging, hatte ich die Schmerzen der Opfer hautnah nachempfunden. Die Vorstellung, daß die Rohre mit Senfgas hätten nachgeben können, verursachte mir immer noch eine Gänsehaut auf dem Rücken. Die Stadt hätte schlicht und einfach von der Karte ausradiert werden können. Alle, die dem Unglück entkommen waren, hatten nunmehr guten Grund, den Himmel zu preisen oder an ihren guten Stern zu glauben. Seitdem hätten wir uns eigentlich alle mit anderen Augen sehen müssen, freundlicher gesinnt. Wir hatten alle wie durch ein Wunder überlebt.

Zum Zeitpunkt der Katastrophe lag Magali im Krankenhaus. Seit über einem Jahr verbrachte sie öfter lange Zeit dort, ließ eine Transplantation nach der anderen über sich ergehen, überlebte zweimal knapp eine Hämorrhagie. Die Fensterscheiben ihres Zimmers waren explodiert. Glassplitter hatten sich wie Speerspitzen in ihr Bett gebohrt, und es war Teil des Wunders, daß sie ohne einen Kratzer davongekommen war. Im schlimmsten Fall des Szenarios hätte sie sterben können, ohne daß ich sie wiedergesehen hatte. Aber dann wäre ich selbst gestorben. Was hätte das geändert?

Jaques Lafleur hätte an jenem Tag nicht in der Stadt sein sollen. Das behauptete jedenfalls sein Bruder, oder wollte es gern glauben. Er war im Oktober bei seiner Schwester eingezogen, also einige Wochen nach der Verwüstung. Warum?

«Warum nicht bei seinem Bruder?»

«Sie haben sich nicht gut verstanden.»

«Ist er mit seiner Schwester besser ausgekommen?»

«Nein, so wie's aussieht...»

«Der Herdentrieb vor dem Tod?»

Marc zufolge bewirkte dieser Trieb, daß die Krebskranken, die Depressiven und die Alkoholiker sich unter ihresgleichen zusammenfanden. Es handelte sich um eine natürliche Neigung. Das machte ihnen nicht unbedingt neuen Mut, aber es war stärker als sie. Sie *sammelten* sich. Er hatte mir diesen Gedanken eines Abends auf der *Julip* offenbart. Obgleich er nur auf einen Sprung vorbeigekommen war. Er fühlte sich nicht ganz auf der Höhe, und ich hatte meinen eigenen Geisteszustand hinterfragt. Für alle Fälle hatte ich uns einen Joint verschrieben, und wir verbrachten die Nacht an Deck, jeder in seinem Liegestuhl, wie zwei Schwerkranke im Sanatorium.

«Seit einem Jahr ist er bei ihr. Er ist deprimiert. Er bettelt.»

«Lieber das, als die Erniedrigung, seinen Bruder noch einmal um Geld zu bitten. Der Stolz.»

«Sie ist zweifellos verständnisvoller und kaum, oder gar nicht, in den Konflikt zwischen den beiden Brüdern verwickelt... Bei ihr ist es ihm egal, wenn er das Gesicht verliert.»

«Sie bietet eine akzeptable Zuflucht.»

«Und das dauert, solange es eben dauert, bis es ihm besser geht. Das paßt, aus diesem Winkel betrachtet.»

Marc begann wieder, auf seiner Tastatur zu klappern. Ich dachte schweigend weiter nach. Ich stellte mir Jaques und Jeanne vor, jeden in seiner Welt, sie im ersten Stock, er im Erdgeschoß, um nicht zu stören, wie ein Ausgestoßener, wie eine Ratte. Und wenn Jeanne simulierte? Wenn sie etwas äußerst Unangenehmes wußte? Daher ihr schizoider Zustand. Sie war schon depressiv. In der Familie stimmte etwas hinten und vorne nicht. Nur Pierre schien stabil. Ich fragte mich, ob wir nicht einen Psychiater hinzuziehen sollten. Schließlich sagte ich:

«Ich werde Pierre Lafleur selbst zum Leichenschauhaus fahren ...»

Wir tauschten ein verschwörerisches Lächeln. Marc stellte seinen Bericht fertig und reckte sich erneut.

«Ich kann mich ein wenig bei der Post umhören, wenn du willst.»

«Und deine Achtzigjährige?»

«Sie kommt früher oder später nach Hause ... Ich hab ihre Personenbeschreibung rausgegeben. Das läuft schon.»

In dem Augenblick kam Magali herein, und sie lächelten sich an, ein Lächeln, das ich – vielleicht zu Unrecht – wie einen Wink verstand, der mich ins Abseits stellte. Jedenfalls lag eine Spannung in der Luft, die vorher nicht dagewesen war. Sicher mein Fehler. Ich ergriff den Bericht, den sie gut sichtbar auf meinem Schreibtisch liegen lassen hatte und den ich kurz zuvor studiert hatte.

In ihrer linken Hand dampfte ein Kaffeebecher. Magali war genauso gekleidet wie am Vortag. Ihr Rollkragenpulli war rot, rot wie meine Scham.

Sie zog einen Stuhl heran und setzte sich auf die Rükkenlehne. Ich fragte mich, ob sie da eine gute Position für ihren Rücken einnahm, ob ihre Narben nicht Gefahr liefen, wieder aufzubrechen. Sie begann, ihren Kaffee umzurühren und ließ den Löffel am Rand ihres Bechers sorgfältig abtropfen, bevor sie ihn in den Papierkorb warf. Sie sah mich an, aber ich erwiderte ihren Blick nicht. Ich blätterte in ihrem Bericht.

«Üble Nachrede und Co.», faßte sie zusammen.

«Die Freuden des Lebens in einem Viertel», bemerkte Marc. «Wenn man doch nur in einer Luftblase leben könnte!»

«Irgend jemand wäre immer zur Stelle, der dir auf die Nerven geht», erwiderte ich.

«Ich würde anfangen, mir selbst auf die Nerven zu gehen.»

«Siehst du ...»

Magali glaubte nicht an einen Streit zwischen Nachbarn, der böse ausgegangen war. So lächerlich es auch erscheinen mochte, gab es jedoch ein Motiv, und zwar diese verdammten Brombeeren, gegen die jeder meinte, einen endlosen, entmutigenden Kampf führen zu müssen. Sobald man ihr Eigentum antastete, war von den Menschen das Schlimmste zu erwarten. Marc mit seiner Geschichte von dem Senfglas würde mir als letzter widersprechen.

«Die Nachbarn Nummer 2, 3 ... und 7?», fragte ich.

«Nummer 2 und 7 sind noch im Urlaub.»

«Und die 3?»

«Ich dachte, die nehme ich mir heute vor.»

«Da ist dieser Streit am 4. September, den Pierre Lafleur bestätigt hat. Hast du nicht mehr aus Jeanne herausbekommen können?»

«Dazu müßte ich sie einem Verhör unterziehen, und ich fürchte, wenn ich sie nur ein wenig zu hart rannehme, zerbricht sie mir in der Hand, ehrlich. Nachbar Nummer 5 zufolge soll Jeanne etwas weggeworfen ...»

«Ich habe deinen Bericht gelesen», schnitt ich ihr schroff das Wort ab.

Ja, sie sollte etwas weggeworfen haben, an dem ihr Bruder sehr hing. Aber was?

Bis dahin ging unsere Besprechung einen fast normalen

Gang. Magali schien aufgeräumter Stimmung. Ich hätte mich entspannen sollen. Aber ich mußte alles verderben. Zwar war es mein gutes Recht, eine Anmerkung zu machen, nur nahm ich mir nicht die Zeit, meine Worte zu wählen und sprach in dem gleichen scharfen Ton weiter.

«Bei Nachbarin Nummer 6 hast du immerhin fast deine Beherrschung verloren.»

«Sie ging mir auf die Nerven», antwortete sie, in der Defensive.

Sie konterte nicht, vielleicht weil Marc dabei war, und ich nutzte das feige aus. Meine Autorität gab mir das Recht, meine Leute auf ihre Fehler hinzuweisen, sie gab mir nicht das Recht, meine Macht aus fadenscheinigen Gründen zu mißbrauchen.

«Eine Zeugin muß rücksichtsvoll behandelt werden, nicht von oben herab. Sie hätte sich verschließen können wie eine Auster. Und wie kannst du wissen, ob sie dir nicht aufschlußreichere Informationen gegeben hätte, wenn du anders herangegangen wärst ...»

Sie öffnete den Mund, wie um etwas zu sagen. Dann trank sie ihren Kaffee aus und ließ ihren Blick von mir zu Marc schweifen. Ich rieb mir die Augen. Marc zog die Brauen hoch und musterte mich ratlos.

«Felix», begann er versöhnlich.

Aber ich hörte nicht zu. Ich steigerte mich weiter hinein und sagte:

«Du darfst dich nicht von deinen Gefühlen übermannen lassen ...»

Magali reagierte wie ich selbst reagiert hätte, seitdem ich zu dem Schluß gekommen war, daß, meinem Peiniger den Stuhl um die Ohren zu hauen, vielleicht nicht die beste Art war, meine Wut zu zeigen. Sie stand auf, bevor ich meine Predigt beendet hatte, drehte sich auf den Fersen um, verließ den Raum und knallte die Tür hinter sich zu.

Marc seufzte.

«Hast du was gesagt?», bellte ich.

«He! Reg dich ab!»

«Denkst du, es war ein Fehler, ihr das zu sagen?», fragte ich und fügte hinzu, als er nicht antwortete: «Das wird schon wieder, das wird schon wieder ...»

«Du meinst es nicht böse, du bist nur tollpatschig, Félix.»

Vielleicht, aber das war keine Entschuldigung. Ich hatte meine Fehler immer sehr klar erkannt, und trotz allem hatte ich sie beibehalten. Nicht, daß ich mich nicht bei der einen oder anderen Gelegenheit bemüht hätte, mir einige davon abzugewöhnen, aber ich war zu dem Schluß gekommen, daß es besser war, sich damit abzufinden und mit ihnen zu leben, als seine wahre Natur zu leugnen, was definitiv mehr Selbstüberwindung kostete. So kam es, daß ich manchmal Boshaftigkeit einer lobenswerteren, freundlicheren Haltung vorzog. Auf jeden Fall war sie oft stärker als ich.

Aus dem Fahrstuhl rief ich den Staatsanwalt an, vom Parkplatz Eusèbe und aus dem Auto auf dem Weg den Boulevard de la Gare hinauf Pierre Lafleur.

«Wo sind Sie?»

«Zu Hause. Ich habe erwartet, daß jemand anruft.»

Ich verabredete ein Treffen mit ihm an der Ecke Avenue Crampel und Rue Colbert. Ich brauchte nicht mehr als zehn Minuten, um dort hinzugelangen. Er stand schon auf dem Bürgersteig. Ich öffnete die Beifahrertür. Er schlüpfte in den Sitz und legte sogleich den Sicherheitsgurt an.

«Sie hätten einen Pulli mitnehmen sollen», bemerkte ich.

Er schwitzte. Er blickte aus dem Fenster. Die Sonne begann zu brennen. Er sah mich fragend an.

«Dort, wo ich Sie hinbringe, ist es ziemlich kühl ...»

«Das wird schon gehen ...»

Von unserem Standort aus führten zwei Wege nach Rangueil und zum medizinisch-juristischen Fachbereich.

Der direkteste stellte einen wahren Härtetest für die Nerven dar. Man mußte die Avenue de l'U.R.S.S., die Avenue Jules-Julien und die Route de Narbonne hinauffahren und sich mit einem Haufen Ampeln herumschlagen, ganz zu schweigen von den Baustellen der Linie B der Metro und einem Verkehr, der mit Ferienende zugenommen hatte. Die andere Strecke war ein Umweg, ermöglichte es aber, diese Klippen zu umgehen. Man mußte Richtung Les Récollets fahren, Rue du Férétra abbiegen und auf der Rue Saint-Roch weiterfahren, die in den Chemin de la Salade-Ponsan überging.

Ich war nicht der einzige, der diese Route bevorzugte, sicher auch nicht der einzige, der fand, daß die Wartezeit vor einer roten Ampel verlorene Zeit war, wie im allgemeinen die Zeit, die man in einem Wagen verbrachte. Es wurde sehr schnell deutlich, daß der Verkehr nicht so flüssig lief, wie ich gedacht hatte. Aber in diesem Fall konnte mir die verlorene Zeit nützen.

Pierre Lafleur trug ein kurzärmliges, mandelgrünes Hemd und eine gräuliche, leichte Leinenhose. Seine Schuhe wirkten wie das Ergebnis eines Kompromisses zwischen Stadt und Land. Eine schwarze Gürteltasche um die Taille komplettierte die Ausstattung. Einen Moment drehte er sich zu mir um, als wollte er mich etwas fragen, sah dann jedoch wieder aus dem Fenster.

«Haben Sie Quentin die Nachricht überbracht?», fragte ich, als wir an der Kaserne entlangfuhren.

«Nein. Wir sind der Meinung, wir können warten. Er hat seinen Onkel schon lange nicht mehr gesehen und spricht nie über ihn. Sobald es mir besser geht, werde ich es ihm sagen.»

«Ich verstehe ...»

«Eines Tages wird er nach ihm fragen, und ich werde ihm sagen ... Ja, was? Vielleicht, daß sein Onkel auf einer schönen Reise verloren gegangen ist.»

Ich nickte verständnisvoll.
«Ich muß Ihnen noch ein paar Fragen stellen, Pierre.»
«Ich höre.»
«Wann genau hat Ihr Bruder Sie um Geld gebeten?»
«Vor vier Jahren vielleicht.»
Ich führte ein Verhör nicht gern im Wagen durch, weil ich mich auf den Verkehr konzentrieren mußte und die Reaktion meines Beifahrers nicht beobachten konnte, aber die Gelegenheit schien mir günstig. Die Aussicht, mit einer Leiche konfrontiert zu werden, hat mich persönlich immer etwas offenherziger gestimmt, und ich dachte, wenn Pierre Lafleur jemals in redseliger Stimmung sein würde, dann jetzt.
«1998?»
«Um den Dreh.»
«Wissen Sie, warum er Geld von Ihnen leihen wollte?»
«Nein. Aber wenn ich es gehabt hätte, hätte ich es ihm gegeben, ohne Fragen zu stellen.»
«Ja ... Und nach der Tragödie am 21. September?»
«Er war ein paar Tage im Krankenhaus, auch wenn seine Verletzungen alles in allem oberflächlich waren.»
«Haben Sie ihn besucht?»
«Ja, mehrmals. Aber er wollte nicht mit mir reden ... jedenfalls hat er nichts gesagt. Ich habe seine Haltung natürlich dem Trauma zugeschrieben.»
«Und nachdem er aus dem Krankenhaus entlassen worden war?»
«Er hat sich in sich selbst verschlossen.»
Wir hatten die Umgehungsstraße hinter uns gelassen und fuhren nun den Chemin de la Salade-Ponsan hoch, der uns direkt zum Universitätsklinikum führte. In der Gegend standen ausschließlich ansehnliche Villen, auch wenn hier und da noch ein bewaldetes Grundstück der Gier der Baufirmen entgangen war. Pierre Lafleur hielt das Schweigen eine oder zwei Minuten durch, seufzte dann.

«Die Wahrheit ist, daß ich ihn vor einigen Wochen gesehen habe, und er war mir kein bißchen wohler gesonnen ...»

«Gestern haben Sie durchblicken lassen, daß Sie nicht wußten, wo er sich zum Zeitpunkt der Katastrophe aufhielt ...»

«Ich weiß, aber es ist nicht so, daß ich Sie angelogen hätte ... Das war ein sehr schmerzhafter Moment für mich.»

«Wann genau?»

«Im Juli, gegen Monatsmitte.»

«Wo?»

«In Ariège, im Couserans ...»

«Sie wußten also, daß er da war?»

«Nein, das heißt, die Chance stand nicht schlecht, ihn dort anzutreffen. Er verbrachte seit mehreren Jahren viel Zeit bei einer Freundin von ihm, häufig im Frühjahr. Sie heißt Mariel, Mariel Peyrotet. Ich kann Ihnen ihre genaue Adresse geben, wenn Ihnen das hilft ...»

«Ihr Name reicht mir ...»

Ich parkte ohne Schwierigkeiten auf dem Parkplatz. Ich stellte den Motor ab und drehte mich zu ihm um. Der Schweiß stand ihm auf der Stirn. Sein Gesicht war gezeichnet und seine Angst spürbar.

«Wenn ich ihn nicht angetroffen hätte, hätte ich die Reise dennoch nicht umsonst gemacht. An dem Tag habe ich am Valier prachtvolle Vipern beobachtet ...»

«Warum haben Sie ihn besucht?»

«Das wird Ihnen pathetisch vorkommen ...»

«Sagen Sie es trotzdem.»

«Mein Bruder hat mir gefehlt, Capitaine. Ich habe ihn aufgesucht, mit offenen Armen, Scheiße!»

Er wischte eine Träne fort, die in seinem Augenwinkel erschienen war. Ich bot ihm eine Zigarette an, die er ablehnte und zündete mir eine an, nahm zwei Züge und drückte sie aus.

«Und dennoch gab es eine Zeit, in der Sie sich oft gesehen haben ...»

«Ja. Es war manchmal sehr schön ... Wenn ich daran denke ... Er hatte immer viel zu erzählen ... Eins mußte man ihm lassen: Er reiste mit offenen Augen. Er hatte eine scharfe Beobachtungsgabe. Er hätte einen sehr guten Herpetologen abgegeben ... Aber manchmal war es auch ein bißchen traurig ...»

«Wie das?»

«Sind Sie schon mal monatelang mit einem Rucksack durch die Gegend gezogen? Man nimmt nur das Nötigste mit. Wenn man bequem reisen möchte, reist man leicht. Das Nötigste nutzt sich schnell ab und sogar noch schneller als der Rest ...»

«Wußten Sie, daß Ihr Bruder an der Grande-Rue-Saint-Michel gebettelt hat?»

Sein Gesicht löste sich auf, wie es wohl geschieht, wenn jemand mehrere Etagen in die Tiefe stürzt. Er führte seine Hände an die Wangen und zog mit einer mechanischen Bewegung die Haut glatt. Seine Fingernägel hinterließen leichte, rötliche Spuren. Er atmete ein-, zweimal tief ein, fast ohne auszuatmen, bevor er sich zu einem Eingeständnis durchrang. Er ließ die Puste entweichen, und ich mußte an einen Schlauch denken, aus dem man die Luft herausläßt.

«Nein, natürlich nicht ... Ich hätte irgend etwas unternommen, Scheiße ...»

Ja, nur daß sein Bruder es zweifellos nicht angenommen hätte. Dann schon lieber verhungern.

Pierre Lafleur fing sich wieder, und als ich meine Tür öffnen wollte, hielt er mich am Arm zurück.

«Haben Sie schon einmal dieses beängstigende Gefühl verspürt, daß das Beste hinter Ihnen liegt, ein für alle Mal?»

«Schon oft», antwortete ich nach einiger Überlegung,

«aber das, was ich für das Beste hielt, schien jedes Mal ein anderer Moment zu sein.»

«Trotzdem gibt es in jedem Leben besonders glückliche Phasen, die man nie genug auskostet. Man bemerkt sie zu spät.»

«Dann erlebe ich vielleicht gerade eine, und alle anderen verblassen daneben ...»

«Machen Sie das Beste daraus.»

«Wir müssen lernen, alt zu werden, Pierre.»

Eusèbe erschien tadellos geschniegelt, und ich fragte mich, ob es das Alter war, oder ob er unter irgend einem quälenden Rheumatismus litt. Er hatte sich Gel ins Haar geschmiert, den Wikingerbart gestutzt und war frisch rasiert. Er führte uns zum Kühlfach und präsentierte uns den Toten mit unendlicher Behutsamkeit, zog das weiße Leinentuch gerade soweit zurück, daß die Verletzung nicht zu sehen war. Wir traten zurück, damit Pierre Lafleur in Ruhe Abschied von seinem Bruder nehmen konnte, und als er fertig war, bat ich ihn, am Auto auf mich zu warten. Dann folgte ich Eusèbe in sein Reich.

«Du scheinst nicht ganz du selbst zu sein ...»

«Ich bin ausgelaugt wie eine Fledermaus», erwiderte er mit einem falschen Lächeln.

Er setzte sich an seinen mit Akten und Büchern übersäten Schreibtisch, knöpfte seinen Kittel auf und enthüllte einen behaarten Oberkörper, den er zu kratzen begann.

«Manchmal überkommt es mich. Du schaffst es nie wirklich, dir einen Panzer zuzulegen, verstehst du. Ich spiele oft den Narren, aber dahinter verbirgt sich ein äußerst sensibles Wesen!»

Plötzlich brach er in Gelächter aus, aber auch sein Lachen klang falsch.

«Die Wirkung des Ammoniumnitrats», scherzte er. «Wir haben alle einen kräftigen Schlag auf den Schädel bekommen, oder? Ich weiß nicht, wie es dir geht, aber mich holt es manchmal ein, ein wahrer Alptraum, auch noch ein Jahr danach ...»

«Gerade weil es bald ein Jahr her ist ... Sind dir die Menschen auf der Straße nicht aufgefallen, die mit gebeugtem Rücken gehen oder zusammenzucken, wenn nur eine Tür knallt?»

Er lächelte, nahm eine Akte von einem Stapel herunter und tat so, als würde er sie mit der Hand abwiegen.

«Siehst du: nicht viel. Dein Kerl trug Handschuhe, unmöglich zu sagen, ob er sich an seinen Mörder geklammert hat. Der Zustand des Tatorts gibt keine Hinweise darauf, daß ein Kampf stattgefunden hat, nicht wahr?»

«Richtig.»

«Tatzeit: ungefähr 16 Uhr 30 ... Meiner Meinung nach muß es sich um eine ziemlich große Gartenschere handeln, und die Tat geschah vorsätzlich ... Ich kann dir nicht sagen, ob der Mörder Links- oder Rechtshänder ist, wegen der Beschaffenheit der Waffe. Was noch? Lafleur war nüchtern. Weder Nahrung noch Alkohol.»

Ich ging zum Fenster. Ich zog den Vorhang beiseite. Pierre Lafleur wartete auf mich. Er hockte mit einer Pobacke auf meiner Motorhaube. Trotz der Entfernung spürte ich seine Verzweiflung.

«Möchtest du ein Bier, Félix?»

«Ein andermal, danke ... Erinnerst du dich noch an die Passage, die du uns gestern vorgelesen hast?»

«Magst du Réjean Ducharme?»

«Er hat Stil, da geht was ab ...»

«Und nicht zu knapp, mein lieber Schwan!», rief er voller Begeisterung aus. «Welche war das?»

«Es hatte etwas mit einem Gefangenen zu tun ...»

«Wunderschön! ... ‹Wenn ein Verwundeter sich in sich selbst verkriecht, ist er schließlich ein Gefangener seiner selbst und gerät in Panik, daß ihn keiner mehr findet ...›»

«Genau, ja ...»

## 12

## JAQUES LAFLEUR – Heft 2001/III

Juli

Und wenn ich mich getäuscht hatte? Valérie hätte mich angerufen. Ich habe ihr vorgeschlagen, eine unverfängliche Nachricht zu hinterlassen, sollte sie je den Anrufbeantworter erreichen. In meinem letzten Brief schrieb ich, daß ich sie beide liebte, daß ich nicht mehr ohne sie auskam. Ich denke, daß ich einen Ton ohne jegliche Drohung getroffen habe. Sie hatte alle Zeit der Welt, um darüber nachzudenken. Inzwischen weiß ich, daß mein Brief nicht in die Hände meines Bruders gelangt ist, durch Zufall oder weil Valérie auf die unsinnige Idee gekommen sein könnte, ihn ihm zu zeigen, um ihr Gewissen zu erleichtern. Aber sie hat mir nicht geantwortet. Sie würde mir nicht schreiben, außer um Schluß zu machen. Sie wird mich anrufen, wenn sie soweit ist. Lieber denke ich, daß sie mir letztendlich nicht geschrieben hat. Hervé hatte keinen Brief für mich. Ein einfacher Unhöflichkeitsbesuch.

Das ist typisch für mich: Aus Angst, daß nichts im Kühlschrank sein könnte, hocke ich lieber davor und sterbe vor Hunger, statt ihn aufzumachen. Auch eine Art, die Hoffnung aufrecht zu erhalten.

Aber ich spüre, daß es mit mir bergab geht. Ich bin nie krank gewesen, und ich bin überzeugt, daß der Tag, an dem ich es sein werde, mein letzter sein wird. Ich werde mit einem Schlag bezahlen.

Das Leben hat seinen Preis.

Heute morgen habe ich rasende Kopfschmerzen gehabt. Der Schmerz hat sich für eine Weile in der Mitte der Stirn konzentriert, als würde sich ein glühendes Scheit hineinbohren, um dann wie eine steigende Flut anzuschwellen, pausenlos anrollende Wogen voller spitzer Steine, die sich bis hinunter in die Augen und Nebenhöhlen brachen. Ich habe sofort gedacht: ein Gehirntumor. Mariel hat gemerkt, daß es mir nicht gut ging und mir vorgeschlagen, an die frische Luft zu gehen. Wie man es so daher sagt, denn um frische Luft zu schnappen, brauchen wir uns keineswegs vom Haus zu entfernen. Sie hat nicht die Krankenschwester herausgekehrt. Sie hat einfach gesagt:

«In deinem Kopf müssen sich eine Menge Dinge anstauen ...»

Meine Migräne hat allmählich nachgelassen. Wir sind den Weg hinuntergegangen, aber nur um ihn sehr schnell wieder zu verlassen und auf einem mir unbekannten Pfad in die Schlucht hinabzulaufen. Er war in der üppigen, tückischen Gebirgsflora kaum zu erkennen, führte an einem tosenden Gebirgsbach entlang und traf gleichzeitig auf einen alten Wildwechselpfad, von duftendem Buchsbaum gesäumt, dessen niedrige Zweige von dichtem, samtigem Moos überwuchert waren.

Wir sind in das feuchte Dickicht eingedrungen, und das Tosen des Wassers wurde immer ohrenbetäubender. Patou verausgabte sich bei der Jagd nach irgendeinem wilden Tier, das er nicht erwischen und von dem er am Abend am Kamin träumen würde. Wir würden uns darüber amüsieren, wie sich seine Lefzen von ganz allein hochzogen, während er schlief. Ab und zu schoß er vor oder hinter uns hervor, um sich zu überzeugen, daß wir noch da waren und verschwand kläffend wieder. Wir kletterten ohne Mühe, obwohl wir immer wieder Zweige beiseiteschieben oder über einen Stamm steigen mußten, der quer über den Weg gefallen war.

Bald sind wir zu einer Holzbrücke gekommen, die über den Bach führte, und Mariel hat bedauert:

«Früher war hier keine Brücke. Man sprang von Fels zu Fels. Die Zeit der Abenteuer ist vorbei!»

«Du könntest immer noch durch den Strom hinüber ...»

«Und mir nasse Füße holen?»

«Es wäre immerhin ein bißchen abenteuerlich ...»

«Eine Laune, meinst du!»

Das hat mir zu denken gegeben. Vielleicht war mein Leben nur Ausdruck einer wilden Laune. Warum auch nicht?

Wir sind am selben Ufer geblieben. Ein Stück weiter haben wir eine Meerlerche überrascht. Der Vogel ist im Zickzack geflohen, dicht über dem Wasserstrudel, mit kurzen, schnellen Flügelschlägen. Dann haben wir uns vom Bach entfernt, aber nur, um ihn besser wieder einzuholen und so an ein Rückhaltebecken zu gelangen. An der Stelle war der Fels blank und funkelte in dem durch die Zweige gebrochenen Licht. Die Sonnenstrahlen spielten auch im Unterholz und verliehen dem Teppich aus totem Laub einen karamellfarbenen Glanz.

Mariel hat sich bis auf Slip und BH ausgezogen. Sie schien zu zögern, weniger aus Angst, ins eisige Wasser zu springen, als aus Scham. Ich habe ihr Vergnügen erraten, das Gefahr lief, nicht vollständig zu sein, und bin höher geklettert, habe eng aneinandergedrängte Felsen erklommen, aus denen weiß schäumendes Wasser hervorsprudelte, so daß sie sich schließlich entschlossen hat, auch den Rest ihrer Kleidung abzulegen.

Ich habe mich gerade auf einem flachen, vorspringenden Felsen niedergelassen und Atem geholt, als Mariel sprang und einen Schrei des Schauderns ausstieß.

Soweit ich es beurteilen konnte, hat sie eine perfekte Figur, einen muskulösen Körper. Die Zeit scheint an ihr vorbeizugehen. Sie hat begonnen, auf dem Rücken herumzuplantschen, und ich habe mich endlich entspannt. Dann habe ich sie unbefangen betrachtet. Das Wasser war klar, der Fels glitzerte wie mit Goldkristallen besetzt. Mariel bewegte sich heftig wegen der Kälte, und ihre schwarze Haarpracht erinnerte an ein kleines, wildes Tier.

«Komm doch!», hat sie gerufen und dann, aber vielleicht habe es ich wegen des tosenden Bachs nicht richtig verstanden: «Auch, wenn du einen Steifen hast!»

Obwohl sie gleich darauf in Gelächter ausbrach. Selbst wenn, meine Erregung wäre nicht von langer Dauer gewesen, meine Erektion hätte der Behandlung nicht standgehalten.

«Du verpaßt was!», hat sie noch gerufen.

Patou ist aus dem Wald aufgetaucht und hat die Furt durchquert, ist von einem Felsen zum nächsten gesprungen und hat im Vorbeilaufen etwas Wasser geschleckt. Er hat sich mit hängender Zunge neben mich gelegt und mich abgeschlabbert, zweifellos ein Zeichen seiner Zuneigung oder in Anerkennung der höchsten Autorität auf Erden, solange sein Frauchen ihr Leben in den Fluten riskierte. Er behielt Mariel im Auge und warf mir regelmäßig einen kurzen Blick zu, wie um sich zu überzeugen, daß auch ich ein Auge auf sie hatte. Ich habe den Geifer von meinem Bein gewischt, ihn weggestoßen und ihm gesagt, daß er einfach widerlich sei, Worte, die ihn nicht im geringsten beeindruckt haben.

Ich habe die Augen geschlossen und den Duft von Humus und Moos eingeatmet. Ich spürte das Leben um mich herum pulsieren. Ein Schwarzspecht hat begonnen, in dem Buchengehölz zu hämmern.

Komm doch ...

Valérie empfing mich immer mit dem gleichen Überschwang, ob mein Bruder da war oder nicht. Oft war er nicht da. Sie mochte es, wenn ich von meinen Abenteuern berichtete. Sie konnte mir stundenlang zuhören, die Augen glänzend vor Begeisterung. In Pierres Gegenwart erzählte ich nie so viel, mit ihm tauschte ich normalerweise ein paar Worte über das Männerleben oder die politische Lage in den Ländern, die ich durchreiste. Bei ihr war ich eher geneigt, ihr die kleinen Nichtigkeiten anzuvertrauen, meine intimen Gedanken, die unbeschreiblichen Augenblicke. Ich erweckte Träume in ihr. Mein Bruder rief schon lange nicht mehr das gleiche Interesse in ihr hervor. Eines abends hatte sie mir gesagt:

«Dein Bruder benimmt sich irgendwie krank ...»

Während ich Siesta machte, hatte sie meine schmutzige Wäsche aus meinem Rucksack genommen und sie in die Maschine gesteckt. Ich hatte nichts davon gemerkt, bis ich sie sauber und trocken vor ihr auf dem Tisch gestapelt sah. Wir waren auf der Galerie. Die Nacht war hereingebrochen, und Pierre hatte angerufen, um zu sagen, daß er nicht nach Hause kommen würde. Valérie wühlte in meinen Klamotten. Das war sicher gut gemeint, aber mir war es sofort schrecklich unangenehm.

«Was machst du denn da?»

«Du hast Löcher in all deinen Kleidern! Willst du mit Löchern am Hintern wieder los?»

Als Pierre mir eines Tages neue Socken geschenkt hatte, hatte ich es ihm übelgenommen. Ich ertrug diese Art Einmischung nicht. Es war eine Sache des Ehrgefühls, daß ich selbst auf mein Wohlbefinden achtete. Natürlich wuchsen mir manche Dinge über den Kopf, und es mochte manchmal so aussehen, als würde ich mich gehenlassen. Aber ich war immer sauber! Und wenn ich löchrige Jeans trug war das meine Sache!

«All deine T-Shirts sind von der Sonne ausgebleicht!»

«Ich kaufe welche, wenn mir danach ist! Ein ausgebleichtes T-Shirt hindert mich nicht am Wandern!»

«Reg dich nicht auf, Jaques!»

«Ich reg mich nicht auf.»

In dem Moment war ein Zug vorbeigekommen. Valérie hatte meine Kleider ruhig über eine Stuhllehne gehängt und den Nähkasten wieder geschlossen. Ich hatte mich auf das Geländer gestützt und versucht, mich zu beruhigen. Das grelle Licht, das aus dem Vivarium strömte, verlieh dem Rasen einen unwirklichen Glanz. Insekten flogen um die nackten Glühbirnen. Der Wein begann zu reifen. Valérie war zu mir getreten, ihr Parfum überlagerte den Blumenduft, der in Wellen aus dem Garten aufstieg.

«Wenn ich offenbar Mitleid errege, komme ich nicht wieder ...»

«Ich bitte dich, verzeih mir.»

Sie hatte meinen Arm gestreift. Ich hatte mich stur gestellt.

«Schade eigentlich ...»

«Du kommst wieder, Jaques.»

«Wie kannst du so sicher sein?»

«Weil du scharf auf mich bist ...»

Der Schwarzspecht hämmerte immer noch, er schien jetzt näher zu sein. Mariel hatte sich zu mir hochgearbeitet. Ich habe die Augen wieder aufgeschlagen. Sie hat sich gesetzt und sogleich nach ihren Haaren gegriffen, sie ausgewrungen, damit sie trockneten. Die Wassertropfen auf ihrer Haut bildeten kleine Perlen, die in der Sonne funkelten wie Splitter. Sie hat sich flüchtig mit ihrem Hemd abgetrocknet, das sie anschließend angezogen hat und tief geseufzt. Zwischen den Felsen habe ich eine Natter bemerkt, die sich in dem brodelnden Wasser aufrichtete. Mariel hat sich auf die Ellenbogen gestützt und den Kopf nach hinten geworfen. Ihre Brüste zeichneten sich deutlich unter der Baumwolle ab. Ihre Brustwarzen waren hart. Sie hat erneut geseufzt.

«Was soll ich denn nur tun?», hat sie gefragt.

Vielleicht erwartete Mariel, daß ich sie in die Arme nahm.

## 13

## MAGALI

Ich atmete tief durch. Ich würde nicht zusammenbrechen. Den Gefallen würde ich ihm nicht tun. Aber wie gut hätte es getan, ihm meinen Kaffee ins Gesicht zu schütten. So ein Spinner. Ich hatte es damals auf meine Kappe genommen und dann Félix' ständige Zurechtweisungen geschluckt. Das Problem war, daß ich schon zu viel geschluckt hatte. Meine Mutter wäre sehr stolz auf ihre Tochter gewesen. Arme Mutter.

Félix würde schon kriegen, was er verdiente. Den würde ich mir zwischen Tür und Angel vornehmen, zu gegebener Zeit, wenn Marc nicht in der Nähe war. In diesem Spielchen würde Félix den Kürzeren ziehen.

Ich hatte mich darauf gefreut, ihn wiederzusehen, und er hatte alles verdorben. In Sachen Psychologie: null. Was bildete der sich eigentlich ein?

Reg dich nicht auf, Schätzchen. Laß dich nicht von deinen Gefühlen unterkriegen!

Ich lachte laut.

Mein Handy klingelte.

Wenn meine Mutter nicht plötzlich gestorben wäre, als ich das erste Mal im Krankenhaus lag, hätte ich geseufzt und das Gespräch sehr schnell beendet. Ich verstand, daß mein Vater den Kontakt aufrecht erhalten wollte, aber manchmal wünschte ich, er würde wenigstens versuchen, mit sich selber fertig zu werden. Ich sah ihn wieder vor mir, wie er in meinem Zimmer auftauchte, Munterkeit vortäuschend, voller tröstlicher Worte. Ich wußte, daß er zuvor lange zwei Stockwerke tiefer am Bett meiner Mutter verbracht hatte, deren Zustand sich verschlechtert hatte. Und daß er dorthin zurückkehren würde, sobald ich wieder eingeschlafen war. Und so weiter und so fort, bis er vor Müdigkeit umfallen und nach Hause gehen würde, um sich ein oder zwei Stunden auszuruhen. Er beklagte sich nicht. Er machte nicht Chirac oder den Papst verantwortlich wie sonst bei jeder Gelegenheit. Ich fragte mich, wie er ohne uns zurechtkam, er, der für jede Kleinigkeit meine Mutter brauchte, nur um seine Unterwäsche auszusuchen oder ein Ei zu kochen. Er konnte eine echte Nervensäge sein! Ich war überzeugt, daß er eingehen würde wie eine Primel. Ich wußte nicht, wie viele Tage ich flach auf dem Bauch auf meinem flüssigen Bett gelegen hatte. Ich hatte das Gefühl, daß mein Körper jeglichen Kontakt zur Luft verloren hatte. Mein Freund hatte mich besucht und es mit der Angst gekriegt. Mein Vater hatte mich getröstet. Laß ihm ein wenig Zeit, er kommt wieder, das kannst du mir glauben, meine Tochter … Und deine Mama, sie läßt sich nicht unterkriegen, sie steht diese harte Prüfung durch … Und du auch … Der aufgewühlte Gemütszustand kam zu meinen körperlichen Leiden noch hinzu. Ich war ohnmächtig. Man pumpte mich mit Beruhigungsmitteln voll. Ich hatte jegliches Zeitgefühl verloren. Ich sagte mir, daß ich bald gehen könnte, und man mir erlauben würde, die zwei Etagen hinunterzusteigen. Mein Vater verschwieg mir, daß es schon zu Ende ging. Sonst hätte ich darauf bestanden, daß man mich zu ihrem Zimmer schleppte. Ich wußte, daß Félix bei ihrer Beerdigung gewesen war.

Ich klemmte mein Handy zwischen Schulter und Ohr und zupfte an meinem Rollkragenpullover, um mir etwas

Luft zu verschaffen. Eines Tages stehe ich dazu, sagte ich mir.

«Wie geht es dir, meine Tochter?»

«Gut… Ich habe dein Mittagessen vorbereitet. Du findest einen Salat und ein Würstchen im Kühlschrank.»

«Das ist lieb von dir.»

«Bevor du die Wurst brätst, stichst du sie mit der Gabel ein…»

«Ich weiß, wie man eine Wurst brät, Magali!»

«Hervorragend…»

«Und bei der Arbeit, alles klar?»

«Ich bin froh, daß ich wieder arbeite. Ich bin bald verrückt geworden.»

«Hab ich dich verrückt gemacht?»

«Natürlich nicht, Papa! Du weißt, deine Tochter ist eine Frau der Tat!»

«Paß gut auf dich auf!»

«Versprochen, Papa… *Perdrix*, woran denkst du dabei?»

«An den Vogel, das Rebhuhn. Es gibt drei Arten bei uns, das rote Rebhuhn, das graue Rebhuhn und das Steinhuhn.

«Ich wußte ja gar nicht, daß du Ornithologe bist!»

Ich parkte, stieg aus dem Auto und schlug die Tür zu.

«Das bin ich nicht, aber ich hör mir Le jeu des mille francs, das tausend Franc Ratespiel, an…»

«Tausend Euro, Papa!»

«Natürlich!… Glaubst du, daß du heute Abend nach Hause kommst?»

«Ich weiß es noch nicht.»

«Und wie lange, denkst du, muß ich die Wurst braten?»

Die Straße lag so gut wie verlassen da. Der Briefträger beendete offenkundig seine Runde, und etwa dreißig Meter weiter war ein Mann auf dem gegenüberliegenden Bürgersteig damit beschäftigt, seine Einkäufe aus dem Kofferraum seines Autos zu räumen. Alle beide kehrten mir den Rükken zu. Vielleicht waren in den Gärten noch mehr Menschen, aber durch die Hecken konnte ich sie nicht ausmachen. Eine flüchtige Bewegung erregte meine Aufmerksamkeit, und ich entdeckte eine kleine Mauer-Eidechse. Sie war grünlich und hatte einen abgetrennten Schwanz. Sie beobachtete mich regungslos, mit pochendem Herzen, und sowie ich mich bewegte, floh sie hinter die niedrige Mauer, die teilweise von ausladendem echtem Lorbeer überwuchert war, der sie doppelt so groß erscheinen ließ.

Das ebenerdige Haus war in provençalischem Stil gebaut. Ich bog in den Weg ein, klingelte und preßte meine Nase an die Türscheibe. Das Glas war dick und viel konnte ich in dem Flur nicht erkennen, der nur vom Tageslicht aus dem Garten dahinter erhellt war. Offensichtlich ging der Flur quer durchs ganze Haus, und die Tür am anderen Ende stand weit offen.

Nach einem Augenblick verdunkelte sich der Flur, als hätte sich plötzlich eine große schwarze Wolke vor die Sonne geschoben. Es handelte sich aber nur um die Gestalt des Nachbarn Nummer 3, Arnaud Pouget, die den Türrahmen ausfüllte. Er kam murrend heran und je näher er kam, desto schwächer wurde das Licht, bis es fast völlig schwand, als er endlich an der Tür war.

Der Mann war ebenfalls ausladend. Rückgrat und Bauchnabel mußten ungefähr so weit auseinander liegen wie Hals und Penis. Nach der neuesten Phraseologie gewisser Medien, die lieber «ohne festen Wohnsitz» sagten als «obdachlos» und «Zustand von Bedürftigkeit» statt «Armut» – als würde die Wortwahl das Leid mindern – war Arnaud Pouget *vollschlank*. Seine Beine, die eher an einen staksigen Nachtreiher erinnerten, änderten nichts an dieser Tatsache. Trotz der Hitze trug er eine bunte Mütze, eine typische handgestrickte Mütze aus Wollresten. Ich äußerte kein Erstaunen, so wenig wie er sich darum kümmerte, daß ich einen Rollkragenpullover trug. Sein Gesicht, das zu seinem Bauch paßte, war schweißnaß. Er musterte mich, als würde er eine potentielle Gefahr einschätzen, und fragte schließlich:

«Was gibt's denn?»

«Ich zog meine Dienstmarke hervor.»

«Einer von Sarkos* Männern?»

«Ein Mann weiblichen Geschlechts», scherzte ich, und er machte auf dem Absatz kehrt.

Ich schloß die Tür hinter mir. Arnaud Pouget hatte einen schwankenden Gang. Der Flur war breit, aber er streifte bei seinem Hin- und Herschwanken mit den Ellenbogen die Wände. Der Weg kam mir ziemlich lang vor, und als wir aus dem Dunkeln auf die helle Terrasse hinaustraten, blinzelte ich mit den Augen. Die Terrasse aus unbearbeitetem Beton war sehr groß. Arnaud Pouget ließ sich schwer in einen Sessel neben einem Tisch fallen. Der Sessel knarrte. In dem Tisch steckte ein Sonnenschirm Marke Perrier, der so ausgerichtet war, daß er den größtmöglichen Schatten spendete. Ich interessierte mich kaum noch für die Ausstattung, denn ich sah sofort das Jagdgewehr. Für den Bruchteil einer Sekunde blieb ich stehen und fragte mich, ob ich mich nicht hätte absichern sollen. Zur Beruhigung ließ ich den Druckknopf meiner Pistolentasche aufspringen und strich über die Waffe.

«Nehmen Sie sich einen Stuhl», sagte er in ungezwungenem Ton.

Er nahm das Gewehr, legte es über seine Beine und suchte den Rasen mit den Augen ab, als wäre er vor etwas auf der Hut. Es gab weder Blumenbeete noch Bäume. Der Rasen war zartgrün, und als ich den Gartenzwerg in der Mitte thronen sah, sagte ich mir, daß mein Kandidat nicht

---

* Sarko: Nicolas Sarkozy, zur Zeit der Handlung des Romans französischer Innenminister, später Finanzminister, heute Parteivorsitzender der UMP mit Ambitionen auf die Nachfolge von Jaques Chirac *(Anm. d. Übers.)*.

ganz richtig tickte. War das Gewehr geladen? Geladen oder nicht, vorerst hatte Arnaud Pouget niemandem etwas zuleide getan. Anzeichen einer ängstlichen oder paranoiden Persönlichkeit? Ausdruck einer aggressiven Neigung? Emotionale Reaktion auf die Ereignisse des Vortags? Soweit ich wußte, hatte sich keiner der Nachbarn bei uns beschwert. Daß er sein Gewehr auf dem Schoß hielt, mußte nicht heißen, daß er es auch benutzen würde. Vielleicht hatte er nur vor, es auf Hochglanz zu bringen. Außerdem sagte ich mir, werde ich Onkel Félix' Anweisungen befolgen. Samthandschuhe. Ich nahm einen Sessel.

«Kennen Sie Jaques Lafleur, Monsieur Pouget?», begann ich.

«Sie hat mich ganz verrückt gemacht», antwortete er zusammenhangslos.

Nur Geduld, dachte ich und betrachtete den Gartenzwerg. Es war ein Zwerg mit einer Gießkanne, etwa vierzig Zentimeter groß mit fröhlichem Gesicht, aber von Regen und Sonne ausgebleichten Farben. Das Gras reichte ihm bis zur Taille, und er wirkte sehr zufrieden mit seinem Los.

«Wer denn?», fragte ich.

Arnaud Pouget warf mir einen kurzen Blick zu, in dem sich Überraschung, Mißtrauen und Verärgerung vermengten, und knurrte schließlich wie ein Köter, den man zu oft am Bellen gehindert hatte:

«Was meinen Sie?»

Er umklammerte das Gewehr mit seinen Wurstfingern und konzentrierte seine ganze Aufmerksamkeit auf den Zwerg.

Aus einem Nachbargarten stieg gerade die Rauchsäule eines Barbecues auf. Ich erkannte die Stimme der Nachbarin Nummer 6, die ihren Mann anfuhr, weil er beschlossen hatte, an dem Tag Sardinen zu grillen, an dem sie die Bettwäsche wusch, ausgerechnet an diesem Tag! Der Mann erwiderte, daß er nicht den Eindruck hatte, die Bettwäsche sei schmutzig, warum wusch sie auch saubere Wäsche, das sollte ihr eine Lehre sein …

Eine Tür knallte. Arnaud Pouget fuhr fort:

«Das ist nicht meine Art. Ich habe eine Menge Dinge getan, die ich nicht tun wollte, aber ich habe sie trotzdem getan, für sie. Und sie hat sie ausgenutzt, und dann ist sie abgehauen!»

Er sah mich traurig an.

«Ich gehe unglücklich schlafen, und ich wache unglücklich auf. Ich würde zehn Jahre meines Lebens geben, um abzukratzen! Wenn ich sterben würde, hätte ich nichts mehr zu bedauern!»

Er lachte ordinär, und ich lächelte teilnahmsvoll.

«Ach, zum Teufel!», platzte er heraus. «Wenn das Gras ihm bis unter die Arme reicht, erschieß ich den Zwerg da!»

«Er kann doch nichts dafür», bemerkte ich.

«Denken Sie vielleicht, ich kann was dafür?»

Der Zwerg ist ihm nicht gewachsen, dachte ich, er hat keine Ahnung, was ihm blüht. Ich an seiner Stelle würde den Rasen nicht sprengen.

Arnaud Pouget fixierte ihn einen Moment mit dem Gewehr. Seine Lippen zitterten noch immer vor Wut, als ich auf meine Frage zurückkam:

«Und Jaques Lafleur, kennen Sie ihn?»

«Armer Teufel.»

«Waren Sie oft zusammen?»

«Hm … wir sind uns im Lebensmittelladen begegnet, und eines Tages habe ich ihm vorgeschlagen, mal vorbeizukommen …»

«Und ist er gekommen?»

«Oft … Wir haben es uns hier gemütlich gemacht, wir zwei … Ach ja, möchten Sie vielleicht etwas trinken?»

«Danke, Monsieur Pouget, aber es ist noch ein wenig früh für mich …»

«Für die Tapferen zählen die Stunden nicht! Ich habe einen exzellenten Ricard ...»

«Danke, wirklich nicht... Worüber haben Sie geredet?»

«Wir haben nicht geredet. Nicht nötig, wir haben uns auch so verstanden. Ich habe gespürt, daß er litt. Wir haben gemeinsam gelitten. Es gibt Dinge, die man teilt. So einfach ist das!»

«Was haben Sie geteilt?»

«Das Schweigen!», antwortete er nachdrücklich.

«Er hat sich Ihnen also nie anvertraut?»

«Was habe ich Ihnen gerade gesagt? Das ist wirklich komisch. Kaum mache ich den Mund auf, denken die Leute, da quatscht ein Knallkopf!»

«Erlauben Sie, daß ich darauf bestehe ...»

Er ließ den Zwerg nicht aus den Augen, und als er sich zu mir umdrehte, schien es nur mit einem Auge zu sein. Er begann, auf der Innenseite seiner fetten Wangen herumzukauen.

«Das ist Ihr Job, nehme ich an. Nein, keine Vertraulichkeiten... Wir haben geschaut, das ist alles.»

«Wohin?»

«Auf den Zwerg natürlich!»

«Natürlich... Als ich gestern gekommen bin, um Sie zu befragen, waren Sie nicht da ...»

«Falsch. Ich war da. Ich rühre mich hier nicht weg. Ich hab nicht aufgemacht, weil das mein gutes Recht ist ...»

«Es war aber ein ganz schönes Hin und Her ...»

«Ach! Ja?»

Er lächelte mich hämisch an.

«Sie waren also zur Tatzeit hier, in Ihrem Garten?»

«Um wieviel Uhr?»

«16 Uhr 30 ...»

«Hmm ...»

«Haben Sie zufällig etwas gehört?»

«Manchmal schlafe ich in meinem Sessel ein, und nichts und niemand kann mich wecken ...»

«Nehmen wir mal an, das stimmt... Und am 4. September?»

«Ich sehe nicht, was das damit zu tun hat.»

«An dem Tag soll Jaques mit seiner Schwester gestritten haben ...»

«Das kommt vor», sagte er plötzlich melancholisch und einen Moment später leise: «Lassen Sie den armen Teufel in Ruhe ...»

«Jaques Lafleur ist tot, Monsieur Pouget.»

«Ein Grund mehr... Das ist doch alles Vergangenheit, reden wir nicht mehr davon ...»

Ich verlor meine Zeit. Ich stand auf und bedankte mich für die Liebenswürdigkeit, mit der er meine Fragen beantwortet hatte. Liebenswürdigkeit hat nur ein Auge, und ich habe zwei!, sagte mein Vater immer. Ich behielt seine um das Gewehr verkrallten Hände so lange wie möglich im Auge, während ich um ein oder zwei Meter den Rückzug antrat.

«Liebenswürdigkeit», sagte er resigniert und dann, bevor ich die Tür erreichte: «Wenn Sie meine Frau treffen, sagen Sie ihr, daß ich den Zwerg verschone, wenn sie zurückkommt ...»

Auf dem Bürgersteig seufzte ich erleichtert. Ich diktierte eine kurze Zusammenfassung der Begegnung in mein Diktaphon und legte es ins Handschuhfach. Arnaud Pouget hatte als einziger nicht von den Brombeeren gesprochen. Aber war denn in diesem Viertel irgend jemand nicht verrückt?

Ich beobachtete für einen Moment Jeanne Lafleurs Haus.

*Perdrix...*

Ein Schlüssel? Jeanne Lafleur war nicht ganz richtig im Kopf. Nach dem Mord an ihrem Bruder (bei dem sie Zeugin war?) hatte sie endgültig den Verstand verloren. Weil sie den Mörder kannte? Dieser Schlüssel öffnete eine Tür. Hinter dieser Tür befand sich der Mörder. Aber möglicherweise hatte das alles überhaupt nichts zu sagen. Möglich, daß sie nicht Zeugin des Mordes gewesen war. Die Aussage von Nachbar Nummer 1 – eine komische Nummer – unterstützte diese These. Möglich, daß ihr nicht einmal bewußt war, daß ihr Bruder tot war. Jeanne Lafleur hatte den Bezug zur Realität endgültig verloren. Wahrscheinlich. Folglich hatte es keinen Sinn, sich weiter den Kopf zu zerbrechen.

Dennoch beschloß ich, in einer Bücherei vorbeizuschauen. Ich fuhr zurück ins Stadtzentrum. Auch Félix ging mir nicht aus dem Kopf. War es der richtige Moment? Tatsache war, daß der Gedanke an ihn mich belastete. Und ich wußte, daß sich daran nichts ändern würde, solange ich die Dinge nicht offen zur Sprache brachte. Das Geschwür mit Stumpf und Stiel ausmerzte!

Auf der Höhe der Rue du Languedoc wurde der Verkehr zäher, und ich nutzte die Gelegenheit, um Marc anzurufen.

«Wie geht's?», fragte er.

«Hör zu, Marc, ich stehe mit beiden Beinen auf der Erde, ich bin im Vollbesitz meiner geistigen Kräfte: Also hör bitte auf, mich wie eine Schwerkranke zu behandeln, einverstanden?»

Marc schwieg einen Augenblick, sprachlos. Ich bereute meine schlechte Laune sofort. Schließlich sagte er:

«Dann bin ich ja beruhigt ... Ich brauche mir um dich keine Sorgen zu machen ...»

«Warum solltest du?»

«Du weißt genau, worauf ich anspiele ...»

«Das geht schon vorbei ...»

«Wenn du es so nimmst, ist ja alles bestens. Wo kommst du gerade her?»

«Von einem Treffen mit einem Freund von Jaques Lafleur ...»

«Und?»

«Nichts Aufregendes... Sie haben gemeinsam ihren Frust gepflegt, schweigend und in Gesellschaft eines Zwergs ...»

«Eines Zwergs?»

«Eines Gartenzwergs», präzisierte ich.

«Der Herdentrieb vor dem Tod ...»

«So kann man es sehen ...»

Ich erzählte ihm von der Atmosphäre, der gesamten Erscheinung des Typen, dem Gewehr. Marc meinte, daß wir ihn vielleicht unter Beobachtung stellen sollten, zumindest sichergehen, daß sein Gewehr nicht geladen war, einen Sozialarbeiter hinschicken, oder besser noch ihm einen Arzt empfehlen, der ihm Psychopharmaka verschreiben würde. Marc hatte dieses Helfersyndrom. Nervig.

Schließlich erreichte ich den Parking des Carmes, wo um die Mittagszeit immer viel Betrieb war.

«War Félix hier?»

«Ja, nach seinem Besuch im Leichenschauhaus ...»

«Und?»

«Er hat einen Narren an seinem Bruder gefressen.»

«Obwohl er kein Alibi hat... Und wenn der Kerl ihn zum Narren gehalten hat?»

«Félix leitet die Ermittlungen, Magali.»

«Klar. Und in der Zwischenzeit schlagen wir uns mit der Drecksarbeit rum... Und du, wie weit bist du?»

«Ich frage mich, auf wen ich mein Augenmerk richten soll.»

## 14

## MARC

«Vielleicht die Geigerin?», fuhr ich fort.

«Ist sie hübsch?»

«Eine vielversprechende Figur», gab ich zu, «aber sie ist nur eine Gelegenheitsarbeiterin, die dem armen Penner das Brot stiehlt, und außerdem ist sie schon weg ...»

«Schade ...»

«Oder dieses Paar? Der Junge hat ein verschlagenes Gesicht, das Mädchen trübe Augen, als würde sie ständig in dichten Dauernebel starren. Sie tragen Ringe, Nadeln und was weiß ich noch in den Ohren, Nasenlöchern und sicher auch noch woanders. Bestimmt könnten sie eine Boutique aufmachen ...»

Magali lachte, und das freute mich.

«Sie gammeln an der Mauer am Fuß des Automaten rum, und sie haben einen Hund dabei. Kaum verwunderlich, daß ich noch keinen über sie hinwegsteigen sehen habe, um Geld abzuheben ...»

«Solange sie noch Hoffnung haben ...»

Plötzlich wurde die Verbindung schlecht, abgehackte Sätze, Störgeräusche, Rauschen.

Und schließlich war sie abgebrochen.

Ich legte mein Handy weg und stellte das Autoradio wieder an. Überraschung, sie brachten Sarclo, das ging etwa so: *Für die schönen Mädchen bist du ein kleiner*

*Dreckskerl, das Leben ist wert, was es wert ist, ohne sie ist es nichts wert, du kannst nur dämlich für sie sterben, das kannst du für sie tun, für die schönen Mädchen bist du nicht fein genug.* Ich spielte weiter mit meinem Euro bis das Chanson zu Ende war und danach noch ein wenig bis meine Junkies sich entschlossen, das Feld zu räumen, und den Bürgersteig in Richtung Place Lafourcade hinaufgingen, trotzig, mit schlurfendem Schritt.

Es begann ernsthaft zu stinken. Abgase, Hundescheiße und Menschenpisse auf beschädigten Bürgersteigen vor verdreckten Häuserfassaden. Die ewigen Verlierer frequentierten die Umgebung der Post oder des Champion Supermarkts fast gegenüber der Haftanstalt oder, weiter flußaufwärts, die Bars wie das «Béarn, «La Noix de Coco» oder «Le Baril». Nachts war die Grande-Rue-Saint-Michel sehr belebt, weil es dort zahlreiche Lebensmittelläden gab, die bis spät in die Nacht geöffnet hatten, dazu üble Spelunken. Oft war sie Schauplatz erbärmlicher Szenen, aber sie hatte ihren Charme, wenn man der Hundescheiße auszuweichen verstand, den Typen, die an die Hauswände pinkelten, und all den anderen lichtscheuen Gestalten, die manchmal handgreiflich wurden. Die Atmosphäre würde sich mit der Metro ändern, breitere Bürgersteige, neuer Putz, Renovierungen, höhere Mieten, Polizeipräsenz. In der Zwischenzeit, Kopf oder Zahl?

Zahl… Aber ich bekam einen Anruf aus der Zentrale. Ein Mann hatte sich auf dem Platz vor dem Eingang der Post breitgemacht. Er hielt seine Hand ohne Überzeugung auf, als wäre ihm alles egal, aber er hatte Erfolg: Während ich den Anruf entgegennahm, hatte er schon eine Spende erhalten, allerdings nicht genug für ein Bier, den verächtlich hinabgezogenen Mundwinkeln nach zu urteilen, die seine Lippen entstellten. Die Penner haben mit dem Wechsel zum Euro zweifellos an Kaufkraft verloren, sagte ich mir.

«Wir haben die Dame gefunden», verkündete Bernard. «Tot. Der Fall ist erledigt.»

«Erzähl das dem Jungen, dem sie das Messer in den Leib gejagt hat. Wo?»

«An einem Straßenrand auf dem flachen Land. Von einem Auto angefahren. Die Gendarmen haben ihre Leiche in den frühen Morgenstunden im Straßengraben gefunden. Sie fahnden nach dem flüchtigen Fahrer.»

«Das Ganze wegen einem Senfglas», dachte ich und beendete das Gespräch.

Der Bettler verließ seinen Platz. Er war nur sechs Minuten dort geblieben. Ich stieg aus dem Auto, während er den Zebrastreifen überquerte, und erwischte ihn auf dem Bürgersteig.

Er war groß, etwa ein Meter neunzig, und irgend etwas schien mit seinen Proportionen nicht zu stimmen, aber das lag an seinem Erscheinungsbild: eine Jeansjacke, in der seine Schultern sehr breit wirkten, über einem schwarzen, verwaschenen Trikot und eng anliegende, leuchtend grüne Trainingshosen, die in einem seltsamen Kontrast zu den Sicherheitsschuhen ohne Schnürsenkel standen. Die nikotingelben Haare fielen ihm auf die Schultern. Seine Augen, in deren Winkeln gelblicher Schleim schimmerte, waren von einem auffallend hellen Blau. Er war vielleicht vierzig, aber sein Gesicht war noch nicht sehr stark gezeichnet.

«Hast du einen Moment Zeit für mich?», fragte ich.

Er musterte mich von Kopf bis Fuß und roch sofort den Flic.

«Ich hab noch keine Ferien ...»

Ich lächelte.

«Was springt dabei für mich raus?»

«Ein Bier?»

Wir gingen den Bürgersteig bis zum Grand Comptoir hinauf, einer Brasserie in Pariser Stil gegenüber dem Gefängnis, das seinerseits einen äußerst düsteren Eindruck machte. Wir setzten uns an den einzigen freien Tisch, und ich bestellte zwei Glas Bier. Die Terrasse war verglast, aber einige Fenstertüren standen offen, so daß etwas Durchzug herrschte.

«Hast du auch einen Namen?»

«Man nennt mich Perec.»

«Wie der Schriftsteller?»

«Nein, wie der Athlet... Gibt's einen Grund? Ich interessier mich nur für Radsport...»

«Hast du die Tour de France verfolgt?»

«Im ‹Baril›, ja, die Zeitfahren und die Bergetappen. Der Rest ist doch Theater...»

Er sprach mit vom Schleim schwerer Zunge, und es klang ein wenig, als würde man Fliegen erschlagen. Die Kellnerin legte zwei Bierdeckel auf den Marmortisch und stellte die Biere darauf. Ich war empfänglich für diese Art Aufmerksamkeit geworden, zumal sie immer mehr verloren ging. Es war wirklich zu ärgerlich, wenn man nicht aufpaßte und das Bier plötzlich auf die Klamotten tropfte oder auf die Zeitung, die man gerade las. Bier macht zwar keine Flecken, aber was kostet schon ein Bierdeckel, verdammt noch mal. Ich lächelte dem Mädchen zu, und sie verschwand an andere Tische. Perec griff sofort nach seinem Glas und leerte es in einem Zug.

«Eins gegen den Durst!», stellte er fest.

Ich schob ihm mein Glas hin.

«Das da genieße ich...»

Plötzlich fesselte irgend etwas vor dem Fenster seine Aufmerksamkeit. Ich suchte seinen Blick.

«Geht's dir nicht gut?»

«Ich hab die innere Unruhe... den Kopf voller Sorgen halt...»

«Und wenn ich noch zwei Bier bestelle?»

«Ich riskier keine Antidopingkontrolle, und schaden kann's bestimmt nicht...»

Die Kellnerin brachte uns Nachschub, und ich zeigte Perec das Bild von Jaques Lafleur.

«Für einen Flic sind Sie ganz in Ordnung … Ich hätte nichts gegen einen Glimmstengel …»

Ich hatte keinen, und er begann, im Aschenbecher zu wühlen. Zwischen einem halben Zuckerwürfel, einem alten Kaugummi und etwas, das wie Nasenpopel aussah, lagen ein paar Kippen aus hellem Tabak. Er nahm die Kippen, schüttelte sie, barg den Tabak und zog ein Päckchen OCB Zigarettenpapier aus seiner Hosentasche. In aller Ruhe rollte er sich seine Zigarette und zündete sie genüßlich an. Er nahm zwei Züge, spuckte etwas Tabak aus und ergriff sein Glas, hielt es einen Augenblick fast elegant in der Schwebe. Er hatte das Foto immer noch nicht angesehen, glaubte ich jedenfalls, denn nachdem er ein wenig von seinem Bier *genossen* hatte, fragte er:

«Was wollen Sie von ihm?»

«Er war in Schwierigkeiten …»

Perec zuckte die Achseln. Als wenn das etwas zu sagen hätte. Perec lebte in einer Welt, in der Schwierigkeiten Dauerzustand waren. Man geriet nicht in Schwierigkeiten, man hatte ständig welche, und das ging schon so lange so, daß man sich schließlich fragen mochte, ob es nicht immer schon so gewesen war.

«Ernste Schwierigkeiten», bohrte ich nach.

«Ich kenn Ihren Typ … Das ging nicht ohne Ärger ab.»

«Was willst du damit sagen?»

Er zog an seiner Selbstgedrehten, erzeugte aber keinen Qualm mehr. Er betrachtete den Stummel, schien der Meinung, daß er noch etwas herausholen konnte, blies darüber, um sicher zu gehen, daß er auch wirklich aus war und stopfte ihn schließlich in seine Tasche.

«Er ist vor wieviel Jahren in der Gegend aufgekreuzt? Ich kann mir keine Daten merken.»

«Im Spätherbst 2001?»

«Um den Dreh muß es gewesen sein, ja. Er hat angefangen zu betteln, aber das hat anderen Bettlern nicht geschmeckt. Mir ist das egal, ich hab eh keine Geduld, aber die anderen… Teufel! Es ist immer der gleiche Schwachsinn!»

Ich runzelte die Stirn.

Also, das läuft so: im Schichtwechsel. Mehrere besetzen den gleichen Platz, aber jeder zu seiner Zeit, und es gibt eine Art Hierarchie… Da sind zum Beispiel die Alten, die zu den Stoßzeiten betteln. Sie machen die meiste Kohle, manchmal bis zu hundert Euro am Tag! Und ich versprech dir, du hältst deine Hand nicht neben ihnen auf, sie würden sie fressen… Sie verteidigen ihr Revier!»

Er lachte herzlich und trank sein Glas leer, bevor er meines wie selbstverständlich zu sich hinüberzog.

«Sonst wird es noch kalt, nicht wahr?»

«Ist es übel ausgegangen?»

«Bah! Das hat sich geregelt, wie üblich. Und dann ist Fabrice abgekratzt, und es war ein Platz frei…»

«Fabrice?»

«Der Bergsteiger. Eines Tages ist er zu hoch gestiegen, und da sind ihm die grauen Zellen durchgebrannt, aber daran ist er nicht gestorben. Ein Lungenödem hat ihn umgebracht und vielleicht auch ein wenig der Fusel.»

Ich tippte mit dem Finger auf das Bild.

«Kommen wir auf ihn zurück. Seid Ihr manchmal zusammen?»

«Nicht oft… Er kommt nicht jeden Tag, überhaupt hab ich ihn schon eine Weile nicht mehr gesehen. Ich weiß nicht mal, wie er heißt…»

«Jaques Lafleur.»

«Das gibt einem 'ne Vorstellung…»

«Wie nennst du ihn?»

«Gar nicht! Tut mir Leid, das Bier hat seine Vorzüge, aber auch gewisse Nachteile!»

Er stand ohne weitere Anstalten auf und ging zum Hinterzimmer. Ich bestellte einen Kaffee und noch ein Bier. Hundert Euro am Tag, verdammt, ich verdiente nicht einmal die Hälfte! Ich dachte auch wieder an meine Achtzigjährige und daß die Geschichte eine kleine Theorie verdiente und zermarterte mir eine Weile das Hirn auf der Suche nach einer passenden Formulierung. Nach zehn Minuten war Perec immer noch nicht zurück, und ich nahm an, daß er den Service für ein größeres Geschäft nutzte und sich vielleicht sogar schnell etwas frisch machte.

Eine Frau war aus dem Nichts auf dem Bürgersteig aufgetaucht. Plötzlich fing sie an, allen an der Bar eine Ansprache zu halten. Sie fixierte die Gläser auf unserem Tisch und schimpfte:

«Wenn Sie Bier trinken, kommen Sie in die Hölle ...»

Und damit es auch gut in unsere Schädel ging, wiederholte sie die Predigt wieder und wieder, jedes Mal wütender, und lief dabei unablässig auf dem Asphalt hin und her. Sie war knapp fünfzig, hatte graumelierte Haare, ein Gesicht ohne jede Milde, sehr blasse Haut, ein spitzes Kinn und gebärdete sich wie elektrisiert. Sie trug einen grauen Pullover, einen Schottenrock, Schuhe wie zur Kommunion und eine Handtasche, was ihr ein frömmelndes Aussehen verlieh. Die Leute hörten ihr zu, ein gefrorenes Lächeln im Gesicht und wußten offensichtlich nicht, wie sie reagieren sollten. Jetzt streckte sie uns einen anklagenden Zeigefinger entgegen und deklamierte:

«Wenn Sie täglich fünf Kilometer gehen, kommen Sie ins Paradies ...»

«Bei der ist 'ne Schraube locker», bemerkte Perec und setzte sich wieder, «aber es ist auch was Wahres dran ...»

*«Wenn Sie täglich fünf Kilometer gehen, kommen Sie ins Paradies..».*

Perec versuchte nicht, seine Zufriedenheit zu verbergen als er das Bier vor sich sah.

*«Wenn Sie Bier trinken, kommen Sie in die Hölle ...»*

«Aber allmählich geht sie einem auf die Nerven», stellte er fest, nachdem er das Glas halb leer getrunken hatte.

Er unterdrückte einen Rülpser und wühlte erneut im Aschenbecher.

«Auf'm Klo hab' ich an Ihr'n Typ gedacht.»

*«Michel Polnareffs Chanson wird Euch auch nicht retten ...»*

«Und?»

*«Wenn Sie täglich fünf Kilometer gehen, kommen Sie ins Paradies ...»*

«Einmal ist was passiert ...»

«Was?»

«Nichts Besonderes ...»

«Erzähl trotzdem ...»

Er zauderte, und ich fragte:

«Kennst du das Senfglassyndrom?»

Er sah abwechselnd die Predigerin und mich an, als würden wir gemeinsame Sache machen.»

*«Der liebe Gott hat befohlen, daß wir unseren Nächsten lieben sollen wie uns selbst, und danach werden wir gerichtet werden ...*

«Du kannst dir nicht vorstellen, was ein unbedeutendes Detail manchmal für katastrophale Auswirkungen haben kann ...»

Ich erzählte ihm meine kleine Geschichte, und er fragte:

«Haben Sie den Verkehrsrowdy gefaßt?»

«Noch nicht ...»

«Was steht für ihn auf dem Spiel?»

«Er geht wegen fahrlässiger Tötung in den Knast, und wegen der Fahrerflucht kriegt er die Höchststrafe ...»

«Das Senfglassyndrom», wiederholte er und wirkte erschüttert. «Nun gut… Aber ich kann besser denken, wenn ich was im Bauch hab…»

*«Trinken ist kriminell… Rauchen ist kriminell…»*

«… Wie wär's mit Hot-Dogs? Und warum nicht etwas Solideres?»

# 15

## JAQUES LAFLEUR – Heft 2001/IV

September

Mariel hat gefragt, ob ich fortginge, und dann hat sie gesagt, daß ich sie allmählich zur Verzweiflung triebe. Ich bemühte mich nicht einmal mehr, meine Sätze zu Ende zu sprechen, sie verstand mich nicht immer, normalerweise achtete ich sorgfältig auf meine Syntax, und jetzt, wirklich, ging alles durcheinander, was ich sagte war voller Lücken, als würde ich das Gedächtnis verlieren, die passenden Wörter kamen nicht mehr von selbst, und ich ersetzte sie durch Wendungen der Art: Ding, Sache oder schlimmer noch: kurz! Als wenn damit alles gesagt wäre!

«Das Gehirn nutzt nur ab, wenn man es nicht benutzt!»

«Ich brauch keine …»

«Keine was?»

Ich wollte sagen Krankenschwester, *ich brauch keine Krankenschwester*, aber ich habe die Schultern gezuckt und weiter meinen Rucksack gepackt.

Patou wedelte vor der offenen Tür mit dem Schwanz. Er *wußte*, daß ich ihn mitnehmen würde. Mariel war sich nicht sicher. Sie muß sich gedacht haben, daß ich ihr Verhalten vom letzten Abend bedauerte. Ich floh. Plötzlich machte sie mir Angst. Dabei hatte sie nicht gedrängt, trotz ihrer Erregung. Sie hatte mir angeboten, zu ihr ins Schlafzimmer zu kommen und dann ausgerufen: «Mein Gott, was ist nur in mich gefahren? Bitte entschuldige...» Trotzdem war sie mir vielleicht böse.

«Meinst du, wir kennen uns so gut, daß ich deine Gedanken lesen kann?»

«Frag den Hund!»

Ich habe versucht, mild zu klingen, und sie hat den Hund angeschaut, und ich habe gelächelt, und sie hat mich mit vorwurfsvollen Augen und einem Seufzer der Erleichterung angesehen. Mariel hatte jemand Besseren verdient als mich.

«Gehst du wandern?»

«Kurz!»

«Du bist blöd!»

Ihre Wut war verflogen. Der Humor würde uns über das Unbehagen hinweghelfen. Sie wußte nicht mehr recht, was sie sagen sollte, fühlte sich schuldig. Und ich würde mich nicht in unbeholfene Erklärungen stürzen, denn das wären sie. Dennoch hätte es nicht geschadet, ihr das eine oder andere zu sagen. Mir war bewußt, was ich ihr bedeutete, und wenn ich ihr ein oder zwei Tage nicht zwischen den Beinen war, würde sie vielleicht wieder ein wenig zu sich selbst finden. Zwischen den Beinen... Mariel hätte es als Anspielung verstehen können, eine deplazierte Anspielung.

Sie hat einen Augenblick geschwiegen. Ich habe Leitungswasser in meine Feldflasche gefüllt, sie an meinem Rucksack befestigt, die Küchenschränke geöffnet und mir Proviant zusammengesucht – nichts, wofür ich ein Feuer gebraucht hätte, nur Brot, Käse, Pasteten, Müsliriegel, Kekse, Äpfel, eine Tafel Schokolade, eine Dose für den Hund. Genug für drei Tage.

«Das freut mich», hat sie schließlich gesagt. «Du hast es bitter nötig... Wirst du auch vorsichtig sein?»

«Sehr.»

«Du kannst meine Überlebensdecke haben, wenn du möchtest.»

«Mein Schlafsack und ein Cape reichen völlig aus, ich finde schon ein trockenes Plätzchen ...»

«Vor Ende der Woche ist kein Gewitter vorausgesagt ...»

«Um so besser ...»

«Du kannst jederzeit wiederkommen ...»

«Danke, Mariel ... Du bist meine einzige Freundin ...»

«Ich habe mich eben ein bißchen echauffiert ...»

«Das ist doch ganz normal ...»

Sie streichelte Patou, und ich fragte mich, was er wohl denken mochte. In seinem Kopf geht es sicher einfacher zu als in meinem. Meiner Meinung nach hält er mich seit einiger Zeit für den Lebensgefährten seines Frauchens, folglich bin ich sein Herrchen, weiter blickt er nicht, und wenn Mariel und ich nicht im selbem Bett schlafen, ist das unser Problem, nicht seins, solange er mich begleiten und seine Pfoten im Geröll abwetzen kann.

Kaum hatte ich den Rucksack auf dem Rücken, ist er gerannt wie der Blitz. Er hat sein Revier markiert und auf der Erde gekratzt und gekläfft, ohne dabei stehen zu bleiben. Mariel ist in den Garten gegangen. Ich habe sie einen kurzen Augenblick beobachtet, während sie sich bückte, um ihre Gartengeräte einzusammeln und ihrer Beschäftigung nachging, ohne sich weiter um mich zu kümmern. Sie trug abgeschnittene, alte Jeans und neigte sich, ohne die Knie zu beugen. Sie war wunderschön. Die Erde war feucht, der Eibisch brach auf, Apollonfalter flatterten zu Dutzenden in den Schmetterlingssträuchern.

Ich bin geradewegs nach Süden gegangen. Die Sonne stand schon hoch am Himmel. Keiner der Berghänge lag mehr im Schatten. Einige Gipfel brachen durch die bewegungslosen Wolken, die sich wie Rüschen aus Musselin um sie legten. Der Firnschnee in den Lawinengassen war nicht mehr so weiß wie im Frühjahr und erinnerte an die Hörner gigantischer Ziegenböcke. Ich habe sofort Schmerzen bekommen.

Meine Muskeln sprachen nicht an. Bald, hoffte ich, würde es besser gehen. Sie würden sich aufwärmen, sie hatten die Berge im Blut, konnten folglich nicht stärker schmerzen als früher auch schon bei vergleichbaren Unternehmungen. Sie würden mich überall hin tragen, sie hatten mich schon so weit gebracht, so hoch. Irgendwann würde mein Gehirn sich ausklinken, der Rucksack würde nicht mehr auf meinen Schultern wiegen, und meine Beine würden sich ganz von selbst bewegen. Ich wäre nur noch gleichmäßiger Schritt, unabhängig von der Beschaffenheit des Bodens oder dem Grad des Gefälles.

Aber noch nicht gleich.

Ich habe üppige Waldflächen durchquert, in denen Tannenmeisen zwitscherten und Spechte klopften, deren Baumwurzeln um moosbewachsene Felsen an schlafende Schlangen erinnerten und die von einer so tiefen Stille waren, daß ich fürchtete, sie durch das starke Pochen des Bluts in meinen Schläfen zu stören. Ich sah die Sohle der Schluchten nicht, ich hörte nur das Tosen der Gebirgsbäche, erriet ihre Zusammenflüsse. Patou war sich der Gefahr bewußt und blieb an meiner Seite.

Ich bin einen Talweg hinaufgestiegen, habe den Pfad gewechselt und bin schließlich aus dem Wald aufgetaucht und in einer Talmulde herausgekommen, in der die Schafe blökten, einige Ponys wieherten und die Wasserfälle und die letzten Schneestellen unter der Sonne schimmerten. Ich habe etwas Wasser getrunken, einen Müsliriegel gegessen und mich wieder in Marsch gesetzt. Ich bin im Bogen um wunderschöne Rhododendron- und Heidelbeerhänge herumgegangen, habe Dolinen umrundet, bin durch Geröll gelaufen, eine Steinhalde hinaufgeklettert und schließlich einen bewaldeten Bergrücken. Der Sandstein hatte rote Schattierungen. Darauf blühten Glockenblumen. Die Talmulde warf das Echo der Dohlen zurück, ein lärmender, überwältigender Wirbel. Über einem Kamm kreisten Geier.

Irgendwo lag Aas. Es gelang mir immer noch nicht, Valérie aus meinen Gedanken zu vertreiben.

Auf der Galerie, gegen das Geländer gelehnt. In der Abenddämmerung. Ihr nach hinten geneigter Körper, die gespreizten Beine, und ich in ihr, und mein Orgasmus, als ein Zug vorbeifuhr. Und sie vielleicht enttäuscht, aber sie ließ sich nichts anmerken. Pierre war vor einer halben Stunde ins Bett gegangen, sie beteuerte, daß er nie im Bett las, daß er wie ein nasser Sack ins Bett fiel. Solange wir leise waren … Ich hatte schon so lange keine Frau mehr gehabt. Sie hat mich wiederbelebt, und ich dachte, daß sie ihre Tricks auch mit ihm machte – warum sollte sie plötzlich neue Techniken ausprobieren, sich von einer anderen Seite zeigen. Aber vielleicht war es auch die Gelegenheit, und sie gab mir, worauf mein Bruder kein Recht hatte, weil er mißtrauisch werden und sich fragen würde, was mit ihr los war, so eintönig wie ihr Sexualleben bisher verlaufen war. Manche Frauen kann man sich schlecht mit einem Schwanz im Mund vorstellen, je älter sie werden, desto weniger. Ich hatte mir Valérie nie in dieser Stellung vor Augen geführt, schließlich war sie meine Schwägerin. Ich bekam schon wieder einen Steifen, und sie hat sich umgedreht, sich auf das Geländer gestützt und mir ihren feuchten Hintern präsentiert. Ihr Venusdreieck war unvergleichlich seidig. Valérie biß sich in die Finger, um ihr Stöhnen zu unterdrücken. Das hat mir die Sache einfacher gemacht, mein Gewissen erleichtert. Plötzlich war sie nur noch ein Hintern, den ich sorgfältig bearbeitete, ein hinreißender Hintern. Der Rest ihres Körpers schien sich in der Dunkelheit aufzulösen. In erster Linie ein Hintern, ja. Ich blickte darüber hinaus, sah Sterne, Bäume. Erstaunlich, daß die Nacht in der Stadt so schwarz sein kann. Die Lichter aus dem Vivarium waren erloschen. Auf dem Dach kämpften Katzen. Aus dem Garten stieg der Duft der Wunderblumen auf. Und ich bumste diesen Hintern. Die Gefühle sind erst danach gekommen.

Bei meiner zweiten Ejakulation war ich überzeugt, daß mein Bruder schlief, es ist nicht ausgeschlossen, daß ich ihn für tot hielt, er existierte nicht mehr. Ich habe mich von ihr gelöst und meine Jeans wieder angezogen. Valérie ist eine Weile so stehen geblieben und hat sich selbst befriedigt. Sie hat ihre Finger abgelutscht, und wir sind in den Garten hinuntergegangen, um eine Zigarette zu rauchen. Sie hatte Recht, sie gefiel mir schon seit langem, ich hatte es mir nur nicht eingestanden. Sie hat sich an mich geschmiegt. Sie war nackt. Ich hätte nochmal gekonnt, aber ich habe mir noch eine Zigarette angezündet. Ich rauchte nur zu besonderen Anlässen, und mein Kopf drehte sich ein wenig. Nach dem langen Schweigen habe ich mich beim Klang ihrer Stimme erschrocken. Sie hat gesagt, daß sie meinen offenen Geist liebte. Und meinen Schwanz. Ich hatte Glück.

Ich habe das Aas gefunden, ein verirrtes Schaf, das eine Steilwand hinuntergefallen war. Patou hechelte. Seit einer Weile hing er an meinem Bein. Sein ewiges Hin und Her hatte ihn erschöpft, seine Pfotenballen waren wundgescheuert. Ich habe ihm befohlen, hinter mir zu bleiben, bin zwischen die Felsen geschlüpft und habe mich so gut es ging versteckt, auch wenn ich mir keine Illusionen machte: Die Geier hatten uns entdeckt und würden uns im Auge behalten. Als ich auf etwa hundert Meter herangekommen war, habe ich mich in eine Vertiefung geschmiegt und minutenlang nicht mehr gerührt in der Hoffnung, daß sie mich vergessen würden. Patou hat sich im Schatten eines Felsen hingelegt und schien einzuschlafen. Ich habe vorsichtig das Fernglas aus dem Rucksack gezogen. Auf dem Boden waren etwa ein Dutzend, am Himmel kreisten mehr, aber nur einer schmauste. Sein kahler Hals war karminrot. Er grub sich tief in den Kadaver und riß verwesende Eingeweide heraus. Die anderen Geier warteten, bis er fertig war. Einige zeigten Ungeduld, wagten sich mit gesenktem Kopf näher. Ab und zu hielt der dominante Geier beim Fressen inne. Er richtete sich auf, reckte den Hals, die Flügel eng an den Körper gelegt, hob ein Bein und hielt seine Artgenossen durch ausgiebiges Fauchen auf Distanz. Dann grub er sich wieder in den Kadaver. Ich hatte jetzt den Verdacht, daß er nur noch fraß, um seine privilegierte Stellung in der Hierarchie zu behaupten. Ich fragte mich, wie Valérie auf ein solches Schauspiel reagieren würde. Sie würde das Gesicht verziehen, ihre Nägel in das Fleisch an meinem Arm graben und fragen, ob sie wagen würden, das Gleiche mit uns zu tun! Und warum sollten sie darauf verzichten?

«Hör auf! Ich muß mich gleich übergeben!»

Was für ein Wahnsinn. Pierre konnte jeden Moment auf der Galerie auftauchen. Spürte er denn nicht, daß sie nicht neben ihm im Bett lag? Er vertraute ihr. Und was ging in meinem Kopf vor? Ich fühlte mich nicht schuldig. Wir bumsten, und wir redeten. Ich sagte:

«Du hast vor nichts Angst ...»

«Doch ... daß eine von diesen verdammten Schlangen abhaut und uns beißt ... Du hast ja keine Ahnung, wie ich mich vor denen ekle!»

«Ich dachte, sie gefallen dir ...»

«Das wäre ja noch schöner!»

«Er hat sich nicht erst *nach* eurem Kennenlernen für sie interessiert ...»

«Ich weiß», hat sie gerufen, als würde ich sie für dumm verkaufen.

«Das ist sein *ganzes* Leben, Valérie. Du machst ihm das zum Vorwurf, und das ist sinnlos. Pierre ohne seine Schlangen wäre wie eine hohle Nuß. Du würdest mit einer hohlen Nuß leben.»

Und außerdem ermöglichten die Schlangen ihnen ein ziemlich komfortables Leben. Aber an dem Punkt wich sie aus:

«Wenn Pierre sie füttert, will ich bei dem Blutbad nicht

dabei sein, davon wird mir schlecht, ich wünsche mich ans andere Ende der Welt… Hätte ich dich doch nur früher kennen gelernt!»

«Du hättest mich nicht verstanden… Aber jetzt könntest du deinem Leben eine andere Wendung geben. Du könntest mit mir fortgehen…»

«Fortgehen…»

Plötzlich bewegte sich etwas. Das Einschüchterungsverhalten, dem der Verführung so ähnlich, wenn man es recht bedachte, war vorüber. Einer der Geier aus der Gruppe der Anwärter auf den Festschmaus hatte sich zu weit vorgewagt und die Toleranzgrenze überschritten. Das dominante Tier hat von dem ausgeweideten Gerippe abgelassen und ist auf ihn zugelaufen. Er hat sich auf ihn gestürzt, die Flügel weit ausgebreitet, die Beine angelegt, das Gefieder gesträubt. Das hat sich in die Länge gezogen. Ein paar Schnabelhiebe, ein paar Schreie, und das dominante Tier hat den Kampf für sich entschieden. Der andere ist auf dem Rücken gelandet, flügellahm; ohne ein weiteres Zeichen von Aggressivität. Lammfromm.

Der Sieger ist zu den Überresten zurückgekehrt, hat sich aber nicht mehr lange dort aufgehalten. Er hat sich bald davon gemacht und zugelassen, daß der Rest der ungeordneten Schar sich sattfraß. In dem Moment habe ich zwei Bartgeier ausgemacht, die über der Felswand über mir entlangglitten. Auch sie würden an die Reihe kommen. Früher oder später würden sie sich über das Gerippe hermachen. Ich beobachtete den Tanz. Ich hatte wirklich Glück. Die Wolken um die Gipfel hatten sich aufgelockert, sie hingen noch in einigen Felsspalten, wurden immer dünner und lösten sich schließlich auf.

In ein paar Stunden würde die Sonne hinter den Bergrücken verschwinden und ich könnte unter sternenklarem Himmel schlafen. Gerade als ich diese Überlegungen anstellte, erhaschte ich einen hellen, flüchtigen Schein an einem Hang weiter südlich, auf der Seite der alten Minen. Ich habe die Entfernung auf zwei oder drei Kilometer geschätzt. Der Widerschein eines anderen Fernglases vielleicht. Bis dahin war ich nicht auf den Gedanken gekommen, daß sich außer mir noch jemand in diesen Bergen aufhalten könnte, und ich habe einen Moment nachdenklich verharrt, auch verärgert. Ich habe angefangen, das Bergmassiv abzusuchen. Zunächst habe ich niemanden gesehen. Ich hatte mich darauf beschränkt, die Spur eines Pfads zu verfolgen, der sich im Zickzack den Berg hinaufwand und kein Ende zu nehmen schien. Ich rechnete nicht mit jemandem, der wie eine Ziege leichtfüßig über die Felsen kletterte. Es war der Widerschein eines Eßnapfs aus Weißblech, der erneut aufblitzte. Ich habe mir die Augen gerieben. Aus meinem Ärger wurde Verblüffung.

## 16

## FÉLIX

Ich beschloß, mir zwei Stunden zu gönnen und kehrte auf die *Julip* zurück in der Hoffnung, daß Élisa nicht da sein würde, wie ich mir beschämt eingestand. Sie störte meinen Gedankenfluß, unbeabsichtigt natürlich, aber ich spürte eine Willensschwäche in mir, die mich reizbar machte, und wenn ich meiner schlechten Laune Luft machen und die Atmosphäre vergiften würde, hätte ich mich anschließend den ganzen Tag über nicht mehr in meiner Haut wohl fühlen können, ganz davon zu schweigen, daß meine Konzentrationsfähigkeit beträchtlich darunter gelitten hätte.

Auf der *Julip* war es ruhig. Ich ging ins Ruderhaus und gelangte in die Küche. Ich machte mir einen Salat, grillte ein Steak, nahm ein Bier, stellte das Ganze zusammen mit ein paar anderen Dingen auf ein Tablett und stieg wieder an Deck. Wenn ich trotz allem nicht allein essen wollte, mußte ich den Weg noch ein zweites Mal machen. Ich ging also noch einmal hinein, holte Paul und plazierte ihn auf der Ankerwinde. Er huschte sofort zu einem Sonnenstrahl, der durch das Astwerk schien und reckte seinen schuppigen Kopf, eine Haltung, die die gleiche Zufriedenheit ausdrückte wie die eines Mannes, der an seinem eigenen Schweiß schnuppert, bevor er sich unter die Dusche stellt. Mir passierte das manchmal.

Ich verschlang meine Mahlzeit, hatte den Faden jedoch

nicht verloren. Jaques Lafleur war ein «verwundeter» Mann, daran bestand kein Zweifel. Daß er schließlich «ein Gefangener seiner selbst» war, konnte ich verstehen, es ging uns allen ein bißchen so. Aber daß er «in Panik geraten war, daß ihn keiner mehr findet», konnte ich nur schwer nachvollziehen. Eher spürte ich bei ihm ein entgegengesetztes Gefühl, für das ich keine überzeugende Formulierung fand. Panik konnte man Heiterkeit oder Ruhe entgegensetzen, aber das paßte nicht. Beruhigt, daß man ihn finden würde? Ja, etwas davon. Aber ich ahnte noch etwas anderes, eine Erwartung: Jaques Lafleur hoffte, daß man ihn fand. Er war in Wartestellung. Er wartete auf den Tod. Zugegeben schloß das Panik nicht aus, aber es brachte sie auch nicht zwingend mit sich. Ich glaubte nicht, daß das Zitat von Réjean Ducharme eine Lösung für mein Problem bereithielt, aber es schien mir ein gewisses Licht auf die Sache zu werfen. Ich hatte eine harte Nuß zu knacken.

Ich tunkte meinen Teller aus. Ich leerte mein Glas. Ich drehte mir einen Joint. Ich dachte weiter nach:

Der Gegenstand oder was immer seine Schwester weggeworfen hatte, brauchte mit dem Mord überhaupt nichts zu tun zu haben, aber ebensogut konnte es sein, daß es sich um mein fehlendes Glied handelte.

Jaques Lafleur war nicht der Typ, der sich mit einem Terminkalender belastete. Kein Bedarf. Auch kein Adressenverzeichnis. Zwei oder drei Telefonnummern im Kopf. Sollte er ein Geständnis abgelegt haben? Man zerreißt oder verbrennt ein Geständnis. Ein Tagebuch? Umfangreicher. Ein Tagebuch kann man wegwerfen. Ein faszinierender Gedanke.

Jaques Lafleur war ein verwundeter Mann, der einem normalen Leben entsagt hatte, und plötzlich begann er einen zornigen Kahlschlag in einem von Dornen überwucherten Garten. Mir fiel der Gleichklang von Zorn und Dornen auf. Und nun?

Valérie Lafleur war eine hinreißende Frau. «Es muß ihm unbehaglich gewesen sein… Unser Glück.» Ich hatte den Eindruck, daß ihrem Schwager das piepegal war.

An dem Punkt schweiften meine Gedanken ab. Ich hatte meinen Joint zu Ende geraucht. Ich fragte mich, ob der Geruch bis auf den Pier drang und ob man mir den Joint an der Nasenspitze ansah. Plötzlich warf Paul sich gegen die Gitterstäbe seines Käfigs, fand keinen Halt, schlug mit dem Schwanz durch die Luft und fiel hinunter, und ich rätselte, was sein Verhalten ausgelöst haben mochte. Hatte er versucht, ein Insekt zu fangen? Verlangte er seine Ration? Ich pflückte ihm ein paar Blumen, aber er ignorierte sie, und ich streckte mich im Liegestuhl aus. Ich steckte mir eine Zigarette an.

Ich setzte nie einen Fuß ins Krankenhaus, aber Magalis Vater besuchte ich ab und zu. Beim ersten Mal hatte er mich mit Monsieur Dutrey angesprochen, und ich hatte Monsieur Lopez erwidert. Bei meinem zweiten Besuch nannten wir uns beim Vornamen. Oft kam ich abends vorbei, und er begann unweigerlich mit denselben Worten.

«Sie würde sich darüber freuen, da bin ich sicher.»

Ich gab einen vollen Terminkalender vor, erfand eine feige Ausrede, er tat verständnisvoll, und ich folgte ihm ins Wohnzimmer oder in die Küche. Louis Lopez erinnerte mich an jene Falter, die gegen die Lampen flogen. Er konnte nicht stillhalten, und obgleich er immer die gleichen Gesten ausführte, schien er mit seinen Erledigungen nie weiterzukommen, einen Gegenstand wegzuräumen oder das Geschirr zu spülen, zum Beispiel. Er ging im Zimmer auf und ab. Wir redeten, und ich hatte den Eindruck, daß es ihm gut tat. Manchmal bat er mich, zum Abendessen zu bleiben, holte einen Lauchkuchen oder eine Pizza aus dem Gefrierschrank, studierte eine Ewigkeit lang die Verpakkung und reichte mir schließlich die Schachtel: Er sah nicht mehr besonders gut, er wußte nicht mehr, wo er seine Brille hingelegt hatte, würde es mir etwas ausmachen, mich darum zu kümmern? Ich deckte eilig den Tisch, und wir setzten uns zum Essen und sahen dabei die Fernsehnachrichten. An jenem Abend wirkte er nicht viel anders als sonst. Vielleicht ein bißchen nervöser, wenn überhaupt. Er hatte mich immer wieder gemustert, als überlegte er, wie weit er mir vertrauen konnte. Schließlich platzte er heraus:

«Das würde Ihnen Umstände machen ...»

«Was denn, Louis?»

«Nun ... Kommen Sie ...»

Im Badezimmer lag ein Berg schmutziger Wäsche auf dem Kachelboden, Kleider von ihm, aber auch von Magali und seiner Frau. Sie versperrten den Weg zur Badewanne. Sie türmten sich bis zum Waschbecken und verströmten zweifellos einen unangenehmen Geruch. Louis wich meinem Blick aus, verlegen. Wo lag das Problem?

«Ich komm damit nicht klar, Félix.»

«Ich faß mit an.»

«Das wird Sie Zeit kosten.»

«Machen Sie sich darüber keine Gedanken, Louis. Fangen wir gleich an?»

«Erklären Sie mir, wie die Maschine funktioniert?»

Ich hatte gelächelt, er hatte keinen Grund, sich zu schämen. Ich selbst hatte für gewisse Dinge auch kein Händchen.

«Warum lächeln Sie?»

«Ich kann nicht mit einem Videorekorder umgehen ...»

«Sie ist tot.»

Es war ihm so rausgerutscht, völlig unvermittelt. Ich hatte ihn verblüfft angeschaut. Sein Gesichtsausdruck war unverändert. Ich hätte erwartet, es von Schmerz verzerrt zu finden. *Sie ist tot...* Er hatte begonnen, wie ein Roboter die Maschine zu stopfen. Wenn er so weitermachte, würde ich sie nicht zukriegen. Außerdem mischte er weiß und bunt, das lief Gefahr zu färben. Wie konnte ich mir über so etwas nur Gedanken machen?

«Meine Frau ...»

Ich war dazwischen gegangen. Er hatte gesagt:

«Sie haben Recht, ich stopfe zu viel rein, zeigen Sie mir, wie es geht. Aber ich weiß nicht, ob ich es behalten werde ...»

«Ich weiß nicht, was ich sagen soll ...»

Er war meinem Blick nicht mehr ausgewichen. Mit hängenden Armen stand er da, die Finger weit gespreizt, als hätte er Angst, er würde sie nicht mehr auseinander bekommen, wenn er sie einmal geschlossen hätte. Sein Kopf neigte sich ungewöhnlich. Seine Stimme war tonlos.

«Ich habe damit gerechnet, ich wußte, daß es passieren würde, ein Glück, daß Sie da sind ... Aber ich muß sehr schnell eine Entscheidung treffen ...»

«Wovon sprechen Sie?»

«Die Transplantation ... Sie ist langwierig und heikel, Magali leidet sehr ... Zum Glück haben Sie ihr die Kleider vom Leib gerissen, Sie haben das Schlimmste verhindert, aber sie hat schwere Verbrennungen ...»

Ich hatte instinktiv gehandelt, wie es wohl jeder in solch einer Situation getan hätte. Das und die Tatsache, daß sie Baumwollwäsche trug, hatten verhindert, daß größere Flächen verbrannten. Jeder andere Stoff hätte die Verletzungen noch verschlimmert.

«Die Oberhaut ist zerstört, ebenso ein großer Teil der Lederhaut. Aber die Haut läßt sich von den Rändern der Wunde aus und aus vereinzelten Hautresten wiederherstellen.»

Er hatte innegehalten, die Maschine und den Berg schmutziger Wäsche betrachtet, der nicht kleiner geworden zu sein schien.

«Jetzt rede ich schon wie ein Arzt ... Der, der sich um sie kümmert, ist eine Koryphäe ... Er sagt, das ist ein äußerst langwieriger Prozeß, und außerdem, daß sich solche Wunden zusammenziehen und häßliche Narben hinterlassen, wenn nicht möglichst schnell eine Hauttransplantation vorgenommen wird. Er ...»

Da standen wir, zwei Männer in einem Badezimmer, um Wäsche zu waschen, und es stand Unermeßliches auf dem Spiel. Er hatte geseufzt. Ich wußte sehr wohl, worauf er hinaus wollte. Ich hatte die Maschine in Gang gesetzt, und wir hätten warten können, bis sie durchgelaufen war, ohne es auch nur zu merken. Er war sich mit der Hand über das Gesicht gefahren.

«Er schlägt eine Transplantation vor ... Er sagt, die Chancen stehen sehr gut, es bestehe keine Gefahr der Unverträglichkeit, also keine Abstoßreaktion ...»

«Die erste Frage, die Sie sich stellen müssen, Louis, ist, ob Ihre Frau einverstanden gewesen wäre ...»

«Ohne den Anflug eines Zögerns! Sie hätte sich die Haut bei lebendigem Leibe abgezogen, und ohne Betäubung! Ich frage mich nur, ob Magali damit leben könnte ...»

Er war kaum verständlich fortgefahren:

«Sie ist jung, ich hoffe, daß sie einen Mann kennen lernt, den der erste Windstoß nicht gleich umhaut ... Wie wird es für ihn sein, sie zu berühren?»

«Müssen Sie es ihr sagen?»

«Sie ist meine Tochter. Ich will nur das Beste für sie ...»

«Tun Sie es, Louis.»

«Félix ... Sie sind der einzige, mit dem ich darüber reden kann ... Versprechen Sie mir, es für sich zu behalten.»

«Sie haben mein Wort, Louis.»

Auf dem Pier stritten Kinder. Ich betrachtete einen vorbeirollenden Skater, hochgewachsen wie ein Basketballspieler, wenn auch etwas mager, dann Paul, dessen Blick manchmal hypnotische Eigenschaften entwickelte, und döste ein. Seit einiger Zeit praktizierte ich gern den Minutenschlaf, zehn Minuten hier, eine viertel Stunde da. Normalerweise wachte ich genau zu dem gewünschten Zeitpunkt auf und merkte kaum, daß ich geschlafen hatte.

Ich glaubte nicht, daß ich träumte. Ich befand mich inmitten einer sattgrünen, alles in allem idyllischen Landschaft, Hügel, Wälder, grünes Gras, furchtlose Kühe. Es mußte Frühling sein, das Wetter war sehr schön, aber nirgends waren Blumen. Plötzlich bemerkte ich eine Wand aus Dornenranken, alle Wälder schienen sich allmählich in undurchdringliches Dornengestrüpp zu verwandeln. Ich ging näher und erkannte mit Schrecken, daß Tausende von Schlangen sich dort die Zähne schliffen. Ich sah zu den Kühen, sie hatten sich nicht gerührt, aber weitere Schlangen zischten um sie herum, wenn sie nicht an ihr Euter sprangen, um daran zu saugen. Ich überlegte, ob sie mich angreifen würden. Und dann sah ich einen Mann laufen. Er lief von den Hügeln herunter und kam einfach nicht zu mir heran. Ich wartete. Ich wartete. Die Schlangen schärften ihre Zähne an den Dornen. Die Schlangen tranken von den Kühen. Und da war diese Stille. Und der Mann lief immer noch. Endlich erreichte er mich und blieb ein paar Meter vor mir stehen. Es war Jaques Lafleur. Wir sahen uns an, ich versuchte mit ihm zu sprechen, er warf einen Blick auf das Gestrüpp, dann auf die Kühe, und plötzlich kratzte er sich am Hals, und ich sah eine widerliche, dicke, schleimige Schlange aus dem Kragen seiner schäbigen Jacke kriechen und sich um seinen Hals rollen. Jaques Lafleur ließ sich erwürgen.

Mein Handy holte mich aus diesem infernalen Traum. War der Joint schuld daran, oder waren es Pauls hypnotische Fähigkeiten? Na, mein Kleiner? Ich hatte zwölf Minuten geschlafen.

«Hm?»

«Soll ich dir meinen Bericht faxen, oder kommst du vorbei und holst ihn?»

«Das sind doch nur drei Zeilen ...»

«Gerade mal eben ...»

«Bist du im Labor? ... Gut, gib mir fünf Minuten.»

Ich brachte Paul in den Laderaum hinunter, kochte mir einen starken Kaffee und rief Serge zurück.»

«Also?»

«Also, wir haben an der Stelle, an der J.L. zusammengebrochen ist, Textilfasern von seinen Kleidern gefunden, aber auch andere, und zwar in ausreichend großer Zahl, um die Vermutung nahezulegen, daß es sich um Fasern aus der Hose des Mörders handelt, der an den Dornen hängengeblieben ist ...»

«Das sind schon mehr als drei Zeilen, Serge.»

«Mit zunehmendem Alter werde ich defätistisch ... oder bescheiden. Aber lassen wir das. Die Beschaffenheit der Fasern ...»

«Ein Wort?»

«Polyester.»

«Mist.»

«Hundert Prozent Polyester. Kaschmir, Seide oder Tergal wären dir wohl lieber gewesen.»

«Das hätte mir was zu knacken gegeben, in der Tat. Aber ich hab mir sowieso keine großen Hoffnungen gemacht.»

«Wenn es Seide gewesen wäre, hättest du davon ausgehen können, daß der Mörder im Schlafanzug im Garten der Lafleur erschienen wäre!»

«Eine stichhaltige Deduktion, die mir erlaubt hätte, Schlüsse auf seine Psyche zu ziehen. Aber genug gescherzt. Farbe?»

«Beige.»

«Und das Blut?»

«Das Blut von J.L. und kein anderes, fürs erste.»

«Klar ... Die Autopsie bringt mir nichts. Deine Analysen bringen mir nichts ...»

«Ich bitte dich!»

«Es kann nicht ganz leicht sein, jemanden mit einer Gartenschere umzubringen ...»

«Einfacher als mit einem Teelöffel.»

«Zugegeben, aber soweit ich weiß, war es Lafleur, der die Sträucher bearbeitet hat, *er* hatte die verdammte Schere in der Hand ...»

«Und was folgerst du daraus?»

«Das Offensichtliche, Serge, und das würde den Eindruck bestätigen, den ich von seiner Persönlichkeit habe. Lafleur kennt den Mörder. Er steht ihm gegenüber. Sie kämpfen nicht.»

«Ich bin deiner Meinung. Kein Kampf.»

«Lafleur reicht dem Mörder die Gartenschere.»

«Provokation.»

«Lafleur will sterben. Er hat keine Angst zu sterben.»

# 17

## MAGALI

Störgeräusche, Rauschen, und schließlich war die Verbindung abgebrochen. Nichts zu machen. Ich würde Marc später zurückrufen. Marc war mir wohl gesonnen, aufmerksam, liebenswürdig. Er arbeitete schon lange mit Félix zusammen, sie teilten ein Büro, Seite an Seite. Sie kamen sehr gut miteinander aus, aber Marc würde sich intuitiv als Puffer dazwischenstellen, wenn der andere Mist baute. Der andere, der mir das Leben schwer machte. Hatte ich das nötig? Warum? Je mehr ich darüber nachdachte, desto weniger verstand ich es. Ich dachte zu oft daran.

Ich parkte auf Parkdeck 6 und beobachtete einen Augenblick die Fassaden der umliegenden Gebäude. Das Parkhaus war spiralförmig angelegt. Ich ging einen Teil der Rampe zu Fuß wieder hinunter, rannte eine Treppe hinab und gelangte zum Fahrstuhl. Auf der Fahrt nach unten war ich allein. Die nächste Bibliothek befand sich in der Rue Saint-Rémesy, aber mein Magen knurrte, und ich steuerte auf das «Bistrot des Halles» zu. Ich fand einen Platz auf der Terrasse, studierte die Karte, schwankte zwischen Entenbrust und Entrecôte, lugte auf die Teller der anderen Gäste, die ihre Gerichte bereits vor sich hatten, und fällte meine Entscheidung.

Das Entrecôte war so groß, daß die Pommes frites herunterfielen, als der Kellner den Teller vor mich hinstellte. Ich sammelte sie mit den Fingern auf, legte sie wieder auf den Teller und nahm Messer und Gabel zur Hand. Das Entrecôte war hervorragend, blutig gebraten wie ich es bestellt hatte. Über ich weiß nicht wie viele Gedankenassoziationen kam ich auf Antoine, nachdem ich überlegt hatte, wie lange ich schon keinen Sex mehr gehabt hatte – seit dem 22. Juni 2000. Es war eine hübsche Liebesaffäre gewesen, ich hatte meinen Orgasmus ausgekostet. Das war nun vierundzwanzig … fast fünfundzwanzig Monate her! Angeblich führen Flics ja auch kein normales Sexualleben! Ich schnitt in das Entrecôte und kaute langsam. War die Assoziation zwischen Antoine und meinem letzten Sexerlebnis noch verständlich, wenn auch irritierend, so war die zwischen Antoine und dem Entrecôte es weniger, nun gut. Was war aus ihm geworden? Ich hatte nicht das geringste Bedürfnis, ihn wiederzusehen, und hatte mir eigentlich geschworen, ihn aus meinen Gedanken zu verbannen. Das hatte ich davon, daß ich ein Entrecôte bestellt hatte. Es war den Gedankenschlenker jedoch wert. Letztendlich hatte Antoine, dieser nette Junge, nur die Statistiken bestätigt: Sechzig Prozent der Männer verließen ihre Frau, wenn sie ernsthaft krank wurde. Zu seiner Entlastung war ich nicht *seine* Frau, aber er *brannte darauf*, mit mir zusammenzuziehen, er hielt es ohne mich nicht mehr aus. Ganz rührend. Mein Drama hätte er mit Sicherheit nicht überlebt. Antoine! Sein Schwanz war länger als seine Treue. Man kann nicht mit allen Talenten gesegnet sein.

Ich lächelte mein letztes Stück Entrecôte an, schlang es hinunter, ließ einige Pommes frites auf dem Teller und bestellte einen starken Kaffee.

Ein paar Minuten später ging ich die Rue des Prêtres hinauf. Ich respektierte die Vorschrift, schloß mein Handy in ein Schließfach und trat in die Bibliothek. Es war nicht viel los. Die Hitze war erträglich. Ich schwirrte zwischen den Regalen umher und baute bald mehrere Werke auf einem Tisch auf.

Ich begann meine Suche zunächst mit dem Einfachsten. Sicher würde ich ohnehin nur meine Zeit vergeuden. Wenn Félix mich so über meine Lexika gebeugt sehen könnte, würde er sich über mich lustig machen – verdammt! Es gelang mir einfach nicht, etwas zu tun, ohne mich jedes einzelne Mal zu fragen, ob er meine Initiative gutheißen würde oder nicht. Schlimmer noch, mir wurde klar, daß er mit Sicherheit auf keinen meiner Vorschläge eingehen würde. Was ich auch tat, er würde meine Arbeit herabsetzen. Meine Motivation hatte dementsprechend nachgelassen. Hätte ich ihn anrufen sollen, um ihm über meine Unterhaltung mit Arnaud Pouget zu berichten? Hätte er nicht selber anrufen müssen, sich erkundigen, alles in Ruhe besprechen und mich auf eine andere Spur setzen? Was sollte ich mir darauf für einen Reim machen? Wenn er sein Verhalten nicht änderte, wollte er wohl eine Einzeldarbietung zum besten geben. Marc schien das nicht zu stören. Es sei denn, sie machten gemeinsame Sache… Jetzt wurde ich schon paranoid! Ich fand nicht, daß man auf dieser Basis vernünftig arbeiten konnte. Das war nicht meine Vorstellung von Teamarbeit. Das stank.

Laut *Le Petit Robert* war das *Perdrix,* im Volksmund Rebhuhn, ein Vogel mittlerer Größe mit rotbraunem Gefieder (rotes Rebhuhn) oder hellgrauem Gefieder (gemeines Rebhuhn, grau) und als Wild sehr geschätzt. Das Rebhuhn kirr-kekte. Hatte ich nie ein Rebhuhn kirr-keken hören? Im weiteren Sinne fielen auch andere Vögel unter die Bezeichnung, *Perdrix des Neiges* für Schneehuhn, *Perdrix de Mer* für Brachschwalbe. Ein Wein *Oeil de Perdrix* war eine perlende Rosé-Spezialität. Na wunderbar! Schließlich verwies der Eintrag auf *Oeil-de-Perdrix* . Ich schlug *Oeil-de-Perdrix* weiter oben nach: Hühnerauge zwischen den Zehen. Ich hatte keins.

In meinem Rücken hörte ich jemanden lachen und drehte mich um, aber es war nicht Félix. Ich kratzte mich an der Stirn und suchte *Steinhuhn*: eine rote Bergrebhuhnart, das war alles. Sollte ich mich mit einer Tierenzyklopädie herumschlagen? Ich hatte nicht vor, den ganzen Nachmittag damit zu verbringen. Ich griff mir den *Peterson*, einen ornithologischen Führer mit Nachschlagewerk, den ich ausgewählt hatte. Seite 106: Das graue Rebhuhn war ein gedrungener Hühnervogel mit kurzen, abgerundeten Flügeln und einem kurzen, rostroten Schwanz. Es flog tief und schnell. Es unterschied sich von dem roten Rebhuhn durch den blaßroten Kopf, den grauen Hals und die graue Brust. Es lief gebückt, verkroch sich bei Gefahr und rannte mehr mit vorgerecktem Kopf, als daß es flog. Im *Peterson* machte es nicht kirr-kek sondern kirrick oder pripripri, je nachdem ob es aufgeregt war oder flog.

Wenn das Wort *Perdrix* einen Schlüssel darstellte, fragte ich mich wirklich, zu welcher Tür er paßte. Hatte ich da eine Art Täterprofil? Gedrungen, gebeugter Gang, schneller Läufer? Jeanne Lafleur, die Spielerin? Wieder lachte jemand in meinem Rücken. Nein, es war nicht Félix, sondern ein hünenhafter Schwarzer, der jetzt mit lauter, schriller Stimme aus einem Bilderbuch für Kinder unter fünf Jahren las. Er wirkte übergroß, wie er da so mitten im Bereich für Jugendliche thronte und seine Lektüre mit übertriebenem Lachen unterbrach, und niemand kümmerte sich darum.

Um ganz sicher zu gehen und bevor ich völlig den Mut verlieren würde, steuerte ich auf das Bibliothekarsbüro zu. Ich klopfte an die Scheibe und steckte den Kopf durch den Türspalt.

«Magali Lopez, ich bin von der Polizei ...»

«Im Ernst ...»

Sie war um die Vierzig, hatte ein freundliches Gesicht und eine Brille um den Hals baumeln. Sie lächelte mich neugierig an.

«Ich betreibe eine Recherche, die nirgends hinführt, und mir dennoch keine Ruhe läßt. Ich habe da ein Wort, und ich spüre, daß dieses Wort nicht unschuldig ist, verstehen Sie, was ich sagen will?»

«Nicht so recht ...»

«Nun, es könnte sich etwas anderes dahinter verbergen. Das wäre wie der Ansatz einer Lösung zu einem Rätsel ...»

«Wie ein Element eines Worträtsels?»

«Genau.»

«Wie lautet das Wort?»

«*Perdrix.*»

«Der Vogel.»

«Weiter bin ich im Augenblick noch nicht.»

Sie dachte nach. Stellen Sie eine Bibliothekarin vor ein Rätsel, und sie wird alle Register ziehen, um es zu lösen, mit immer der gleichen Freundlichkeit und Geduld, die ihren Beruf kennzeichnen.

«Hat es mit dem Mord in Saouzé-Loung zu tun?»

Ich entdeckte die Tageszeitung auf einer Ecke des Schreibtischs und nickte.»

«Haben Sie daran gedacht, in der Etymologie nachzuschlagen?»

«Nein ...»

«Schauen wir mal ...»

Sie folgte mir zu meinem Tisch, setzte ihre Brille auf und beugte sich über *Le Petit Robert*, den ich aufgeschlagen liegen lassen hatte. Sie zeigte mit dem Finger auf die Seite.

«*Perdrix*... aus dem lateinischen *Perdix.*»

Kirrick! Warum nur war mir das nicht in die Augen gesprungen? Wegen der Atmosphäre? Meine Zufriedenheit entging meiner reizenden Bibliothekarin nicht.

«Sehen Sie jetzt klarer?»

«Nicht wirklich ...» Aber genaugenommen war ich mir nicht ganz sicher, was das Wort anbelangt. Ich hatte mich für *Perdrix* entschieden, weil es mir am sinnvollsten erschien, wenn auch gleichzeitig albern. Möglich, daß unsere Zeugin etwas anderes als *Perdrix* gesagt hat, vielleicht *perdis* oder *perdit*. In dem Fall also kein *x*.

Ich merkte, daß ich laut dachte, sicher der Einfluß des großen Schwarzen, der begann, mir auf die Nerven zu gehen.

«Ihnen nicht?»

«Er gehört zu unseren angenehmsten Sonderlingen. Man gewöhnt sich daran.»

«Wie würden Sie vorgehen?»

«Um ihn vor die Tür zu setzen?»

Ihr Humor gefiel mir, und ich lachte herzlich.

«Ich habe das Gefühl, daß ich keinen Schritt weiter bin ... *Perdix*.»

«Ich würde ein Lexikon der Mythologie zu Rate ziehen, *Le Grimal* zum Beispiel. Ich suche es ihnen raus.»

Sie brauchte natürlich erheblich weniger Zeit, als ich gebraucht hätte. Kirrick! Ich spürte die Hoffnung wieder aufkeimen, als sie den Gang mit dem Werk in den Händen wieder heraufkam. «Viel Glück», wünschte sie, «wenn Sie mich noch einmal brauchen, stehe ich Ihnen gern zur Verfügung, zu den Öffnungszeiten natürlich.» Sie verschwand, das Sinnbild der Effizienz. Bravo.

*Perdix*, dieser Name bekleidete zwei Persönlichkeiten, die zur attischen Legende gehörten.

1. Perdix war eine Schwester des Dädalus. Sie war die Mutter des anderen Perdix. Als dieser starb, hatte sie sich aus Verzweiflung erhängt.

2. Perdix, ihr Sohn, war bei seinem Onkel Dädalus in die Lehre gegeben worden, aber er überragte ihn schon so deutlich in Geschicklichkeit und Erfindungsgeist, daß Dädalus ihn in einem Anfall von Eifersucht von der Akropolis gestoßen hatte. Dädalus hatte die Leiche heimlich begraben, aber der Mord war trotz allem aufgedeckt und der

Mörder gerichtet worden. Man schrieb Perdix unter anderem die Erfindung der Schere zu, für die er Schlangenzähne als Vorbild genommen hatte. Der junge Mann war auch unter dem Namen Talos oder Calos bekannt. Den Namen Perdix hatte er von Athene, die Mitleid mit ihm gehabt und ihn in dem Moment, in dem sein Onkel ihn ins Nichts gestoßen hatte, in ein Rebhuhn verwandelt hatte. Dieser Vogel wäre mit Freuden bei der Beerdigung des Ikarus, Dädalus Sohn, dabeigewesen, der ebenfalls durch einen Sturz ums Leben gekommen war.

Ich kannte Dädalus durch Minos, das Labyrinth, den Minotaurus und eben Ikarus. Auch bei unserer Geschichte ging es um einen Sturz, daran bestand kein Zweifel, aber wir hatten es mit zwei Brüdern und einer Schwester zu tun. Ich sah den Zusammenhang nicht. Außer in der Schlange, für die Pierre Lafleur sich begeisterte, und der Eifersucht, unvermeidlich weil menschlich, aber in unserem Fall nicht nachgewiesen.

Jeanne war völlig weggetreten. Félix würde lachen, wenn ich ihm diese Geschichte servierte, zu Recht.

So gesehen hatte ich mir eine kleine Abwechslung gegönnt.

Das Entrecôte war hervorragend.

Vergiß Perdix, Dädalus und Félix.

Keine Chance, Félix zu vergessen... Ah, mein armes Kind... Plötzlich brach ich völlig unkontrolliert in Tränen aus.

# 18

## MARC

«Vorzüglich, die Tagliatelle, nicht wahr? Aber ich frage mich ...»

«Was fragst du dich, Perec?», seufzte ich.

«Ich frage mich, ob ich nicht lieber Rotwein zu dem Hoki-Filet hätte nehmen sollen... Von dem Weißwein nach dem Bier wird mir ganz komisch!»

«Eine Frage der Quantität.»

«Wahrscheinlich ...»

«Also, wo ist es?»

Sein Blick schweifte über die Straße und schien plötzlich wie magisch angezogen an der Bar «Saint-Michel» hängen zu bleiben. Ostentativ befeuchtete er die Lippen.

«Trinken wir einen Kaffee?»

«Nein.»

«Aber! Sie haben hier einen exquisiten Armanac!»

«Perec», zischte ich, «wenn ich eine Schiffsreise unternehmen will, kaufe ich eine Karte, kapiert?»

«Ich führ Sie hin, regen Sie sich nicht auf... Aber angenommen, ich müßte pinkeln, würden Sie mich daran hindern? Würden Sie sagen, ich soll auf den Bürgersteig pinkeln?»

«Das würde keinen großen Unterschied machen ...»

Er betrachtete die breitgetretene Hundescheiße, die zermatschten Werbeprospekte im Rinnstein, die Flaschenscherben und die Neo-Codion-Verpackungen.

«Bah! Das stimmt! Die widerlichsten Bürgersteige der Stadt! Haben nie auch nur den Schatten einer Straßenkehrmaschine gesehen, oder gar eines kleinen grünen Männchens! Als würden die Bürgersteige hier in der Gegend die Besen fressen, und keiner will seine Finger dabei riskieren! Dabei würde ein wenig Chlorreiniger die Atmosphäre verbessern, vielleicht sogar die Gemüter entspannen, man würde sich weniger lausig fühlen!»

«Du wirst ja lyrisch ...»

«Könnten Sie Doudou nicht ein paar Worte stecken?»

«Perec ...»

«Armstrong!»

«Wie, Armstrong?»

«Ich frage mich, ob er die Tour de France gewonnen hat.»

«Er hat sie gewonnen.»

«Ich frage mich trotzdem!»

«Was du dich alles fragst ...»

«Wenn der Tag lang ist. Jetzt frage ich mich zum Beispiel, ob ich dem Mädchen einen Gefallen tue, ob ich Ihnen trauen soll, sie könnte es mir übel nehmen, bestimmt wird sie das. Und die Überschwemmungen in Vaucluse? Haben Sie die Bilder gesehen? ... He! Was machen Sie denn für ein Gesicht! Ruft das böse Erinnerungen wach?»

Ich musterte Perec, der den Blick abwandte. Ich hatte in *France Info* von der Sintflut gehört und beschlossen, den Fernseher ein paar Tage nicht einzuschalten. Meiner Mutter hatte ich das gleiche geraten. Aber sie würde natürlich trotzdem wie immer vor der Glotze hängen und die Wagen sehen, die von den Fluten mitgerissen wurden. Sie würde sich vorstellen, daß Béatrice darin saß, würde glauben, daß sie sie erkannte, schreien und weinen. Ich hatte die letzten Gewitter ziemlich gut überstanden. Das Donnergrollen hatte nicht dieses Unwohlsein ausgelöst, das mich bislang befallen hatte. Zwar hatte ich an meine Schwester gedacht, aber nicht anschließend von ihr geträumt.

Mittwoch, 4. September: Nachbar Nummer 5 mähte seinen Rasen, Jaques und Jeanne Lafleur stritten sich. Am Spätnachmittag ging der Wolkenbruch nieder. Das Gewitter war kurz, und ich schlief an dem Abend besser.

«Ich kann Ihre Waffe sehen», sagte er, «und wenn ich sie sehe, könnte auch sie die Waffe sehen ...»

«Na und?»

«Sie könnte es mit der Angst kriegen.»

«Ich werde dir etwas anvertrauen, Perec: Seit ich bei der Polizei bin, habe ich nicht einen Schuß abgefeuert.»

«Ich weiß nicht, wie lange Sie schon dabei sind, aber bei mir ist es auch schon eine Weile her.»

Ich lachte, nicht er. Sein Blick trübte sich. Ich knöpfte meine Jacke zu, um ihn nicht noch mehr zu verstimmen.

Die Fassade lag im Schatten. Das Haus war zwischen einem bis spät in die Nacht geöffneten Lebensmittelladen und einem Kebab-Imbiß eingeklemmt. Es war ein einstökkiges Haus, von Pfeilern gesäumt, mit einem Torbogen, Fenstern mit klappbaren Fensterläden und einer Art Fries aus gebranntem Ton, hinter dem sich die Dachrinne verbarg. Alles in allem hatte es ein ansprechendes Äußeres, auch wenn es heute, wie viele Bauten aus dem neunzehnten Jahrhundert, an denen die Zeit ihre Spuren hinterlassen hatte, im Stadtbild verblaßte. Es gab wahrhaftig keinen Anlaß, hinter seinen Mauern das Elend zu vermuten.

Perec schniefte und wischte sich die Nase mit dem Handrücken ab.

«Vielleicht ist sie nicht da ... Ich hab doch Ihr Wort?»

Wir durchquerten einen Flur und gelangten auf einen von Unkraut und Unrat übersäten Hof. Unter einer durch Witterungseinflüsse verrotteten, hölzernen Galerie führte eine Treppe zu zwei Wohnungen, zumindest ursprünglich.

Auf den ersten Blick war kein Lebenszeichen zu erkennen, aber die Fenster waren mit Pappe oder Plastikbeuteln vernagelt. Die Stufen knarrten, und ich hörte ein Rumoren in der besetzten Wohnung gleich rechts von uns.

Flüstern. Panisches Hin und Her. Und ängstliches Schweigen.

«Wir sind da», raunte Perec mit nur schlecht verborgener Nervosität. «Seien Sie nicht zu grob zu ihr ...»

«Nach dir ...»

Er klopfte, und Gaëlle öffnete. Der Raum war schummrig, aber gepflegt. Natürlich blätterte die Farbe von der Decke, die Tapete hing in Fetzen, das Mobilar war nicht das Neueste, bestand zum Teil sogar aus einer Palette oder einer Autositzbank, aber man spürte ein hartnäckiges Bemühen um Ordnung und Sauberkeit. Ein Vorhang trennte den Raum vom Rest der Wohnung. Dieser Vorhang hatte sich bewegt. Ich erhaschte gerade noch einen Blick auf ein Paar Schuhe unter dem Saum, höchstens Größe 26. Gaëlle folgte meinem Blick, wandt sich aber an Perec:

«Du mußtest natürlich alles ausplappern.»

Perec machte sich klein, soweit das möglich war. Er trat von einem Fuß auf den anderen, und sie ließ enttäuscht die Hände sinken. Sie setzte sich wieder an den Küchentisch und fuhr fort, Gemüse zu putzen – Zucchini, Auberginen und Paprika. Auf dem Gasherd wurde ein Kochtopf heiß. Entlang der Wand standen Eimer voller Wasser.

«Er ist kein schlechter Kerl», sagte er.

«Du würdest einen Tiger mit einem Koalabären verwechseln.»

Trotz der Enttäuschung klang ihre Stimme eher sanft. Sie war vielleicht fünfundzwanzig. Sie hatte ein sympathisches Gesicht, und ihre Figur schien keine Entbehrungen durchgemacht zu haben.

«Ich werde von beidem etwas sein», sagte ich und lächelte beruhigend. «Darf ich mich setzen?»

Sie zuckte die Schultern, und ich nahm einen Stuhl, während Perec sich verlegen im Hintergrund hielt.

«Wovor haben Sie Angst? Wenn ich erst einmal weg bin, können Sie immer noch umziehen ...»

«Als wenn das so einfach wäre ... Ich halte meine Wohnung in Schuß, verstehen Sie?»

«Das bezweifle ich nicht eine Sekunde.»

Die Zucchini rutschte in ihrer Hand, und als wollte Gaëlle sie zurechtweisen, schälte sie um so entschlossener weiter, blies sich dabei die Haarlocken aus der Stirn und warf sie zurück, weil sie meinte, sich rechtfertigen zu müssen:

«Ich hab Mist gebaut, und dann hat mein Alter mir den Lebensunterhalt gestrichen, und das Glück hat mich im Stich gelassen. Aber der Wind wird sich drehen ... ich lege etwas zurück. Wenn ich genug Geld zusammen habe, nehmen wir uns eine angemessene Wohnung. Ich brauche nur etwas Zeit ...»

«Und der Vater?»

«Sein Vater wird derjenige sein, der uns liebt und kein anderer.»

«Sie haben nichts von mir zu befürchten, Mademoiselle und Ihr Kleiner auch nicht. Es tut mir in der Seele weh, wenn ich mir vorstelle, wie er zähneklappernd hinter dem Vorhang steht.»

Sie warf einen flüchtigen Blick auf den Vorhang und lächelte, bevor sie sich zu Perec umdrehte. Aber dieser hatte sich sang- und klanglos verdrückt.

«Julien ist in seinem Zimmer. Auf der anderen Seite sind noch Fensterscheiben, dort ist es hell. Aber sprechen Sie doch leiser ... Er denkt, es ist ein Spiel. Wieviel Zeit bleibt mir, bis die von der Sozialbehörde kommen?»

«Alle Zeit der Welt, Gaëlle. Es könnte sogar sein, daß ich vergesse, daß es Sie überhaupt gibt ...»

Sie sagte ganz leise:

«Ich kann Sie mir nicht in der Rolle des Sadisten vorstellen. Werden Sie von mir verlangen, daß ich mit Ihnen schlafe?»

Sie sah wieder zu dem Vorhang, legte das Schälmesser fort, wischte sich ruhig die Hände an einem Tuch ab, das neben dem Gemüse lag, und stand schließlich auf. Ich hatte nicht auf ihre Frage reagiert und für den Bruchteil einer Sekunde, als ich sie auf den Autositz zusteuern sah, fragte ich mich, ob sie sich jetzt ohne weitere Umschweife ausziehen würde. Je eher wir anfingen, desto schneller wäre sie mich wieder los. In diesem Sekundenbruchteil war mein Verstand von einer Art Anmut gefesselt, die von ihr ausging. Gegen meinen Willen spürte ich meine Erregung. Aber ich fing mich, die Gefahr eines potentiellen, immer möglichen Ausrutschers war mir wohl bewußt. Auch sie war sich dessen bewußt, es war sogar wahrscheinlich, daß sie mich zu dem Fehltritt verleiten wollte. Ihre Bewegungen verrieten kein Mißtrauen und wirkten sogar ein wenig provokant. Aber vielleicht träumte ich. Ein kleiner Wunschtraum eines Flics, klassisch. Nichts, worauf man stolz sein könnte.

Sie bückte sich und nahm ein Päckchen Tabak, Blättchen und eine Streichholzschachtel vom Sitz. Sie setzte sich wieder und drehte sich eine Zigarette.

«Sie sind ein ziemlich attraktiver Junge, aber ich werde es nicht tun. Seinetwegen.»

«Das ist es nicht, worum ich Sie bitte.»

«Wie habe ich Ihr Schweigen dann zu verstehen?»

«Tut mir Leid, aber auch Sie sind ein ziemlich hübsches Mädchen ...»

«Eine geistige Verwirrung?»

«Sagen wir, ja, es handelt sich um eine geistige Verwirrung ...»

«Flic, aber Mensch.»

«Mensch, aber Flic.»

In dem Augenblick, so schien es mir, hatte ich ihr Vertrauen gewonnen. Ihre Miene hellte sich auf.

«Ist das so offensichtlich?», fragte ich.

«Daß Sie ein Mensch sind?»

Sie brach in ein umwerfendes, süßes Lachen aus. Sie steckte ihre Zigarette an.

«Und noch dazu ein Mann?»

Ich legte das Foto von Jaques Lafleur auf den Tisch. Sie betrachtete es einen Augenblick. In ihren Gesichtszügen spiegelte sich weder Freude noch Angst.

«Und?»

«Sie kennen ihn, nicht wahr?»

«Er hat mir ein paar Mal einen Gefallen getan. Wir haben uns Ende November kennen gelernt, glaube ich.»

«Was für einen Gefallen?»

«Letzten Winter war es schrecklich kalt, besonders im Januar, und ohne ihn wären wir erfroren. Er hat uns ein Kohlenbecken gebastelt, und es hat uns nie an Holz gefehlt. Jaques hat die Paletten im Hof zerlegt. Er hat Dutzende davon angeschleppt, was sage ich, Hunderte! Im März hat er eine Dachrinne umgeleitet, damit wir das Regenwasser auffangen konnten, wenigstens für die Toilette ...»

«Und als Gegenleistung?»

«Manchmal habe ich ihm eine Mahlzeit zubereitet, aber wir haben nicht miteinander geschlafen, wenn Sie das meinen.»

«Entschuldigen Sie ...»

«Sie sind auch Flic.»

«He! ... Kommt es vor, daß er über sich spricht, über sein Leben?»

«Nie. Ich weiß nicht einmal, wo er wohnt.»

«Aber er kommt zu Ihnen?»

«Oft hat er sich damit begnügt, die Paletten im Hof abzuladen und zu zerlegen und ist wieder gegangen.»

«Verstehen Julien und er sich gut?»

Ich spürte, daß ich einen wunden Punkt berührt hatte. Sie fragte zu trocken:

«Was wollen Sie von Jaques?»

«Perec ...»

«Perec hat eine zu große Klappe», blaffte sie gereizt. «Ich weiß nicht, was Jaques getan haben mag, aber es steht in keiner Verbindung ...»

«Lassen Sie das meine Sorge sein ...»

Sie seufzte, steckte ihre Selbstgedrehte wieder an, ließ etwas Asche in die Schalen fallen.

«Manchmal denke ich daran zurück und sage mir, daß ich mir das alles eingebildet habe. Es war gegen Ende März ... Ich hatte ein Vorstellungsgespräch, und jemand mußte auf Julien aufpassen.»

«Wie alt ist Julien?»

«Fast drei Jahre ...»

«Und Sie haben Jaques gebeten?»

«Sie sollten beide auf dem Bürgersteig auf mich warten, nicht weit von hier. Aber als ich von meinem Interview kam, war niemand mehr da. Ich bin sofort in Panik geraten. Daraufhin ist Perec aufgetaucht, und wir haben uns auf die Suche nach ihnen gemacht. Wir haben die Bars durchkämmt, die Läden in den Straßen, aber niemand hatte sie gesehen. Drei Stunden später haben wir sie schließlich, dank Perec, im Jardin des plantes wiedergefunden. Das war's.»

«Das war's?»

«Ich hatte Angst, das stimmt, aber es gab keinen Grund, ein Drama daraus zu machen!»

«Sie verschweigen mir etwas, Gaëlle.»

«Oh, es war gut gemeint! Jaques dachte, daß es bei mir eine Weile dauern würde, und dann hat er nicht gemerkt, wie die Zeit verging, aber ...»

«Aber?»

«Als wir sie im Park wiedergefunden haben, kam sein Blick mir so seltsam vor ...»

«Hatte er etwas Krankhaftes?»

«Nein, das würde ich nicht sagen ... Er spielte mit Julien. Julien hatte seinen Ball dabei, und es schien gut zu laufen ... Wenn ich von seinem Blick spreche, meine ich nicht, wie er Julien angesehen hat, sondern mich, als ich zu ihnen gestürzt bin.»

«Ich verstehe nicht.»

«Er sah nicht mich, er sah jemand anderen. Und ich wollte nicht diese andere sein. Er sah mich an, als sei er ärgerlich auf mich, aber als wäre es nicht eigentlich ich, die er sah ...»

Das Ganze war ziemlich merkwürdig. Was war in ihn gefahren? Gaëlles Geschichte gab uns keinen Hinweis auf etwas über seine Person, das wir nicht schon wußten. Aber trotz dieses Zwischenfalls war sie die Bestätigung dafür, daß Gaëlle mit Lafleur nicht aufs falsche Pferd gesetzt hatte. Er war recht hilfsbereit. Ohne Hintergedanken? Auch er hatte sich also nicht völlig in sich selbst verschlossen. Während all dieser Monate hatte er *gelebt*. Das hätten wir uns denken können. Arnaud Pouget, Perec, Gaëlle, und schließlich Julien. Eine kleine Welt. Wie geschaffen für sein Elend.

«Und wie ist es ausgegangen?»

Gaëlle nahm noch eine Zucchini. Sie war jetzt entspannter, fast lässig, und schälte sie methodisch.

«Jaques schien aus allen Wolken zu fallen. Perec hat irgend einen dummen Witz gemacht. Ich hab mich beruhigt. Julien war im siebten Himmel ...»

«Haben Sie Jaques wiedergesehen?»

«Von Zeit zu Zeit ...»

«Ich möchte Ihnen helfen, Gaëlle.»

Sie musterte mich von unten, ohne im Schälen innezuhalten. Ihre Bewegungen waren präzise, die Hände glänzten vom Saft. Ich war überzeugt, daß sie kein Geld annehmen würde und stand auf, um meine Telefonnummer auf einen Block zu schreiben, der auf einem der Möbelstücke herumlag.

«Das ist meine Durchwahl…»

Ich erwartete keinen Dank, so wenig wie, daß sie mich eines Tages anrufen würde – und auch nicht, daß die Zucchini ihr plötzlich aus der Hand rutschen und wie eine Granate mit lautem Getöse gegen den Topf prallen würde, der auf dem Gasherd heiß wurde. Die Zucchini verfehlte mich nur knapp und der Topf flog Fontänen kochenden Wassers speiend durch die Luft, bevor er aufschlug und schließlich auf den Boden kippte. Ich war instinktiv zurückgewichen und hatte nach meiner Waffe gegriffen. Die Geste war absurd, das mußte der Flic in mir sein. Ich lachte laut heraus. Gaëlle hatte vor Schreck den Mund weit aufgerissen.

«Nun denn!», rief sie nach einem Moment, «wenn selbst die Gemüse gegen mich sind…»

Auf dem Weg zum Kommissariat lächelte und pfiff ich vor mich hin. Das Lächeln verging mir, als ich in unser Büro trat. Félix stand vor dem Fenster, die Hände auf dem Rücken verschränkt. Er hatte schlechte Laune. Jemand hatte einen Bericht vor meinen Computer gelegt, und ich überflog ihn, während ich mit ihm sprach. Arnaud Pouget war eine Type für sich, und Magali hatte ihn in wenigen Zeilen sehr gut skizziert. Sie hatte Stil und eine Prägnanz in ihren Analysen, um die ich sie beneidete. Ich legte den Bericht zu den Akten in der Annahme, daß Félix ihn schon gelesen hatte, und schaltete meinen Computer ein.

«Ich frage mich, warum Perec mir diese ganze Geschichte nicht selbst erzählt hat…»

«Aus Zuneigung zu Gaëlle, oder weil dein Perec etwas von einer Spielernatur hat.»

«Der hat vielleicht einen Schluck am Leib! Übrigens, ich hab eine Spesenrechnung ...»

«Wieviel?»

Ich nannte ihm den Betrag.

«Damit kannst du dir den Hintern abwischen.»

«Das hab ich mir auch gedacht ... Es nimmt langsam Gestalt an, Félix.»

«Was nimmt Gestalt an?»

Er zwang sich zur Herzlichkeit. Die Verzweiflung klang durch jeden Satz.

«Wir stopfen die Löcher ...»

«Hast du Daten? Beweise?»

«Nein, außer vielleicht diesen Zwischenfall, den ich nicht recht verstehe. Vielleicht hat Gaëlle sich getäuscht ...»

«Er kümmert sich um ihr Kind, und sie schlägt Alarm, das ist eine Frechheit!»

«Das sehe ich nicht ganz so ... Kurz, wir dachten, er wäre am Boden zerstört, hoffnungslos tief gesunken, aber er hatte einen Kumpel, Pouget, vielleicht auch zwei mit Perec, und er hat Gaëlle kleine Dienste erwiesen ... Willst du es hören?»

«Wenn ein Typ ertrinkt, ist anzunehmen, daß er ein letztes Mal in den Himmel schaut bevor er untergeht, und vielleicht sind in diesem Moment sogar Vögel am Himmel und eine verdammte Sonne, aber er geht trotzdem unter ...»

«Schon .... Aber ich denke, das hätte nicht angehalten ... Ich glaube, daß er sich früher oder später gefangen hätte ...»

«Du denkst zu viel ...»

Ich blieb natürlich. Ich sprach mit ihm wie immer. Aber ich mußte ihm dennoch ans Bein fahren.

«Was gedenkst du im Hinblick auf seinen Bruder zu tun?»

«Was?»

«Meinst du nicht, der Augenblick ist gekommen, ihn unter Druck zu setzen?»

«Und aus welchem Grund?»

«Aus welchem Grund! Hast du nicht den Eindruck, daß er dich verschaukelt? Ich habe dich schon schärfer erlebt! Er wäre nicht der erste, bei dem wir ein wenig nachhelfen, oder?»

«Marc, ich mag dich gern, aber in diesem Fall kannst du mich mal ...»

Er verließ das Büro. Vielleicht war ich etwas zu hart rangegangen. Mir blieb keine Zeit, es zu bedauern. Das Telefon klingelte. Ich erkannte ihre Stimme nicht gleich. Zuerst dachte ich an einen Irrtum oder einen Scherz.

«Ich bin schon ewig nicht mehr ins Restaurant gegangen! Ein Glück, daß ich Sie verpaßt habe!»

«Verpaßt?»

«Mit der Zucchini!»

«Ach, ja!»

Als ich nichts sagte und mein Schweigen sich hinzog, wurde sie deutlicher:

«Wie wär's, wenn Sie mich einladen würden? Ich rufe von einer Telefonzelle aus an, aber ich kann wann fertig sein? In einer Stunde?»

Es war achtzehn Uhr dreißig. Perfektes Timing, dachte ich.

«Und Ihr Sohn?»

«Sagen Sie nicht, daß Sie keine Kinder mögen?»

«Kleine Kinder machen mir ein wenig Angst, muß ich gestehen.»

«Er wird irgendwann einschlafen.»

«Haben Sie eine Vorliebe?»

«Mein Traum ist ein indisches Essen. Ich mach mich fertig!»

Das würde mich ein Vermögen kosten, aber ich sah

nicht, wie ich mich da jetzt herauswinden konnte. Zwei solche Tage, und ich würde am Monatsende Nudeln essen. Aber was machte das schon aus? Obertrottel. Du hast ihr deine Telefonnummer zugeschoben, du hast ihr deine Hilfe angeboten, du freust dich drauf, das kann ein sehr angenehmer Abend werden. Vielleicht wäre es eine gute Idee, wenn ich vorher nach Hause gehen und das Bett beziehen würde.

# 19

## JAQUES LAFLEUR – Heft 2001/V

September

Drei Kilometer, ein Klacks für einen großen Kolkraben, einen Geier oder einen Schneefinken. Für einen Mann und einen Hund bedeuteten sie einen stundenlangen Marsch, vielleicht einen ganzen Tag. Ohne Karte lief ich Gefahr, mich unmerklich von dem anvisierten Bergmassiv zu entfernen oder plötzlich vor einem Abgrund zu stehen – auf jeden Fall, den Irrsinn in die Länge zu ziehen. Hätte ich auch nur ein Körnchen Vernunft besessen, wäre ich wieder ins Tal hinabgestiegen und von dort ungefährdet zu den alten Goldminen gelangt, auch wenn ich mich auf einen langen Anstieg eingelassen hätte, und Patou wäre mit Sicherheit zu Mariel zurückgelaufen und hätte mich meinem Wahnsinn überlassen. Aber ich hatte beschlossen, mich direkt nach Süden zu orientieren, an der Grenze entlang zu laufen und dann scharf nach Osten abzubiegen, was mich, so hoffte ich, auf den richtigen Hang führen würde. Dort waren die Berge ein echter Schweizer Käse. Vor einigen Jahrzehnten hatten Männer dort unter unmenschlichen Bedingungen gearbeitet. Viele waren nie zurückgekehrt. Man sagte nicht, daß sie umkamen, sondern daß die Berge sie verschlangen. Die Berge waren damals Menschenfresser, und es fanden sich noch manche Alte, die diese wilden Gegenden mit einer Mischung aus Respekt und Entsetzen schilderten.

Genau den Eindruck hatte ich gerade gehabt: Es schien, als hätte der Berg Martial plötzlich verschlungen. Das hatte ich nicht geträumt, es konnte sich nur um ihn gehandelt haben. Aber was hatte das zu bedeuten? Er war nicht wieder aufgetaucht. Von Zeit zu Zeit blieb ich stehen, um den Hang mit dem Fernrohr abzusuchen und mich zu vergewissern. Nicht der Schatten eines Mannes.

Vielleicht hatte Martial den Kopf verloren. Verrückt oder nicht, solchen Heldenmut hätte ich ihm nicht zugetraut. Seine Ziegen waren seit Langem sich selbst überlassen. Natürlich spionierte ich ihm nicht nach, manchmal sah ich ihn tagelang nicht, aber soweit ich mich erinnerte, hatte Mariel nie erwähnt, daß ihr Vater sich noch zu den Gipfeln hinaufwagte. Er mußte einen triftigen Grund dafür haben. Wegen des Bären?

Meine Muskeln schmerzten, aber ich hielt ein gutes Tempo. Die Sonne ging unter, und die Felswände waren noch in strahlende Farben getaucht. Gelegentlich überquerten wir einen Bach, und ich ließ Patou seine Pfoten eintauchen. Ein paar Sekunden blieb er dort im Wasser, schwankend, wie erschlagen. Seine vom Schiefer zerschnittenen Ballen bluteten. Nur noch ein kleines Stück, redete ich ihm zu. Für die Nacht würden wir sowieso rasten. Er schlabberte etwas Wasser, ich füllte meine Feldflasche auf, und wir gingen weiter. Es war zu spät für Martial, um den Abstieg zu wagen. Wir mußten heute so nahe wie möglich an die alten Minen herankommen, und wenn wir ihn nicht vor Einbruch der Dunkelheit fanden, mußten wir uns eben bis zum Morgen gedulden.

Wir haben einen letzten Steilhang erklommen, einen Teich passiert und schließlich, nachdem wir eine Bergspitze umrundet haben, die aussah wie ein mit Schießscharten versehener Bergfried einer Burg, die Grenze erreicht. Obgleich dort ein kräftiger Wind blies, sind wir von da an leichter vorangekommen. Wir sind zunächst immer auf dem Kamm entlanggegangen und nach einer halben Stunde weniger anstrengenden Marsches endlich auf einen anderen Hang gelangt.

Die Ruinen zeichneten sich deutlicher vor dem Bergmassiv ab. Aber es wurde um diese Zeit schon gefährlich. Es gab immer weniger Orientierungspunkte, derer man sich sicher sein konnte. Die Gipfel versanken in der Dunkelheit, und allein was noch von ihnen zu erkennen war, verstärkte ein irrationales Gefühl der Angst. Selbst die Ruinen sind bald mit der Felswand verschmolzen. Ich hätte Rast machen sollen, solange ich noch sehen konnte.

Ich bin auf einen Felsvorsprung gestiegen. Zwei Männer wären darauf nicht aneinander vorbeigekommen, nicht einmal, wenn sie sich Bauch an Bauch gedrängt hätten. Patou protestierte in meinem Rücken. Ich antwortete mit aufmunternden Worten auf sein Heulen und stieß dabei aus Versehen lose Gesteinsbrocken in den Abgrund, die rollten, abprallten, herabprasselten. Wir waren jetzt vom Wind geschützt, aber unter uns herrschte gähnende Leere, und ich sah nicht einmal mehr meine Füße. Kalter Schweiß rann mir den Rücken hinunter. Die Bergkämme wirkten vor dem noch schemenhaft blauen Himmel wie Wolfszähne. Wie lange hat das gedauert? Ich weiß nicht. Schließlich habe ich das äußerste Ende des Felsvorsprungs erreicht. Kurzatmig und mit zitternden Beinen habe ich den Rucksack fallen lassen. Ich habe meine Taschenlampe herausgerissen und begonnen, nervös zu lachen. Benommen vor Müdigkeit und Angst war ich vorher gar nicht auf den Gedanken gekommen, sie zu benutzen. Manchmal ist man selbst schuld. Wir waren auf einer Terrasse herausgekommen. Ein Stückchen weiter auf der Rechten befand sich eine Nische, in der wir es aushalten würden, Patou und ich. Was auch geschehen mochte, ich würde mich nicht mehr über diese Nische hinauswagen.

Ich habe die Lampe zwischen zwei Felsen geklemmt. Nach ein paar kurzen Dehnübungen habe ich mich umgezogen. Ich habe meine schweißnassen Kleider auf einem Stein ausgebreitet und Patou zu fressen gegeben. Ich habe mich selbst gestärkt und mich erneut ausgezogen, bis auf die Haut. Danach habe ich die trockenen Kleider in einen Plastikbeutel getan, um sie vor Feuchtigkeit zu schützen und bin in meinen Schlafsack gekrochen. Nach einer Weile habe ich meine Lage gefunden, und Patou hat sich an mich geschmiegt. Er hat einen langen, fast menschlichen Seufzer ausgestoßen. In dem Moment bestand kein Unterschied mehr zwischen uns. Jede Faser unserer Körper schmerzte, unsere Herzen schlugen vielleicht im gleichen Takt, der Schlaf überkam uns gleichermaßen. Kein größerer Unterschied als zwischen zwei Sternen am Himmelszelt, auch wenn man die verschiedenen Sternbilder erahnt. Dem Himmel so nah waren wir gleichermaßen verletzlich. Ich bin in Schlaf gesunken, und plötzlich ist es mir so vorgekommen, als würde jemand in meine Haare blasen, und dann eine Stimme: Jaques? Das war sicher nur der Wind.

Jaques?

Meine Haare haben sich gesträubt. Wie eine Stimme aus dem Jenseits.

Ich bin aus meiner Daunendecke hervorgekrochen. Der Morgen brach gerade an. Pierre hatte den Vorhang heftig aufgezogen. Ich habe gebrummt, geblinzelt. Unter meiner Hand war Valéries Abdruck bestimmt noch auf dem Laken zu erkennen. Wann hatte sie mich verlassen? Ich hatte ihren guten Geruch im Gesicht, Valérie war sehr feucht, meine Haut spannte. Pierre hat das Chaos begutachtet. Er hatte sich auf die Bettkante gesetzt. Er hat einen Brotkrümel fortgeschnippst oder ein Haar, oder es war nur eine nichtssagende, automatische Geste. Er schien schon lange auf zu sein und war offenbar auf dem Sprung.

«Du nervst, Pierre ...»

Ich habe mich im Bett aufgerichtet. Ich habe mit der Faust ins Kissen geschlagen. Nahm er diesen Geruch nach Sex wahr? Ich wäre gern aufgestanden, um das Fenster zu öffnen. Hatte Valérie nackt neben ihm geschlafen? Hatte er sich an sie geschmiegt? Ich war leicht eifersüchtig. Hatten wir ihn zuvor geweckt? Er hat mich mit einem Lächeln beobachtet, liebevoll, wohlwollend, wenn auch etwas verkrampft. Er hätte mir den Kaffee bringen können.

«Schade, daß du mich nicht ab und zu in die Natur begleitest ...»

Es war lange her ... Ich habe mir die Eier gekratzt.

«Du weißt ja, wie es beim letzten Mal ausgegangen ist ...»

«Das ist über fünfzehn Jahre her.»

«Du hast es mir übel genommen und tust es immer noch.»

«Und du?»

«Ich mache mir bis zu einem gewissen Grad Vorwürfe. Aber ich kann nichts dafür, daß Vater gestolpert ist ...»

«Dreihundert Meter ...»

Wir waren eine Schlucht auf einem Pfad in Serpentinen hinaufgestiegen und hätten sie auf demselben Weg wieder hinuntersteigen sollen, aber ich hatte beschlossen, querfeldein abzukürzen. Niemand war gezwungen gewesen, mir zu folgen.

«Es war ein Unfall.»

«Ich habe mich oft gefragt, woran er gedacht hat ... Wahrscheinlich kannst du es erst nicht glauben, wenn es passiert, und dir bleibt wenig Zeit, dein Leben vorüberziehen zu sehen ...»

«Er ist nicht sofort tot gewesen.»

«Das ist wahr ... Manchmal denke ich auch, verstehst du,

daß alles vorher in seinem Kopf abgelaufen ist ... Papa fiel schon, in Gedanken. Du wolltest uns etwas Großartiges vorführen, und er wollte dir sicher demonstrieren, daß die Entscheidungen, die du damals getroffen hast, jedem offen standen ...»

«Jeder kann wandern.»

«Es war wie ein Wettbewerb. Und er hat sich total idiotisch benommen.»

«Sag mal, warum genau weckst du mich eigentlich?»

«Tut mir Leid, ich bin abgeschweift ... Und du siehst, ich schweife immer noch ab!»

Er hat ein Gähnen unterdrückt und sich erneut umgesehen. Hatten sie sich schon in diesem Zimmer geliebt? Sollte er uns gehört haben? Dann ließ er sich Zeit mit der Reaktion.

«Kommst du?»

«Ich bin kaputt, Pierre.»

«Stimmt, du gehst immer sehr spät schlafen mit Valérie.»

*Mit Valérie*. So, wie er es formulierte, war der Satz zweideutig, aber es lag kein Vorwurf darin.

«Schade ... Als ich gerade meinen Kaffee getrunken habe, dachte ich, daß du selten so lange bleibst. Du scheinst dich hier ja wohl zu fühlen, das freut mich.»

«Der Kühlschrank ist voll», habe ich im Scherz gesagt, «und es gibt fließend Warmwasser!»

«Na dann, ich hau ab, Brüderchen.»

«Gehst du lange weg?»

«Vielleicht drei Tage, in die Cévennen.»

«Gute Reise.»

Ich hatte nicht lange geschlafen. Ich hatte die Zähne zusammengebissen. Meine Kiefer schmerzten. Ich würde nicht wieder einschlafen können.

Ich bin bewegungslos liegengeblieben und habe den Himmel betrachtet. Ich lauschte dem Wind. Manchmal geschah ein Erdrutsch, das Echo war ohrenbetäubend. Oder auch eine Schneelawine löste sich, das klang wie Donnergrollen. Dazu die Schreie eines wilden Tieres oder eines Pferdes, dann erneut Schweigen. Ich habe den Versuch aufgegeben, wieder einzuschlafen, und weiter den Himmel betrachtet, der langsam hell wurde.

## 20

## FÉLIX

Der Fahrstuhl öffnete sich sofort. Er war leer. Aber da war dieser Geruch, saurer Schweiß, Furz, kalter Zigarettenrauch, diese hartnäckige Mischung. Ich atmete durch den Mund. Ich drückte auf den Parkplatzknopf, und der Fahrstuhl setzte sich mit einem leisen Zischen ruckartig in Bewegung. Es gab neue Graffiti wie diesen: «Ich mag Jaques Brel lieber als ...» Als wen denn? Der Kern der Aussage lag offenbar in den Auslassungspünktchen. Oder diesen: «Ich ficke Pferde.» Das zeugte von einer starken Natur. Flics sind Dichter.

Im Untergeschoß angekommen begegnete ich einer Beamtin in Uniform. Sie war jung, adrett. Ich empfahl ihr daher freundlich, die Treppe zu nehmen. Entweder hörte sie mich nicht, oder sie war schon abgestumpft. Zielstrebig stieg sie in den Fahrstuhl. Sie steckte sich eine Zigarette an. Sie schwitzte, und sicher furzte sie auch.

Ich ging zu meinem Auto. Als ich näher kam, verlangsamte ich den Schritt. Ich erkannte ihre Silhouette.

Ich würde nicht das Zittern kriegen. Ich würde nicht meiner Wege gehen. Sie wollte es so. Na schön. Mich bewegte es auch. Die Frauen stellen dir manchmal diese Art Falle. Sie lieben es, wenn du ihnen das Warum und Weshalb auseinandersetzt. Du siehst nicht unbedingt, wozu das gut sein soll. Die Aussprache macht das Chaos nur noch größer. Das reicht schon, daß du nicht mehr richtig durchblickst. Aber du gibst dir Mühe. Sie hören dir zu, und dann können sie es nicht lassen, dir nachzuweisen, daß du im Irrtum bist. Als würde es ihnen nicht reichen, dich bloßzustellen, müssen sie dir auch noch auf den Wecker gehen.

Félix, du hast einen Anfall von Frauenhaß. Félix, du spinnst. Volles Rohr.

Ich sank auf den Sitz. Müde, gereizt. Ich hätte sagen können: Was machst du denn hier? Solltest du heute nicht um siebzehn Uhr Schluß machen? Dann hätte ich vielleicht der Gehässigkeit nachgegeben, hätte es geschafft, meine Unruhe zu verbergen. Statt dessen saß ich da und klopfte auf das Lenkrad. Dann beugte ich mich vor und holte meine Glimmstengel aus dem Handschuhfach. Dabei streifte ich ihr Bein, das sie nicht rührte. Ihr nacktes Bein. Sie trug einen ziemlich kurzen Rock. War sie heute Morgen schon so angezogen? Ihr Pulli, ja, der war rot. Aber der Rock?

Ich steckte mir eine Gitane an und blies den Rauch gegen die Windschutzscheibe. Der Qualm hüllte uns ein. Magali öffnete ihr Fenster. Wir sahen uns nicht an. Wir starrten auf die dreckige Mauer. Sollte sie den ersten Schuß abgeben. Ich dachte an eine andere unangenehme Situation. Valérie Lafleur besaß einen ähnlichen Wesenszug, diese Entschlossenheit. Ihr Parfum kitzelte mich immer noch in der Nase. Sie roch nach Jelängerjelieber. Dieses Detail hatte sich in meine Erinnerung gegraben. Ich erinnerte mich auch an ihre Panik und später ihre Befangenheit. Das hatte mich irritiert. Sie war nackt unter ihrem Bademantel gewesen. Hatte sie eine Dusche oder ein Bad genommen? Und Magali?

«Bist du zu Hause vorbeigefahren?»

«Wie kommst du darauf?»

«Heute Morgen warst du anders gekleidet.»

«Ach, du hast mich angesehen?»

Erster Warnschuß. Ich zog unmerklich den Kopf ein.

«Fahr los ...»

Ich erwiderte nichts, zündete den Wagen, setzte ein Stück zurück und fuhr die Rampe hinauf. Ich fragte:

«Hast du etwas herausgefunden?»

«Das interessiert dich doch einen Dreck!»

«Was willst du dann?»

«Fahr ...»

Dieses Befehlsgehabe war nicht ihre Art. Es war ein bißchen, als wollte man ein Loch in einem Damm mit Salz abdichten. In kürzester Zeit wirkungslos. Der Damm würde so oder so nachgeben. Ihre Stimme war fest, verriet aber deutlich die Überwindung, die es sie kostete. Sie war mutig, aber ich war vielleicht noch sturer, als sie dachte. Ich würde sie kommen lassen. Die Sache würde Gestalt annehmen. Magali würde umgänglicher werden.

In Wahrheit fühlte ich mich nicht sehr wohl in meiner Haut. Mir war bewußt, daß ich mit ihr gespielt hatte, daß es nicht sehr rühmlich war. Und ich sagte mir, wenn sie beschloß, mir eine Ohrfeige zu verpassen, würde ich es ihr nicht übelnehmen, weil ich sie wohlverdient hatte.

Ich fuhr. Ich fuhr schweigend. Ich hätte lange fahren sollen. Nicht anhalten.

Aufs Geratewohl fuhr ich Richtung Les Arènes, dann weiter auf der Route de Saint-Simon bis nach Mirail. Die Hochhäuser zeichneten sich trostlos vor einem Himmel ab, der sich allmählich eintrübte, sich mit grauen Wolken überzog, grau wie der Asphalt vor dem Supermarkt, an dem ich parkte. Nur die Leuchtschilder des Casino-Lebensmittelladens und einer Apotheke durchbrachen dieses grau in grau. Die Leute hier mußten eine graue Seele haben, dachte ich.

Magali stieg aus dem Auto und ging ein Stück. Der Wind blies ihr durchs Haar. Ich öffnete die Fahrertür und rauchte noch eine Zigarette. Ich beobachtete, wie sich die Waggons der Metro auf dem Viadukt begegneten, in die

Endstation hinein- und aus ihr herausrollten. Der Parkplatz leerte sich. Die Leuchtreklame der Apotheke hörte auf zu blinken. Magali setzte sich wieder neben mich. Schließlich holte sie kurz Luft und legte los:

«Du erinnerst dich …»

«Wahrscheinlich …»

«Oh! Félix! Komm mir nicht in dem Ton! Mach mir die Sache nicht noch schwerer, als sie schon ist … Du erinnerst dich sehr wohl.»

So einen Tag behielt man zwangsläufig sehr genau in Erinnerung. Ich hatte mit dem Gedanken gespielt, mir das Leben zu nehmen, und unmittelbar danach hatte ich kaltblütig einen Mann umgebracht.

«Du hattest mich gewarnt, daß es kein Spaziergang wird …»

Ich sah die Flammen, wieder einmal, die Flammen, die ihren Rücken verschlangen …

«Nichts hat mich gezwungen, dir zu folgen …»

… Und ich rannte, warf mich auf sie, zerriß ihre Kleider, und das Feuer breitete sich aus und der schwarze Qualm, und ich spuckte aus und verfluchte mich. Ich hatte Magali in die Arme genommen. Ich erwartete kein Wunder. Meine Waffe war an meiner Seite. Ich hätte im letzten Moment geschossen.

Ihre Stimme begann zu zittern. Der Damm gab nach. Das hätte ich ihr ersparen können.

«Was beschäftigt dich am meisten? Daß ich durch deine Schuld was abgekriegt hab – wenn du denkst, daß es deine Schuld war –, oder daß du anschließend einen Kerl umgelegt hast?»

«Magali …»

«Laß mich ausreden!», unterbrach sie mich. Dann erwiderte sie scharf: «Ich bin dir aus freien Stücken gefolgt, klar? Es war meine Pflicht. Du bist nicht für das verantwortlich, was mir geschehen ist. Was das Blut an deinen

Händen anbelangt, das ist dein Problem. Ist sonst noch was?»

Ich seufzte kopfschüttelnd.

«Es sei denn … weißt du was?»

Sie hielt kurz inne, und dann:

«Du bist fasziniert von mir!»

Plötzlich hatte es mir die Sprache verschlagen. Sie schniefte lautstark. Ich drehte mich zu ihr um, endlich fand ich den Mut. Ihr Gesicht war blaß, die Haut spannte über den Wangenknochen, ihre Augen waren angsterfüllt wie unter dem Schock einer Horrorvision. Ihre Halsadern pochten. Sie wußte nicht, wohin mit den Händen. Sie hatte es erkannt, ich war ganz offensichtlich fasziniert von ihr. Und ich hatte ziemliche Angst, daß es sich um eine reichlich morbide Faszination handelte.

«Du bist nicht verantwortlich», fuhr sie fort, anscheinend ruhiger. «Natürlich hätte ich es zu schätzen gewußt, wenn du mich im Krankenhaus besucht hättest, aber vielleicht, nein, hätte ich auch nicht gewollt, daß du mich siehst. Ich war kein schöner Anblick, verstehst du. Also war ich dir nicht böse. Ich bin dir nicht böse, Félix.»

Ihre Stimme versagte. Sie begann zu weinen, und ich nahm sie in den Arm, drückte sie, hätschelte sie fast. Bald spürte ich ihre Tränen an meinem Hals herabperlen. Und dann fanden sich unsere Lippen.

Ihr Mund war kühl.

Es war ein Kuß der Verzeihung und Verzweiflung.

Bis dahin bereute ich nichts.

War das Verlangen so stark, stärker als meine Schuldgefühle und das ganze Chaos, das anschließend in meinem Kopf herumspuken würde? Ich stellte mir die Frage zu spät. Manchmal erwischt es einen einfach. Unmöglich, mit den Gewohnheiten zu brechen. Ich war wie zwischen seidigen, warmen Blütenblättern versunken. Man windet sich schließlich nicht darin wie unter dem Fallbeil, oder?

«Kirrick!»

Unsere Körper verschlangen sich ineinander. Ich stieß die Tür mit dem Fuß auf, fand den Lichtschalter. Ich kam nach Hause, und es erschien mir fremd, unpersönlich wie ein Hotelzimmer. Wir hatten nicht mehr viel gesagt. Dieser lange Kuß und sie, als sie ihre Tränen trocknete. Ich habe nicht die geringste Lust, zu meinem Vater heimzukehren, ich komme mit dir. So hätte es laufen können: ich hätte ihr die Wohnungsschlüssel gegeben und wäre zu Élisa zurückgekehrt. Vielleicht hatte ich noch einen Tropfen Lagavulin, der würde ihre Gedanken wieder an den rechten Platz rükken. Oder aber – darauf hätte ich im übrigen gleich kommen sollen –, ich hätte sie mit auf die *Julip* nehmen können. Élisa hätte verständnisvoll einen Schlafsack auf eine Bank gelegt, und sie hätten stundenlang palavert. Aber so war es nicht gelaufen. Ehrlich gesagt habe ich diese Möglichkeiten erst später in Betracht gezogen. Immerhin hatte Magali sich im Fahrstuhl eng an mich geschmiegt, ihre Hände waren unter mein Hemd gefahren.

Ich wollte das Licht löschen, aber sie hielt mich zurück. Also schloß ich die Augen. Und sie ritt mich. Ich ließ die Hände flach auf der Tagesdecke liegen. Magali war heiß, verschwitzt. Sie grabschte hastig nach meinem Glied, und führte es in sich ein. Ich versuchte, an nichts anderes zu denken. Und stöhnend flehte sie mich an:

«Mach doch die Augen auf!»

Ihre Brüste waren perfekt. Ich fragte mich, wo ich war, ohne jeden Zweifel ein wenig daneben, für kurze Augenblicke in widersprüchliche Gedanken verstrickt – zum Glück. Ihre Hüften wogten. Ihr Bauch war tropfnaß. Sie lächelte mich an wie von einer schweren Last befreit. Vielleicht verblieb in ihrem Blick eine Spur von Ungläubigkeit ihrem eigenen Verhalten gegenüber.

«Faß mich an!»

Noch bevor ich gehorchen konnte, nahm sie meine Hände und packte sie auf ihren Rücken. Da spürte ich die Narben. Es war nicht so schrecklich, wie ich dachte. Mit Ausnahme der wenig ausgeprägten Dellen und Schwellungen war die Haut glatt, aber stellenweise auch sehr zart. Dennoch zögerte ich weiterhin, als könnte ihr Schmerz unter meinen Liebkosungen erneut aufflammen. Und dann kam sie.

«Kirrick! ... Faß mich an, Félix! Faß mich an! Ich bin's nur!»

Ja, sie, und ein wenig von einer anderen.

## 21

## JAQUES LAFLEUR – Heft 2001/VI

September

Die Sonne ist schließlich zwischen den Bergen hervorgekommen, aber die Luft war schneidend, und ich habe mich eiligst wieder angezogen. Noch vor ein paar Jahren hätte ich eine Weile die unermeßliche Weite betrachtet und verschiedene Gedanken genährt – lächerliche zweifellos, aber sie hätten mich den ganzen Tag begleitet, das hätte mir gereicht. Ich konnte wochenlang laufen, den Kopf wie leergeblasen. Ich hatte eine gesunde Willenskraft. Negative Gedanken verdrängte ich. Ich begnügte mich mit der Schönheit.

Ich habe wirklich Angst, daß etwas in mir gestorben ist. Das erschrickt mich. Ich weiß nicht genau, wann es mir bewußt geworden ist. Dennoch hatte ich es geschafft, ohne Fesseln zu leben. Aber die Liebe richtet mich langsam zu Grunde. Sie zieht mich runter. Es ist zu spät. Wünschte ich das insgeheim? Wie sollte ich sonst meine Handlungsunfähigkeit verstehen? Sollte das der Preis sein, den ich zu zahlen habe? Ich war vollkommen frei. Wenn ich mich früher so in der Einsamkeit aufgehalten hatte, wußte ich natürlich, daß ich nicht mehr oder weniger nützlich war als ein Fels, eine Blume oder ein Vogel, aber ich glaubte dennoch, daß ich wie sie am Gleichgewicht der Welt beteiligt war. Das will mir nicht mehr gelingen. Und wenn ich in diesen Bergen keine Ruhe mehr finde, dann nirgendwo mehr.

Patou hat sich nicht gerührt, als ich meinen Schlafsack zusammenrollte. Ich habe drei Kekse und ein wenig Wasser hinuntergeschlungen, dann habe ich seine Pfoten untersucht, die sehr empfindlich waren, ihm aber keine Schmerzen bereiten würden. Auf ein Fingerschnippen ist er übrigens auf- und um mich herumgesprungen wie toll. Ich hätte ein Hund sein sollen. Mein Leben wäre in regelmäßigen, sicheren Bahnen verlaufen. Ich hätte geliebt und gebissen, aber bis zu meinem letzten Atemzug nicht an der Notwendigkeit des Lebens gezweifelt. Als müßte ich eine verborgene, biologische Gemeinsamkeit zwischen uns beweisen, habe ich mich trotz des Muskelkaters wieder ganz normal in Marsch gesetzt.

Ich habe die Minen einige Stunden lang abgesucht. Der Ort war wie in Rost eingetaucht, trostlos. Stahlkabel baumelten im Wind zwischen den noch intakten Masten, eine Tür quietschte, auf einem Metallgerüst klapperte ein Stück Blech. Die Gebäude lagen terrassenförmig an dem von Baggern und Dynamit zurechtgestutzten Hang. Sie verteilten sich um das Pochwerk herum, und einige waren mit Gleisen verbunden, auf denen noch Kipploren standen. Stein- und Schneeabgänge hatten das meiste unter sich begraben. Einige besaßen noch ein Dach und Graffiti, die Spuren eines Feuers, die Scheißhaufen in den Ecken und die Berge Unrat, die Wanderer hinterlassen hatten, bezeugten, daß sie gelegentlich als Zuflucht dienten, aber es sah nicht so aus, als hätte letzte Nacht jemand dort geschlafen.

Ich habe mich auf einen Stein in der prallen Sonne gesetzt und gewartet. Und dann hat Patou die Ohren gespitzt. Sein Blick hat mir die Richtung gewiesen.

Er sah aus wie ein mutierter Maulwurf wegen seiner

schwarzen Baskenmütze und den vorgestreckten Armen, mit denen er das Geröll zur Seite schob. Eben wegen dieses Gerölls, das einen Kegel bildete und den Eingang verdeckte, hatte ich den Stollen übersehen, der sich in einem Überhang über dem Pochwerk befand. Martial hat es geschafft, sich herauszuzwängen. Sein Eßnapf hat geklappert und in der Sonne geglänzt, als er gegen den Fels stieß. Ich hatte nicht vor, ihm entgegenzugehen. Was für eine Reaktion hätte ich ausgelöst? Zwischen uns lagen etwa hundert Meter, und ich glaubte nicht, daß er mich sehen konnte. Ich habe mich nicht gerührt. Er hat sich den Staub abgeklopft und kurz um sich geschaut. Einen Moment später stieg er friedlich wie die Forelle aus Seix ins Tal hinab. Ich habe meinen Rucksack nicht weit vom Eingang des Stollens abgelegt, das würde Patou besänftigen, der trotz allem zu bellen begonnen hatte. Die Gleise verschwanden unter dem Geröll. Ich bin ohne allzu große Schwierigkeiten auf die andere Seite gelangt. Dort habe ich die Schienen wiedergefunden und mir die Füße daran gestoßen. Die Dunkelheit hat mich eingehüllt. Der Temperaturunterschied war sofort spürbar. Ich habe den Reißverschluß meiner Polarjacke hochgezogen. Der Fels schwitzte. Wasser tropfte in irgendeine Pfütze.

Was suchte Martial? Gold? Nein, das erschien mir zu aberwitzig. Es war jedoch stark anzunehmen, daß er, wie viele Leute aus der Gegend, früher in den Minen gearbeitet hatte. War es Nostalgie? In seinem Alter hätte er sich mit einem Spaziergang inmitten der Ruinen zufrieden geben können.

Da war noch etwas anderes.

Ich habe die Ader mit meiner Lampe ausgeleuchtet. Sie war eng, aber ordentlich abgestützt. Ich bin um mehrere Loren herumgegangen, die den Weg versperrten. Damit ich mich nicht verlief, hielt ich mich an jeder Abzweigung ausnahmslos rechts. Ich war schon etwa fünfzehn Minuten unterwegs, als ich eine Kerze in einer Bierflasche entdeckt habe, die in einer in den Stein gehauenen Felsnische deponiert worden war. Ich habe sie mit meinem Feuerzeug angezündet und meinen Weg fortgesetzt. Mein Schatten tanzte unförmig in dem Tunnel. Alle fünf Meter stand eine Kerze. Mein Schatten schwoll an. Ich hörte mein Herz schlagen. Noch eine Gabelung, und ich habe einen größeren Raum erreicht, in dem sich die Männer nach einigen Stunden des Abbaus ausgeruht hatten. Es gab einen Tisch, Stühle, eine Bank. Ich habe weitere Kerzen angezündet.

Auf der Bank war notdürftig ein Tuch ausgebreitet. Ich kann mir nicht erklären, warum ich dachte, es handelte sich um Valérie. Sie tauchte blitzartig wieder vor meinen Augen auf. Und ich habe mich nicht gefreut, sie zu sehen. Ja, sie war tot, und ich war froh darüber. Sie war tot, und mir wurde weder heiß noch kalt. Sie war tot, und ich könnte sie getötet haben. Die Bank stand mitten im Raum. Ich bin näher herangegangen. Ich habe das Skelett betrachtet.

Eines Abends habe ich Valérie in der Weise angesehen. Sie schlief in der Mitte ihres Bettes, wir hatten uns dort geliebt. Pierre war schon seit zwei Tagen fort, und wir hatten uns kaum Zeit genommen, um zu reden, zu essen. Ihr Körper ist mir schon sehr vertraut, hatte ich gedacht, um nicht zu sagen alltäglich. Ich könnte ihrer überdrüssig werden, und trotzdem erregte sie mich immer noch. Ich hatte weiter gedacht – und das war es, was mich in dem Moment irritierte –, daß ich mich ganz und gar zu Hause fühlte. Was gab es Normaleres? Pierre und ich waren uns zweifellos viel ähnlicher als wir dachten. Ob es Valérie gefiel oder nicht. Es war doch gar nicht so abwegig, daß wir uns Valérie teilten, warum sollten wir nicht auch die Rollen tauschen? Verlor ich den Verstand? Ich erfaßte das Ausmaß der Folgen dieser Situation noch nicht. Manchmal konnte Valérie sich als ein wenig einfältig erweisen. In Wahrheit hatte sie mich weniger mit ihrem tiefschürfenden Verstand als mit ihren sexuellen Fähigkeiten verführt, soweit ich diese nach meiner langen Zeit der Abstinenz auf dem Gebiet richtig würdigen konnte. So viele Männer waren auf die Art in die Falle gegangen. Vielleicht hätte ich meine Wanderschuhe anziehen und abhauen sollen. Ich trug ein Hemd meines Bruders und sah sie an. Es kam mir nicht in den Sinn, daß sie mein Untergang sein könnte. Sie würde mich nicht daran hindern, meinen Weg weiterzugehen. Diese Gefahr hatte ich plötzlich erkannt. Aber als sie sich gestreckt und die Augen geöffnet hatte, hatte ich sie angelächelt.

«Hmm... Das war gut...»

Sie hatte einen Kopfstand gemacht und ihre Lippen mit der Zunge befeuchtet.

«Was ist denn mit dir los?»

«Das lockert die Muskeln wieder.»

Warum nicht? Ich hatte nichts Merkwürdiges daran gefunden. Ich hatte gesagt:

«Pierre hat nicht angerufen.»

«Er ruft nie an. Warum machst du dir Gedanken darüber? Beginnt es an dir zu nagen?»

«Überhaupt nicht.»

Sie hatte sich wieder in die Horizontale begeben, eine Rolle gemacht und war ins Badezimmer gelaufen. Während sie duschte, hatte ich die Mahlzeit zubereitet, den Tisch auf der Galerie gedeckt und zwei Zigaretten zu viel geraucht.

Später, bei Kerzenschein, lächelte Valérie geheimnisvoll. Ich hatte versucht, sie zu unterhalten. Ich hatte ein paar Erinnerungen wachgerufen, aber sie waren verpufft. Ich war nicht bei der Sache. Genau genommen, dachte ich bei mir selbst, hätten alle großen Momente meines Lebens mit Sicherheit an Größe verloren, wenn ich sie nicht allein erlebt hätte. Glaubte ich ernsthaft, daß sie mich begleiten könnte, ohne alles kaputtzumachen? Nach einem Tag Marsch würde sie über schmerzende Füße klagen, nach dreien würde sie lauter Dinge brauchen, auf die man sehr gut verzichten konnte, und bevor ich es recht merkte, würde sie mir auf die Nerven gehen. Als sie zu sprechen ansetzte, hätte ich also erleichtert sein müssen. Ich verstand mich selbst nicht mehr.

«Pierre kommt morgen zurück», hatte sie begonnen, «und es wäre mir lieber, wenn du dann schon fort wärst, Jaques ...»

Mein Vorname war ihr geradezu verzweifelt sanft, fast mitleidig über die Lippen gekommen.

«Natürlich hat Pierre seine Fehler», war sie fortgefahren und hatte ihre Serviette zerknüllt. «Ich komme nicht immer auf meine Kosten, aber er garantiert mir ein *anständiges* Leben. Du nutzt es übrigens gelegentlich aus ... Damit wäre es vorbei ...»

«Fängst du wieder mit der alten Leier an ...»

«Sei nicht böse, Jaques.»

Sie hatte die Ironie nicht bemerkt, als ich gefragt hatte:

«Gestattest du, daß ich noch etwas Käse nehme?»

«Natürlich ... Wenn wir es dabei beließen? Wenn wir gute Freunde blieben?»

Ich fühlte mich erniedrigt. Wo war ich hineingeraten? Wenn ich mich in dem Maße verletzt fühlte, mußte ich ihr wohl voll auf den Leim gegangen sein. Oder aber es handelte sich nur um eine Reaktion aus Eigenliebe. Ich mußte mich beherrschen, sie nicht zu schlagen.

«Du wirst hier immer zu Hause sein. Ich sehe keinen Grund, warum wir dir nicht weiterhin helfen sollen ... Ohne uns ...»

«Halt den Mund ...»

Aber sie hatte weiter geschnattert, und ich hatte mich zusammengerissen. Ich hatte sie ein letztes Mal geküßt, ohne Zärtlichkeit. Ich gedachte, mich zu rächen. Fortan würde ich ohne sie weitermachen. Erst später begriff ich, daß sie mit ihrem Gerede genau das erreichen wollte. Sie wollten es beide.

Es gelang mir erst nach einer ganzen Weile, den Blick von den sterblichen Überresten abzuwenden. Eine Kerze brannte herunter. Die Flamme flackerte heftig in dem Wachs, das auf den Boden rann. Wenn Martial zurückkam, würde er daraus schließen, daß jemand sein Geheimnis kannte.

Durch das schwarze Gewand, in das La Muette gehüllt war, schimmerte ein Teil des Burstkorbs. Der Körper war wie mumifiziert. Die Augenhöhlen waren leer. Der zahnlose Mund klaffte weit auseinander. Das rechte Schlüsselbein bildete einen unnatürlichen Winkel, und ihr halber Schädel war eingeschlagen. La Muette war keines natürlichen Todes gestorben. Martial hatte sie brutal ermordet und dann Schuldgefühle bekommen.

Als ich wieder zum Ausgang ging, umfing mich ein seltsames Gefühl. Ich bin aus dem Schacht herausgekommen. Ich habe die Augen in der blendenden Sonne zusammengekniffen. Patou wartete auf mich. Er hat zufrieden gebellt und ist mit wedelndem Schwanz davongestürmt. Er rannte wie wild. Ich habe zu spät reagiert.

Eine Viper wärmte sich auf einem Stein. Patou ist draufgetreten und zwischen seinen Pfoten hat es aufgeblitzt. Die Schlange ist hochgeschnellt, das Maul weit aufgerissen, und Patou hat jaulend einen gewaltigen Satz zur Seite gemacht wie von einer Sprungfeder geschleudert.

Ich hätte die Schlange töten können. Einige Sekunden habe ich mit erhobenem Stock über ihr verharrt, aber ich konnte es nicht. Schließlich hatte sie sich nur verteidigt, und wir befanden uns in ihrem Revier. Mein Bruder hätte mich aus diesen Gründen daran gehindert, so ernst die Lage auch sein mochte. Aber wenn ich in dem Augenblick an ihn gedacht hätte, hätte ich mich sicher abreagiert.

Ich habe den Stock fortgeworfen, und das Reptil ist in einem Loch verschwunden.

Patou gab jetzt ein schwaches, klagendes Wimmern von

sich. Seine Pfote schwoll zusehends an. Er sah mich an, als wäre ich es, der ihn gebissen, bestraft hätte. Ich wollte ihn untersuchen, aber er hat wieder losgejault, bevor ich ihn auch nur berühren konnte. Dann hat er sich mit hängendem Schwanz zurückgezogen. Er hat sich auf einen Felsen gelegt, um zu sterben. Auf kürzestem Weg konnte ich in drei oder vier Stunden bei Mariel sein. Bei einem Höhenunterschied von vierhundert Metern pro Stunde war das machbar. Patou wog gut und gern seine achtzehn Kilo. Ich brachte zweiundsiebzig auf die Waage.

«Hältst du bis nach unten durch?»

Ich habe ebenso zu ihm wie zu mir selbst gesprochen. Nach dem Biß hätte Patou sich ruhig verhalten sollen. Er hatte sich schon viel zu stark bewegt. Ich habe meinen Rucksack ausgeleert. Ich würde nur meine Feldflasche behalten. Ich habe meinen Schlafsack und alle meine anderen Dinge in den Ruinen zurückgelassen. Ich habe mir gesagt, daß ich später wiederkommen und sie holen würde. Aber ich wußte, daß ich nichts dergleichen tun würde.

Das Gift verbreitete sich in seinem Organismus, und nach und nach trübte sich sein schöner, klarer Blick. Er hat sich nicht gewehrt, als ich ihn in den Rucksack gelegt habe. Er paßte ganz hinein, mit Ausnahme von Kopf und Vorderpfoten. Ich troff vor Schweiß. Mit aller erdenklichen Behutsamkeit habe ich den Rucksack auf meinen Rücken geschnallt. Ich habe die Gurte nachgezogen, die mir bereits in die Schultern schnitten. Ich habe seine heiße Schnauze in meinem Nacken gespürt. Ich mußte mir Mut zusprechen. Ich habe gebrummt:

«Halt durch, denn wenn du stirbst, bring ich sie um.»

## 22

## FÉLIX

Magali legte ihren Büstenhalter zusammen und stopfte ihn in die Handtasche. Dann erst zog sie ihren Pulli über. Sie schüttelte den Kopf, und die Haare fielen ihr wallend über die Schultern. In dem Moment sah ich sie nicht wirklich an.

«Warum?», stieß ich hervor.

«Das habe ich gebraucht.»

Sie schlüpfte in ihren Slip, sammelte ihren Rock auf, der wie eine abgestorbene Alge auf dem Teppichboden ausgebreitet lag.

«Du hattest das Bedürfnis, mit mir zu schlafen ...»

«Das Verlangen», korrigierte sie.

Ich saß auf der Bettkante, das Laken über meine Beine gezogen. Magali bewegte sich freier als ich. Gewissermaßen erteilte sie mir eine Lektion. Ich konnte nicht leugnen, daß ich Lust empfunden hatte, wenn auch gedämpft durch die Tatsache, daß ich mich sehr bald weniger begehrt als benutzt gefühlt hatte, wie ein Adjuvans, ein Mittel zur Verbesserung des Allgemeinzustands. Sie hatte den erstbesten genommen, und ich versuchte mir einzureden, daß unser Geschlechtsakt keine Folgen haben würde. Ich hatte nicht eine Sekunde an Élisa gedacht, und jetzt verspürte ich, so seltsam es anmuten mochte, das Bedürfnis, mit ihr zu sprechen. Ihr zu sagen, daß ich einer guten Freundin in Not eine

Art Gefallen getan hatte? Solche Dinge geschahen, sie würde es gewiß verstehen, aber das würde ich nicht von ihr verlangen. Ich hatte einen um so schwerwiegenderen Fehler begangen, als Magali mir unterstellt war. Noch immer wußte ich nicht, was in ihrem Kopf vorging. War sie durchgeknallt? Wollte sie zwei Fliegen mit einer Klappe schlagen? Dachte sie, das würde unser Arbeitsverhältnis klären?

«Hast du dich heute Nachmittag extra umgezogen?»

Sie lächelte, selbstsicher. Ruhig suchte sie das richtige Ende von ihrem Rock, schlüpfte hinein, zog den Reißverschluß an der Seite hoch.

«Ich verlor die Geduld, also bin ich was trinken gegangen und da, du wirst lachen... Ich bestelle einen Kaffee, aber als der Kellner wiederkommt, stolpert er und verschüttet sein Tablett über mir...»

«Woraufhin du ratz-fatz die Waffe gezogen und ihn niedergeschossen hast...»

«Nachsicht mit den Tollpatschen!», rief sie nach einem Lachanfall. «Nun, in dem Zustand mochte ich dir nicht gegenübertreten. Ich bin nach Hause gefahren und habe mich umgezogen. Dadurch hätte ich dich verpassen können. Ich hatte noch nicht lange auf dich gewartet.»

«Du hast geduscht. Weil du nach Bier, Ricard und Grenadine gestunken hast...»

«Aber ja...»

«Weil du schmutzig warst eben. Duschst du normalerweise nach der Arbeit?»

«Natürlich! Du nicht?»

«Und wenn du nicht arbeitest?»

«Das kommt drauf an... Aber warum stellst du mir all diese Fragen?»

«Das kommt drauf an?»

Sie seufzte.

«Wenn ich Sport getrieben habe. Wenn mir danach ist!

Aber meistens dusche ich, wenn ich nicht arbeite, vor dem Schlafengehen …»

Natürlich. Weil es keinen Grund gab, außer man fühlte sich schmutzig oder war wirklich schmutzig, am späten Nachmittag zu duschen – obwohl sich zu jeder Tageszeit Duschfans fanden.

Daß Valérie Lafleur mich im Bademantel begrüßt hatte, weil sie direkt aus dem Bad kam, war mir zunächst nicht ungewöhnlich vorgekommen. Es war 18 Uhr 38. Und wenn sie nicht in Panik geraten war, als ich ihr den Grund meines Besuchs genannt hatte? Wenn sie vielmehr überrascht war, wie schnell ich bei ihnen aufgekreuzt war? Was hatte sie gegen 16 Uhr 30 gemacht? Es war Mittwoch. Quentin hatte keine Schule. War Quentin allein zu Hause geblieben? Dieser Junge war zweifellos in der Lage, ausnahmsweise ein paar Stunden allein zurechtzukommen. Während seine Mutter ein Bad nahm, konnte er es ja auch.

«Alles klar, Félix?»

«Bestens.»

Morgen werde ich Moncollin bitten, Magali bei einem anderen Fall einzusetzen.

«Gut, hör zu», sagte sie, während sie ihre Schuhe anzog, «du brauchst dir keine Sorgen zu machen.»

«Ich mach mir keine Sorgen», erwiderte ich und dachte im nachhinein, womit läßt sich das vergleichen? Mit einer Extremsituation. Als hätte ich mich mit dem Kanu in die Stromschnellen gestürzt, mit verbundenen Augen, ohne Paddel. Ich kam wirklich gut davon. Keine blauen Flecken. Die Intimbereiche intakt. Ein Wunder.

«Für mich ist die Sache erledigt. Und Élisa wird nichts davon erfahren.»

«Danke.»

«Und es wäre mir lieb, wenn du Marc auch nichts sagen würdest.»

«Selbstredend.»

«Ich liebe dich nicht, Félix.»

Warum sollte Élisa dann leiden?

Als Magali gegangen war – ein kurzes Winken, ciao Capitaine, ihre klackenden Schritte auf den Fliesen – machte ich die Heizung an und stellte mich unter die Dusche. Ich blieb lange darunter stehen. Dann sammelte ich meine Kleider ein, die im Schlafzimmer verstreut lagen. Ich schnüffelte daran. Magali war klug genug, sich nicht zu parfümieren, aber ich stopfte sie trotzdem in die Waschmaschine und stellte ein Kurzprogramm ein. Ich hatte nicht alle meine Sachen auf die *Julip* mitgenommen und konnte mich frisch anziehen. Während die Maschine ihren Waschgang beendete, genoß ich ein Glas Muscadet, genau genommen leerte ich die Flasche – der letzte Vorrat im Kühlschrank, den ich vor ein paar Wochen abgetaut hatte. Ich rauchte eine Zigarette und beobachtete den Verkehr am Port Saint-Étienne. Der Austernhändler vom Restaurant «La Cirée» hatte nicht eine Minute Pause. Ich liebte die Farbe, die die Nacht dank der roten und blauen Neonbeleuchtung von «Tommy's Café» annahm. Autos, Fußgänger und Asphalt waren in ein spielhöllenartiges Licht getaucht.

Ich versuchte, die Dinge mit dem nötigen Abstand zu sehen. Es tat mir gut, endlich dort zu sein. Ab und zu mußte ich mir eine kleine Kur der Einsamkeit gönnen. Dieser Seitensprung lastete nicht auf meinem Gewissen. Ich hatte einem Phantasma zur Realität verholfen. Ich war der Spielball der Umstände gewesen, Pech für mich. Weiter ging es nicht. In zwei oder drei Tagen würde ich nicht mehr daran denken.

Ich sehnte mich nach Élisas Nähe, ihrer Berührung, ihrem Duft. Aber ein wenig später schaffte ich es nicht, über die Gangway zu gehen. Es war fast 23 Uhr und Élisa schlief noch nicht. Sie hatte es sich auf einer Bank bequem gemacht und schmökerte in einem Buch. Sie hatte die Vorhänge nicht vorgezogen, und ich beobachtete sie mit einem

Stich im Herzen. Die Bullaugen waren wegen der Mücken geschlossen, aber ich konnte deutlich das Radio hören. Sie stand auf und ging in die Küche. Sie kam mit einem Glas Wasser zurück. Sie nahm ihr Buch wieder auf und überlegte es sich dann anders. Sie suchte etwas um sich herum: das schnurlose Telefon, das unter ein paar Kissen gerutscht war. Ich zog mich in die Dunkelheit des Piers zurück. Ich hielt die Luft an, und mein Handy klingelte. Ich hatte es schon in der Hand.

«Félix!»

Ich atmete langsam aus und fühlte mich sofort wirklich erleichtert. Es würde nicht so schwer sein, wenn wir uns wiedersahen. Ich begann, wieder zur Uferstraße hinaufzugehen.

«Kommst du spät?»

«Sehr», raunte ich ganz leise.

«Du klingst so komisch … Alles in Ordnung?»

«Nicht wirklich …»

«Ist es ernst?»

«Schrecklich …»

«Kommst du mit deiner Ermittlung voran?»

«Es ist eine Frage von Stunden.»

«Gut, wir haben bald Herbst. Ich werde dich auf eine kleine Diät setzen …»

«Selen, Kupfer, Gold und Silber?»

«Genau!»

«Ich liebe dich, Élisa.»

Ich holte meine Taschenlampe aus dem Handschuhfach im Auto, das ich in der Rue Goudouli abgestellt hatte und ging zum Haus von Jeanne Lafleur. Bei dieser Gelegenheit stellte ich fest, daß sie eigentlich ganz nahe bei ihrem Bruder lebte. Zu Fuß brauchte man fünf Minuten oder vielleicht nicht mal solange, um von einem Haus zum anderen zu gelangen. Mehr noch, man konnte über die Eisenbahnschienen abkürzen und somit einen Teil des Wegs total im Verborgenen bleiben. Die Böschung verlief wie ein Rückgrat zwischen den Vierteln Busca und Saouzé-Loung. Nicht höher als die Dächer der niedrigsten angrenzenden Häuser verschmolz sie zu dieser Stunde mit der Landschaft. Es war ein Kinderspiel, von der einen oder anderen Seite auf die Gleise zu gelangen. Ich ging die Böschung eine Weile auf der Rue Gonzales entlang und kehrte dann um.

Der Mörder war zu Fuß gekommen. Wie ich hatte er das Gartentor aufgestoßen, war um das Haus herumgegangen, den von Liguster gesäumten Weg hinauf und auf der Terrasse gelandet.

Dort stand eine selbstgebastelte Bank, und ich setzte mich darauf, wie um dem Schauspiel des Verbrechens als unbeteiligter Beobachter beizuwohnen. Das Wohnzimmerfenster warf ein vages Rechteck aus Licht in den Garten. Jeanne Lafleur ging spät ins Bett. Sie konnte mich nicht gehört haben. Die Brombeeren waren wieder dichter geworden. Der Garten wurde außerdem indirekt von einer Straßenlaterne beleuchtet. Sie erzeugte ein orangenes Licht, das sich in den Spitzen des Ligusters reflektierte.

Es ist vielleicht 16 Uhr 20, 16 Uhr 25. Der Mörder stößt das Tor auf. Noch ist er kein Mörder. Überdies trägt er keine Waffe bei sich. Er weiß noch nicht, daß er Jaques Lafleur umbringen wird. Der Mord ist nicht geplant. Dennoch steuert er voller Haß auf sein zukünftiges Opfer zu. Vielleicht kehrt Jaques Lafleur ihm in dem Moment den Rükken. Er ist wie ein naives Opfer. Nein, er ist sich der Gefahren des Lebens bewußt, er würde sie sogar herausfordern. Trotz der Hitze stürzt er sich in eine äußerst mühselige Arbeit, das ergibt keinen Sinn. Er erwartet niemanden. Woran denkt er? Keine Ahnung. Bald spürt er, daß jemand hinter ihm steht. Er dreht sich um.

Der Mörder und sein Opfer sehen sich an. Was sagen sie? Vielleicht haben sie sich schon alles gesagt. Trotzdem sprechen sie miteinander. Die Unterhaltung verläuft kurz, ruhig. Niemand wird Jaques Lafleur schreien hören. An welchem Punkt gerät die Situation aus dem Lot?

In diesem Stadium meiner Gedanken angekommen, hörte ich ein Geräusch unter dem Brombeerdickicht. Neugierig suchte ich den Garten mit den Augen ab. Das Geräusch wanderte im gleichen Tempo wie die Sträucher sich bewegten, als würden sie von unten geschüttelt. Es konnte sich nur um ein kleines Tier handeln, das sich an den Zweigen festkrallte. Bald kam es aus dem Gestrüpp hervor, und ich erwischte es mit dem Strahl meiner Taschenlampe. Es war ein Igel. Er rollte sich sofort ein. Er starb fast vor Angst. Ich versetzte mich in seine Lage und schwenkte den Lichtkegel beiseite, worauf er binnen weniger Sekunden wieder zum Leben erwachte wie ein mechanisches Spielzeug, das man mit einem Schlüssel wieder aufgezogen hat. Er rollte sich auseinander und trippelte weiter, sauste im Zickzack über die Terrasse und verschwand im Schatten der Mauer.

Alles wurde wieder sehr still. Jeanne Lafleur hatte das Licht immer noch nicht ausgemacht. Wo war ich stehen geblieben? Ja, eine Hypothese: Valérie Lafleur ist die Mörderin. Vielleicht hat Pierre mich doch an der Nase herumgeführt. Die beiden Brüder sind zerstritten und nicht wegen Fragen des Prinzips oder Lebenswandels. Jaques hat seine Schwägerin vernascht. Und Pierre weiß es. Nein, er weiß nichts. Wird es aber erfahren ...

Im Haus klingelte das Telefon.

Aber wer weiß schon, was in Jaques Kopf vorgeht. Er ist in Bedrängnis. Er ist zutiefst deprimiert. Er braucht Geld. Sein Bruder hat ihm vor ein paar Jahren seine Hilfe verweigert. Das hat er nicht verkraftet. Vielleicht kommt er auf die Idee, seine Schwägerin zu erpressen. Valérie gibt der Erpressung nach, aber der andere will immer mehr. Er droht, seinem Bruder alles zu erzählen. Valérie bekommt

Angst. Zwei Auswege aus dieser Klemme. Entweder sie verläßt ihren Mann, aber das will sie nicht, oder sie tötet den Bruder ihres Mannes. Wie? Das weiß sie noch nicht. Sie weiß auch nicht, daß Jaques sterben will. Gewissermaßen bedient er sich ihrer. Das Geld ist ihm eigentlich egal. Er stirbt und rächt sich dadurch zweifellos gleichzeitig. Valérie wird es nicht lange mit dieser Last auf ihrem Gewissen aushalten.

Das Telefon klingelte immer noch. Wer mochte um diese Zeit anrufen? Ich hatte schon zwölf Klingelzeichen gezählt. Jeanne Lafleur nahm nicht ab. Das war seltsam. Schlief sie, benommen von Schlafmitteln? Aus dem Wohnzimmerfenster drang immer noch Licht. Da stimmte etwas nicht. Ich sah auf die Uhr. 23 Uhr 53. Ich stand auf.

Gut, mein Szenario hielt stand, aber fürs erste waren es reine Spekulationen. Ich hatte nichts Ernsthaftes, um meine Hypothese zu stützen. Valérie hätte alle Zeit der Welt gehabt, sich der Beweisstücke zu entledigen – der Gartenschere, ihrer blutdurchtränkten Kleider. Aber das war zu einfach. Und überhaupt hatte ich vergessen, daß zwischen dem Mord und unserem Zusammentreffen immerhin zwei Stunden verstrichen waren. Nichtsdestoweniger, ich hätte diese Spur früher ins Auge fassen müssen.

Auf meinem Weg durch den Wintergarten und den Flur im Erdgeschoß stellte ich mir dennoch Valérie Lafleur mit der Gartenschere vor. Jaques hält ihr den Hals hin und sagt: «Da, da mußt du die Schere ansetzen ...» Sie bereut ihre Tat sofort. Vielleicht auch nicht. Sie flieht.

Auf meinem Weg machte ich das Licht an. Ich warf einen kurzen Blick in den Abstellraum, einen anderen in Jaques Zimmer gleich nebenan. Ich stieg die Treppe hinauf und rief immer wieder: «Ist jemand da?» Ich machte auch in der Küche und Jeannes Schlafzimmer Licht. Alles war in Ordnung. Das Bett war gemacht. Ich ging weiter ins Wohnzimmer. Der Sessel stand mit der Vorderseite zum

Fenster. Ich trat näher, beugte mich hinab. In dem Moment hörte das Telefon auf zu klingeln, und der Sessel wirkte noch leerer. Herrgott nochmal! Ich ging durch alle Räume. Ich nahm vier Treppenstufen auf einmal. Ich gelangte vor die Tür, die direkt aus dem Haus zur Garage führte und stieß sie mit weitem Schwung auf.

Noch immer fluchend suchte ich im Dunkeln den Lichtschalter.

Jeanne Lafleur hing unbeweglich an einem Strick.

# 23

## JAQUES LAFLEUR – Heft 2001/VII

September

Mariel untersuchte mein Gesicht. Die Nacht war sehr schnell hereingebrochen. Ich hatte jedes Zeitgefühl verloren. Ich saß unter dem Lampenschirm. Mariel kniete vor mir, und ich hielt die Augen geschlossen. Ich fragte mich, ob ich aufstehen könnte. Ich hatte keine Dehnübungen gemacht. Meine Beine schmerzten, wenn ich nur die Hände darauf legte. Hätte man mir gesagt, daß Würmer bewaffnet mit Sägen und Beißzangen im Begriff waren, meine Wirbelsäule zu verspeisen, ich hätte es geglaubt. Mariel hat die Tube Biafine aufgeschraubt und begonnen, mir das Gesicht einzureiben. Sie war sehr ruhig.

«Du hast einen kräftigen Sonnenstich …»

«Mariel …»

«Sag nichts, Jaques. Du hättest dich umbringen können … Stell dir nur vor.»

«Ich war gezwungen, Rast zu machen, vielleicht eine Stunde. Ich konnte nicht mehr. Wenn ich in Form gewesen wäre …»

Sie hat mich erneut unterbrochen, und ihre Stimme zitterte:

«Ich kann dich massieren, wenn du möchtest.»

«Mach dir wegen mir keine Umstände ...»

«Für wen soll ich mir denn sonst welche machen?»

«Für deinen Vater», habe ich gedacht, aber natürlich nichts gesagt. Ich habe mich gefragt, ob sie Bescheid wußte oder zumindest einen Verdacht gehegt hatte, noch hegte. Sie redeten nicht mehr miteinander, und dennoch schlich ihr Vater dauernd ums Haus herum. Aber hätte sie dann weiterhin dort gelebt, so nahe bei ihm, dem Mörder ihrer Mutter? Vielleicht. Wie dem auch sei, was ging mich das an? Ich wollte keinen Schlamm aufwühlen. Aufgewühlter Schlamm gab kein klares Wasser. Trotzdem konnte ich mir nicht verkneifen:

«Da oben mußte ich an sie denken ...»

Sie hat mich verständnislos angesehen.

«Deine Mutter ...»

Ihre Miene hat sich verfinstert.

«Auch ich habe an sie gedacht, als du dich angeschickt hast, den Pfad hinaufzusteigen ...»

«Hast du sie an jenem Tag aufbrechen sehen?»

«Ja ... Aber warum fragst du?»

«Was war in sie gefahren?»

«Sie hatte den Verstand verloren ...»

«War sie krank?»

Sie hat gezögert, die Tube Biafine wieder aufgenommen und schließlich gesagt:

«Sehr krank. In der letzten Zeit hat sie einen immer angesehen und gelacht ...»

Mariel ist seufzend aufgestanden und hat die Tube auf den Tisch gelegt. Sie hat mir einen Augenblick den Rücken gekehrt, die Augen zur Decke gedreht und ist fortgefahren:

«Sie redete wirres Zeug daher! Sie hatte keine Zähne mehr und hat so gesprochen, mit der Hand vor dem Mund. Der Hund hatte auch Angst vor ihr ... Eine kleine Frau wie sie ... Sie war angezogen, sag ich dir. Eines Tages habe ich sie im Garten überrascht, wie sie ihre Schürze aufhielt, als hätte sie Pflaumen oder Feigen gepflückt. Weißt du, was sie gesammelt hat?»

«Ich bin aufs Schlimmste gefaßt ...»

«Raupen! Hunderte von Raupen, die dabei waren, meine Kapuzinerkresse zu fressen! Ich habe in ihre Schürze gesehen und entsetzt gefragt: ‹Aber was machst du denn damit, Maman?› Und weißt du, was sie geantwortet hat? Nein? ‹Marmelade!›»

Mariel ist in ein falsches, schmerzliches Lachen ausgebrochen. Sie hat gezittert.

«Hat dein Vater sie gegessen?»

«Wo denkst du hin!»

«Es kann nicht immer leicht für ihn gewesen sein ...»

«Er hat sie geliebt, auf seine Art, aber er hat sie geliebt. Reden wir nicht mehr darüber ...»

Ich habe mich mit zusammengebissenen Zähnen erhoben. Ich habe darauf bestanden allein klarzukommen, und Mariel hat den Blick abgewandt, wie um auf eine scheinbare Anwandlung von Schamgefühl meinerseits Rücksicht zu nehmen.

«Du machst einen Fehler, eine Massage würde dir besser tun als alles andere.»

Zweifellos, aber ich stellte mir vor, wie ich im Slip auf meinem Bett lag und ihre Hände über meinen Körper wanderten. Verdammt, das würde gut tun. Sie hatte bestimmt Talent. Aber da waren meine Einsamkeit und ihr Verlangen als Frau. Es war wirklich keine gute Idee.

«Es geht schon viel besser. Außerdem kümmere ich mich um das Essen.»

«Du wirst nicht zweimal am selben Tag den Helden spielen, Jaques. Laß dich einfach fallen ... Ich habe dir Aspirin herausgelegt. Nimm jetzt eine. Dann noch eine vor dem Schlafengehen.»

Ich bin mit kleinen Schritten zum Aspirin gegangen, gerädert wie ein alter Mann. Ich habe zwei Tabletten in ein Glas fallen lassen. Erst als der Tisch gedeckt war, hat sie gesagt:

«Übrigens, das hatte ich völlig vergessen, du hast einen Brief...»

Natürlich konnte sie es nicht wissen, aber geschah das so oft, daß sie es vergessen konnte, wenn ich einen bekam? Überhaupt hatte ich noch nie einen bekommen!

«Dort, neben dem Telefon. He! Deswegen mußt du nicht gleich Zustände kriegen!»

Für einen kurzen Augenblick habe ich die Schmerzen nicht mehr gespürt. Ich habe mir den Brief geschnappt. Ich habe die Schrift im Feuerschein betrachtet. Dann den Poststempel.

«Welchen Tag haben wir heute, Mariel?», habe ich gefragt und mich bemüht, nicht zu schroff zu klingen.

«Mittwoch...»

«Welches Datum, meine ich!»

«Den 19. September.»

«Guter Gott! Er ist im Juli aufgegeben worden!»

«Tut mir Leid, Jaques.»

Ich habe den Umschlag aufgerissen. Mariel hat mich aus dem Augenwinkel beobachtet.

«Ich habe ihn gestern im Dorf abgeholt...»

«Aber er ist im Juli aufgegeben worden, Scheiße!», habe ich wiederholt, als wäre es ihre Schuld, und sie müßte sich rechtfertigen.

Hervé hatte ihr Lügenmärchen aufgetischt. Der Brief war eingetroffen, unmittelbar bevor er Urlaub gemacht hatte. Er hatte ihn beiseite gelegt...

«Er wollte ihn der Vertretung anvertrauen, aber...»

Aber ich hörte nicht mehr zu. Alles nur faule Ausreden. Ich kochte innerlich.

*Du träumst, mein armer Jaques. Vergiß uns. V.*

Trotzdem seltsam, daß ich keinen Schmerz empfunden

habe. Ich habe den Brief zusammengeknüllt und ins Feuer geworfen. Ich habe die Fäuste geballt.

Die Mahlzeit verlief in gedrückter Stimmung. Ich habe kein Wort rausgekriegt, außer als Mariel, die bis dahin ihren eigenen Gedanken nachgehangen hatte, gefragt hat:

«Hast du vor, deine Sachen von da oben runterzuholen?»

«Nie ... Niemals ...»

In der Nacht habe ich nicht geschlafen. Ich war ganz auf meinen Haß fixiert. Noch bevor es hell wurde, habe ich angefangen zu schreiben. Ich schreibe immer noch. Mit ein bißchen Glück wird dieses Heft zu den anderen gelangen, die ich bei Jeanne versteckt habe. Nichts ist weniger gewiß.

Die Sonne hat sich nicht gezeigt. Man mußte das Blau am Himmel suchen. Nebelschwaden leckten an den Wiesen, stiegen auf und legten sich um die Berge wie Schlingen um den Hals von Höllenwächtern. Wie meine Hände, die *V.* erdrosseln würden.

Nachdem Mariel die Tasse Kaffee getrunken hatte, die ich ihr gemacht hatte, hat sie mich bei der Hand genommen, und wir sind in den feuchten Morgen hinausgetreten. Wir hatten Patou in dem Unterstand gelassen, ohne ihn aus meinem Rucksack zu befreien. Er war steif. Ich habe mir eine Schaufel geschnappt, und wir sind ganz hinten in den Garten hineingegangen. An der Stelle war nur eine oberflächliche Erdschicht, und ich bin zu dem Unterstand zurückgekehrt und habe eine Hacke geholt.

Der Schmerz war unerträglich. Bei jedem Schlag mit der Hacke war es, als würde man mir kleine Fetzen Muskel ausreißen. Mariel hat mir auch gleich auf die Schulter geklopft.

«Dafür bräuchten wir Dynamit. Spar deine Kräfte. Wir bedecken ihn mit etwas Erde und Steinen, es wird wie ein Grabhügel aussehen ...»

Wir haben Patou gemeinsam getragen. Mariel weinte. Die Tränen rannen ihre Wangen hinunter, ohne daß sie ein

Wort sagte oder klagte. Patou lag immer noch in meinem Rucksack, er würde ihm ein Sarg sein. Ich habe ihn in das Loch gelegt und dann angefangen, ihn mit Erde zu bedekken.

«Aber Jaques ...»

«Ich brauche ihn nicht mehr ...»

Sie hat nicht nachgehakt, und wir haben eine ganze Weile geschwiegen. Schließlich habe ich gesagt:

«Aber ich brauche dein Auto ...»

«Wir haben Donnerstag, morgen ist Freitag, ich muß arbeiten ...»

«Ruh dich bis Montag aus, bitte.»

«Und was erzähl ich meinen Diabetikern?»

«Du kannst doch wohl eine Vertretung finden, oder?»

Sie hat den Kopf geschüttelt.

«Aber du hast recht, ich fühl mich sehr müde ...»

Der Himmel klarte nicht auf. Vielleicht würde es regnen. Die Apollonfalter begannen Nektar in dem Schmetterlingsstrauch zu sammeln. Zum ersten Mal spürte ich den Herbst nahen. Ich dachte, wenn das Wetter so beschissen gewesen wäre, wäre ich vielleicht auch aufgebrochen, das hätte mir keine Angst gemacht, aber dann hätte ich Martial nicht auf dem anderen Hang entdeckt, ich hätte mich nicht in dieses unsinnige Abenteuer gestürzt, Patou wäre nicht tot.

«Es tut mir so schrecklich Leid, wegen Patou, Mariel.»

Ihre Finger hatten sich in meine verhakt.

«Wann?»

«Morgen. Ich fahre morgen früh.»

Sie hat mich gebeten, aufzupassen. Sie hatte gerade vollgetankt. Wenn ich das Öl nachsehen könnte ... Es waren einfache Worte, um ein Gefühl der Beklemmung zu verdrängen. Ich spürte es, als sie ihren Blick von dem Grab wandte und auch an ihren feuchten Händen. Sie hat mich gemustert und hinzugefügt:

«Komm ja schnell wieder, Jaques ...»

## 24

## RÉMI

Die Maschine ging kaputt. Totalschaden. Das war einzig und allein sein Fehler. Aber es war das erste Mal, daß es passierte, und Rémi verstand die Heftigkeit nicht, mit welcher der Vorarbeiter ihn zur Rede stellte und ihn behandelte wie einen Taugenichts. Er beherrschte sich und jagte ihm nicht seine Gabel in den Leib, aber er kochte jetzt vor Wut und würde alles daran setzen, sie zu unterdrücken, so hoffte er, bis in diesem Scheißladen Feierabend war. Marcel versuchte, ihn aus dem hinteren Teil der Halle mit zahlreichen Gesten und freundschaftlichen Blicken zu unterstützen. Rémi hatte das Elektrokabel und an seinem Ende das Bügeleisen nicht gesehen, unter der Masse von Papier. Verdammt, der Höllenlärm, den der Papierschlucker gemacht hatte! Dieses Quietschen von Stahl, ein schauerliches Gekrächze.

«Es tut mir leid», knirschte Rémi.

Und er ließ den Vorarbeiter stehen. Er machte kehrt und stürzte zu den Klos, das Heft 2001 unter dem Unterhemd direkt auf seiner Haut, einige Seiten feucht vom Schweiß auf seinem Bauch.

Jaques würde also aus den Bergen hinabsteigen, wie er geahnt hatte, und es würde gar nicht schön sein. Wie er selbst unterdrückte Jaques seinen Zorn, und wenn das explodierte…

Der Bericht endete mit der Beerdigung des Hundes. Danach kamen noch eine ganze Menge unbeschriebene Seiten. Aller Wahrscheinlichkeit nach gab es kein weiteres Heft für das Jahr 2001. Er würde das gleich nachprüfen. In der Zwischenzeit dachte er weiter nach.

Jaques versteckte seine Hefte also bei Jeanne. Eines Tages hatte diese sie gefunden. Entsetzt über ihren Inhalt hatte sie sie entsorgt. Warum hatte sie sie nicht verbrannt? Sie hatte nicht daran gedacht, daß sie in unschuldige Hände fallen könnten.

Unschuldig …

In jenem Septembermonat 2001 war Jaques entschlossen, Valérie Lafleur umzubringen. Aber ein Jahr später war er es, der ermordet wurde und auf eine miese Art … Wer war der Mörder? Valérie, dieses Biest? Sein Bruder, aus Eifersucht?

Deuteten andere Hefte auf diese Beziehung hin? Nein, sagte Rémi sich, Jaques hatte das alles bislang für sich behalten. Mußte er auch nachprüfen. Wie weit ging diese Beziehung zurück? Sie schien nicht neu zu sein. Warum plötzlich darüber schreiben? Schlechtes Gewissen? Nein. Schuldgefühle? Nein. Nostalgie? Ein wenig. Auf jeden Fall ließ es ihn nicht los.

*Zu viel angestauter Schmerz.*

Den ganzen Monat August 2001 hatte Jaques nicht geschrieben. Rémi stellte sich vor, wie er Trübsal blies, unfähig, irgend etwas zu tun, am allerwenigsten schreiben. Aber nach einer Weile hatte er sich dennoch gefangen, hatte seinen Rucksack gepackt und war zu einer Wanderung aufgebrochen. Sicher glaubte er, das würde ihm gut tun. Nur, daß ein wahres Desaster daraus geworden war. Sein Gefühl sagte Rémi, daß Jaques Lafleur noch am Leben wäre, wenn es anders gelaufen wäre. Die Leiche von La Muette, die Schlange und schließlich der Tod des Hundes waren wie die letzten Rädchen in einem tödlichen Getriebe gewesen.

Aber warum war ein Jahr vergangen? Ein Jahr. Was hatte Jaques während der ganzen Zeit gemacht? Vielleicht hatte er Valérie umgebracht. Blieb der Bruder...

«Kleiner, bist du da drin, Kleiner?»

Rémi verließ blitzartig die Toiletten. Marcel stand im Weg, und er rempelte ihn an.

«Du hast nichts mehr zu befürchten», verkündete Marcel mit ausgebreiteten Armen. «Der Hund ist wieder in seiner Hütte. Hütte. Hat nur den Boß rausgekehrt!»

«Laß mich, Marcel», fauchte Rémi ohne die geringste Freundlichkeit.

«He! Ich hab dir nichts getan! Laß deinen Ärger nicht an mir aus!»

Aber Rémi hatte immer noch diese Wut im Bauch und sagte:

«Ich hab's satt, Marcel, dich und diesen ganzen Laden, satt, verstehst du?»

«Du bist nicht nett, Kleiner...»

«Ich bin nicht klein...»

Marcel war zutiefst verletzt. Er hätte viel für einen Sohn wie Rémi gegeben. Er brachte keinen Ton mehr hervor. Er setzte sich an den Tisch und begann automatisch, sich den Dreck unter den Fingernägeln herauszupulen.

Rémi holte seinen Brotbeutel, legte das Heft hinein und verließ die Fabrik.

Er trat in die Pedalen, fuhr sehr schnell, beachtete aber die Verkehrsregeln, als hätte sein Leben plötzlich an Wert gewonnen.

Als das Haus seiner Alten in Sicht kam bremste Rémi abrupt. Die Fensterläden waren geschlossen. Dabei war es doch nicht Nacht. Sogleich krampfte sein Magen sich zusammen. Das dauerte. Angst und Wut verschmolzen in seinem Innern.

Rémi steckte den Schlüssel ins Schloß, bemüht, so wenig Lärm wie möglich zu machen. Mit angehaltenem Atem ging er durchs Haus. Im Wohnzimmer schlief sein Vater unter unbeschreiblichem Schnarchen seinen Rausch aus. Rémi hatte weiche Knie. Er war auf alles gefaßt.

Seine Mutter saß in der Küche auf einem Stuhl, der personifizierte Schmerz. Sie hätte auch einen Sündenbock gebraucht, und für einen kurzen Moment schien es Rémi, als würden sich ihre Augen mit Vorwürfen füllen. Aber sie merkte, daß er es war, und ein zärtlicher Glanz erhellte ihren Blick. Plötzlich war Rémi schrecklich wütend auf sie. Sie hielt die Schultern gebeugt, die Hände auf ihrer geblümten Schürze. Wangen und Mund zuckten unkontrolliert wie bei einer Greisin. Dabei war sie noch nicht einmal fünfzig. Wie oft hatte er sie schon so vorgefunden? Wie konnte sie dieses Leben hinnehmen? Ja, natürlich, sie war *seinetwegen* geblieben. Aber das war in Ordnung gewesen, so lange er noch klein war. Jetzt hatte sie keine Entschuldigung mehr. Sie wollte es wohl nicht anders.

Der andere schnarchte wie ein Schwein. Rémi ging zu seiner Mutter und kauerte sich hin. Er hatte Bauchschmerzen, immer noch diese Angst, gegen die er seit jeher machtlos gewesen war. Rémi sah sich wieder als Kind, in sein Bett vergraben, hörte die Schreie unten, den Krach zerbrochen Geschirrs und umgestoßener Möbel und seinen Vater, der seine Mutter eines Abends bis in sein Zimmer verfolgt hatte. Sie hatte sich in einer Ecke zusammengekauert, er behandelte sie wie ein Hure, verpaßte ihr heftige Gürtelhiebe, sie brüllte. Rémi klapperte mit den Zähnen, schluchzte unter den Laken, und die Angst hielt ihn bis zum nächsten Morgen wach. Oft hatte er gedacht, daß es für alle eine Erleichterung wäre, wenn er sterben würde. Ja, mit knapp zehn Jahren wünschte er seinem Vater den Tod. Und dann vergingen die Tage, seine Mutter schien zu vergessen, manchmal sagte sie sogar, daß er eigentlich kein schlechter Kerl war, bis zur nächsten Krise. Das Ungeheuerliche ließ nicht lange auf sich warten. Dann sagte sie, daß sein Vater keinen guten Kern hatte, daß er durch und durch böse war. So ging sie durchs Leben, wie unter dem Kreuz gebeugt.

«Maman», raunte er leise. «Geht's?»

Sie nickte.

«Du solltest nicht hier bleiben ...»

«Wo soll ich denn deiner Meinung nach hin?»

«Geh, bevor er aufwacht ...»

«Du machst Witze. Willst du, daß er das Haus auf den Kopf stellt?»

«Was geht uns das Haus an?»

«Er hat den Fernseher zerschlagen, Rémi.»

«Na und?»

«Wenn ich nicht hier bin, wenn er aufwacht, wirst du ja sehen!»

Rémi dachte, nein, werde ich nicht. Sanft nahm er die Hände seiner Mutter.

«Maman, du hast was Besseres verdient ...»

«Sei still!»

«Eines Tages bringt er dich noch um ...»

Sie sah weg, von einem Beben erfaßt. Das Schnarchen setzte ein paar Sekunden aus, und sie erschrak. Wie eine Hirschkuh, die sich im Dickicht versteckt, wenn der Wolf umgeht, dachte Rémi.

«Er macht uns unglücklich, Maman.»

«Bei den anderen ist es auch nicht besser. Was glaubst du denn?»

Das Argument, mit dem sie ihm immer gekommen war. Glaubte sie selbst daran?

«Du gehst besser, Rémi.»

Schläge und Erniedrigung einstecken. Ihn beschützen. Sie opferte sich auf.

«Besuch deine Freunde. Komm auf andere Gedanken. Ich geb dir etwas Geld, aber sag ihm nichts ...»

«Nein ... Ich gehe später fort ...»

«Er wacht gleich auf, du solltest ein wenig spazieren gehen ...»

«Nein, Maman ...»

Bevor er in sein Zimmer hinaufging, warf Rémi einen Blick ins Wohnzimmer. Er war eingeschlafen, als wälzte er sich in der Gosse. Er hatte sich nicht einmal die Mühe gemacht, sich nach dem letzten Pinkeln die Hose zuzuknöpfen. Den Kopf halb auf dem Kissen, die Beine auf obszöne Art angewinkelt, schnarchte er mit offenem Mund. Mit zehn Jahren hatte Rémi gedacht, daß er Gift in diesen nach Fusel stinkenden Mund kippen könnte.

Rémi ordnete die Hefte. Damit hatte er die Bestätigung, daß kein weiteres für 2001 existierte. Dann machte er sich daran, sie von hinten nach vorn und diagonal zu lesen. Nach wenigen Minuten war er völlig in seine Lektüre vertieft. Die Angst ließ ein wenig nach. Er schien zu vergessen, wo er war.

Er überflog fünf Jahre, in denen Jaques Mariel oft besucht hatte und seinen Bruder nur sehr selten, jedenfalls hatte er es nicht erwähnt. Bis 2001 hatte er es in der Tat wohlweislich vermieden, seine Affäre mit seiner Schwägerin anzusprechen. Zensierte er sich? Zweifellos. Vielleicht wegen Jeanne, bei der er seine Hefte versteckte, die er natürlich nicht überall hin mitnehmen konnte, denn während dieser Zeit war er noch ganz schön herumgereist: Marokko, Zypern, Senegal.

2000: Kein Hinweis auf seinen Bruder. Hatte dieses Schweigen etwas zu bedeuten?

1999, November: «Ich habe bei meinem Bruder vorbeigeschaut. Sie waren nicht da.»

1998, Dezember: «Ich habe Pierre gebeten, mir Geld zu leihen, obwohl ich gar keins brauche.»

1998, September: «Pierre bedauert, daß ich nicht mehr so oft komme. Valérie war nicht da. Pierre hat gesagt, daß sie mit Quentin zu ihren Eltern gefahren ist. Das Kind ist eine Last, auf die er nicht vorbereitet war. Dabei sollte er sich glücklich schätzen. Das gibt er zu, aber manchmal ist es nicht leicht.»

1998, Mai: «Ich habe Valérie nicht im Krankenhaus besucht. Pierre wird es mir übel nehmen.»

Rémi hörte die Schritte auf der Treppe nicht. Obgleich sein Vater stolperte, grunzte. Als die Tür zu seinem Zimmer aufschwang, hob Rémi langsam den Kopf.

«Was treibst du da? Bist du noch nicht im Bett? Dir werd ich's zeigen!»

Die Gestalt seines Vaters schwankte in der Tür. Rémi hatte keine Angst mehr. Ruhig schlug er das Heft wieder zu, in dem er gerade gelesen hatte. Er legte es auf den Stapel neben sich. Sein Wecker zeigte 23 Uhr 30.

«Du bist wirklich ein Nichtsnutz.»

Rémi sah seinem Vater direkt in die Augen. Dann haute er voll rein.

# FREITAG

## 25

## FÉLIX

Serge begutachtete die Leiche, streckte sich, unterdrückte ein Gähnen. Das Licht der nackten Glühbirne warf einen Schatten wie von einem Stück Fleisch an die Wand.

«Hast du sie angefaßt?», fragte er.

«Nein …»

«Bist du ganz allein?»

«Marc ist nicht zu erreichen.»

«Und Magali?»

Ich zuckte die Achseln.

«Und du?»

«Pons erholt sich, Tahir bildet sich weiter: Schlammanalyse. Glaubst du, sie hat sich aufgehängt als du im Garten warst?»

«Unwahrscheinlich. Dort oben steht ein Glas auf dem Beistelltisch neben ihrem Sessel. Ich möchte, daß du es analysierst. Inhalt und Behälter.»

«Glaubst du, sie wurde betäubt?»

«Dafür brauchte sie niemanden, da oben liegen unglaubliche Mengen an Beruhigungs- und Schlafmitteln …»

«Na schön. Aber zuerst beschäftige ich mich mal mit dem Hocker.»

«Wenn du Fingerabdrücke von Jaques Lafleur darauf findest, zieh keine voreiligen Schlüsse», scherzte ich.

Eusèbe trat auf. Er trug einen gelben Pullover über einem fuchsienroten Jogginganzug, was ihm eine ausgesprochen aparte Note verlieh. Er fuhr sich mit der Hand durch die wilden Haare, griff sich an die Schulter und verzog das Gesicht.

«Sieh an!», sagte er. «Eine Tote!»

Wir gingen hinaus, und er fuhr fort:

«Findet ihr nicht, Jungs, daß unsere Begegnungen immer einen morbiden Charakter haben? Wollen wir nicht Blindekuh spielen? Der erste, der gegen Madame stößt, gibt eine Runde aus. Serge, hol die Schals raus!»

«Eusèbe ...»

«Ich hab so schön geschlafen, wie eine Kirsche!»

«Und darf man erfahren, wie eine Kirsche schläft?», fragte Serge.

«Du gehst wohl nie auf den Markt! Mit dem Schwanz in der Luft, mein Herzchen!»

Serge brach in Gelächter aus. Es hatte etwas von einem Sakrileg, aber Jeanne würde uns deswegen nicht mit dem bösen Blick strafen, wie man so schön sagt. Zufrieden mit seiner Wirkung deklamierte Eusèbe:

«‹Wie schön ist es, das Weiß, wenn es noch feucht erbebt. Es ähnelt uns in nichts, es leugnet uns. Das kleinste Lebenszeichen, und sei es nur unser Schatten, befleckt es.›»

«Réjean Ducharme», kommentierte Serge.

«Bravo!»

Diese beiden standen sich viel näher, als sie sich normalerweise anmerken ließen. Kein Sarkasmus und keine Spitzen heute. Zweifellos nicht des Anlasses, sondern der späten Stunde wegen.

«Reich mir Handschuhe», wies ich Serge an und brach damit den Zauber. Dann zu Eusèbe: «Untersuch sie mir auf Herz und Nieren. Ich möchte wissen, ob sie jemand gezwungen hat, auf diesen Hocker zu steigen ...»

«Was für ein schöner Beruf! Du liegst ganz allein in deinem Bett und plötzlich, zack, findest du dich mit einer Frau in den Händen wieder! Ein Wunder!»

Serge gluckste erneut, ging dann in die Hocke, öffnete seinen Koffer und fragte:

«Was suchst du?»

«Etwas, das Licht auf das Chaos werfen könnte.»

Aber ich stellte das Haus auf den Kopf und fand nichts Erhellendes, und es lag nicht daran, daß ich die Schränke nicht umkrempelte, oder die Papiere nicht durchstöberte, Bücher und Vorlesungsmaterial, die einen auf den Bücherregalen vergessen, das andere sorgfältig in Kartons archiviert. Offensichtlich war Jeanne eine gewissenhafte und begeisterte Professorin klassischer Literatur gewesen, intelligent und hochgradig sensibel.

Jeanne hatte mehrere Monate mit ihrem Bruder zusammengelebt, und dennoch stieß ich nur auf die vier Wände einer einsamen und verzweifelten Frau. Sie hatte keinen Brief hinterlassen, der ihre Handlung erklärte.

Um 2 Uhr ließ ich Pierre Lafleur kommen. Ich weiß nicht, wie ich an seiner Stelle reagiert hätte. Mit Sicherheit hätte ich mich gefragt, ob ich einem Kerl vertrauen konnte, der mir Tag für Tag das Verschwinden einer der Meinen verkündete. Ich hätte keinen Zweifel an seiner unheimlichen Natur gehegt.

«Sind Sie zu Fuß gekommen?»

Er klammerte sich an meinen Arm.

«Ja … Kann ich sie sehen?»

«Der Gerichtsmediziner ist noch nicht fertig mit ihr.»

«Der Gerichtsmediziner? Aber Sie haben gesagt, daß sie sich erhängt hat!»

«Daß wir sie erhängt gefunden haben. Ein feiner Unterschied. So oder so, das ist die übliche Vorgehensweise.»

«Weil …»

«Kommen Sie mit.»

Er folgte mir in Jaques' Zimmer. Ich bat ihn, sich auf das

Bett zu setzen, zog den Nachttisch-Stuhl heran und setzte mich rittlings darauf. Er seufzte tief und brach in Tränen aus, den Kopf in die Hände gestützt. Ich rieb mir die Augen. Die Tapete war wirklich scheußlich, riesige orangene Blumen auf grün-grauem Grund. Serge kam aus der Garage, schloß die Tür hinter sich und stieg die Treppe hinauf. Ich hörte ihn eine Weile auf der Etage auf- und abgehen. Ich wartete weiter, und Pierre Lafleur beruhigte sich ein wenig.

«Warum ist Ihre Frau nicht mitgekommen?»

«Wir konnten Quentin nicht ganz allein lassen, er ...»

«Natürlich. Waren Sie das, der kurz vor Mitternacht angerufen hat?»

«Sie?»

«Nicht mich, Jeanne.»

«Nein, ich habe mich gegen 21 Uhr 30 hingelegt, ich bin bei dem Film eingeschlafen ...»

«Welchem Film?»

*«Furyo.»*

«Waren Sie mit Ihrer Frau zusammen?»

«Ja, sie ist ein Fan von David Bowie. Arte hat ihm den Abend gewidmet.»

«Wann haben Sie Ihre Schwester zum letzten Mal gesehen?»

«Heute nachmittag. Ich habe sie auch gestern abend gesehen und heute morgen. Ich habe ihr vorgeschlagen, zu uns nach Hause zu kommen. Nach dem, was passiert ist, dachte ich, das würde ihr gut tun ...»

«Wie war sie?»

«Ziemlich gefaßt ... Aber wozu all diese Fragen?»

«Hören Sie, Pierre. Ihre Schwester war krank. Sie hat sich einen Haufen Dreck reingekippt, Tranxene, Valium, etc. Das ging schon seit Jahren so. Selbst wenn man über eine Depression nicht hinwegkommt, findet man früher oder später eine Erklärung dafür. Also warum?»

Ich hatte einen härteren Ton angeschlagen, als ich ihm gegenüber bislang gebraucht hatte. Pierre dachte nach, aber er wußte die Antwort schon lange:

«Der Tod unseres Vaters hat sie um den Verstand gebracht. Ein Unfall in den Bergen, einfach dumm ...»

«Erklären Sie ...»

Das Drama lag etwa fünfzehn Jahre zurück. Pierre berichtete mir in groben Zügen von den Ereignissen und schloß, daß Jeanne ihrem Bruder die Sache entsetzlich übel genommen hatte.

«Vielleicht wollte sie sich rächen ...»

«Wo denken Sie hin ... Nein, niemals!»

«Und ihrem Leben dann ein Ende setzen ...»

«Nein, nie, nie ...»

Es war nicht sehr wahrscheinlich, das gab ich zu.

Zwei Männer durchquerten den Flur mit einer Trage und gingen in die Garage. Eusèbe war also fertig, aber ich ließ ihm noch ein paar Minuten, damit er die Leiche herrichten konnte.

Als wir unsererseits in die Garage traten, stürzte Pierre sofort zu seiner Schwester. Er ging in die Knie, umarmte sie und begann wieder zu schluchzen. Ich stellte einen krassen Unterschied zu seinem Verhalten im Leichenschauhaus fest, ob nun seine Nerven versagten, oder ob seine Zuneigung zu ihr größer war. Eusèbe flüsterte mir leise ins Ohr:

«René Crevel, Romain Gary, Richard Brautigan.»

«Der gemeinsame Nenner?»

«Selbstmord.»

«Um wieviel Uhr?»

«Gegen Ende der Nachrichten.»

Um 7 Uhr ging ich den Bürgersteig hinauf und trat ins «Saouzeloung» ein, das an der Ecke Rue de Provence und Avenue d'Italie lag. Zwar war ich der erste Gast, aber der

Kaffee ließ auf sich warten. Ich nutzte die Zeit, um die Tageszeitung zu überfliegen.

Wir hatten Freitag, den Dreizehnten. Ein Generaldirektor trat zurück, armer Mann. Was den Irak betraf, setzte Bush junior die UNO unter Zugzwang, sonst würde er sich gezwungen sehen, selbst zu handeln, mit dem Blut anderer natürlich – immer die gleiche Menschenverachtung. Zu der Explosion der Fabrik vor fast einem Jahr war die Bilanz nach oben korrigiert worden, 30 Tote und 8 833 Verletzte.

«Ich hätte mir vor Angst fast in die Hose gemacht», gestand der Patron, als er die Tasse auf den Tisch stellte.

Nicht nötig, deutlicher zu werden. Dieses Drama verband uns alle, und ihn nicht zu verstehen wäre ebenso weltfremd gewesen, wie sich über den Sonnenaufgang zu wundern. Nach näherer Überlegung rührte ich meinen Kaffee nicht an. Ich setzte die Sonnenbrille auf, legte den Kopf leicht nach hinten und schlief ein.

Das Klappern eines Teelöffels riß mich aus meinem Minutenschlaf. Marc saß mir gegenüber. Das wurde auch Zeit. Seinem Gesicht nach zu urteilen war die Nacht für ihn ebenso lang gewesen wie für mich, aber er hatte sie besser genutzt.

«Kein Glück», stieß er hervor.

«Sie nimmt ihre Geheimnisse mit ins Grab.»

«Wo ist er?»

«Ich habe ihm gesagt, er soll nach Hause gehen und sich zu meiner Verfügung halten. Hast du, worum ich dich gebeten habe?»

«Ja.»

Marc bestellte noch zwei Kaffee und breitete den Stadtplan auf dem Tisch aus.

«Schauen wir mal ... Ich möchte, daß du alle Gullys der Rues du Commandant-Cazeneuve, Capus, Colbert, Gonzales und der Avenues d'Italie und du Lauragais unter die

Lupe nimmst. Du kannst ein bißchen weiter gehen. Folg deiner Eingebung.»

Plötzlich verschloß sich sein Gesicht.

«Schön, daß du wieder der Alte bist, Félix.»

«Nämlich?»

«Verbissen. Wie der Wolf, der die Beute riecht.»

Ich zeigte die Zähne und machte Miene, schallend loszulachen.

«Aber ...»

Ich hatte nicht eine Sekunde an den unangenehmen Aspekt der Aufgabe gedacht, die ich ihm anvertrauen wollte. Ich war so mit meinen eigenen Problemen beschäftigt gewesen, daß ich seine vergessen hatte. Der Patron bediente uns. Marc trank seine Tasse aus und kaute auf seiner Daumenkuppe herum.

«Ist dir klar, was du von mir verlangst?», fragte er.

«Ja ... Ich kann mir vorstellen, daß du jedes mal, wenn du an einem Gully vorbeikommst, an deine Schwester denken mußt, aber ...»

«Ich darf mich nicht von meinen Gefühlen unterkriegen lassen, ist es das?»

Ich ließ ihm Zeit. Er sah auf den Boden seiner Tasse und seufzte.

«Vielleicht hast du Recht ... Soll ich den Job ganz allein machen?»

«Klär es mit der Stadtentwässerung ab. Fordere Leute an.»

«Kümmerst du dich um den Hausdurchsuchungsbefehl bei dem Bruder?»

«Sekunde ...»

«Glaubst du immer noch nicht, daß er es war?»

«Er oder sie ... Ich gebe ihnen eine letzte Chance.»

«Wie du willst ...»

«Nimm auch Kontakt mit Mariel Peyrotet in der Ariège auf.»

«Wozu?»

«Sie war zweifellos seine beste Freundin. Ich frage mich doch, was Jaques Lafleur am letzten 21. September auf der Umgehungsstraße zu suchen hatte.»

«Er saß in seinem Wagen.»

«Das ist so augenscheinlich. Nur glaube ich nicht, daß er jemals einen Wagen besessen hat. Jaques Lafleur war ein Wanderer. Das hätte mich vorher mißtrauisch machen müssen. Du könntest in den Protokollen nachsehen, aber warum führst du nicht ein kleines Gespräch mit ihr. Jaques ist an jenem Tag in die Stadt gefahren, um etwas Besonderes zu erledigen, und ich habe den Verdacht, daß die Explosion ihn daran gehindert hat. Vermutlich war er danach der Ansicht, daß es sich erübrigt hatte ...»

«Oder er hat seinen Plan daraufhin auf später verschoben ...»

«Zu spät, und das hat ihn das Leben gekostet.»

«Gut, ich bitte Magali, sich der Sache anzunehmen.»

«Magali ist raus aus dem Fall.»

Marc verdaute die Neuigkeit. Seine Enttäuschung zeigte sich nur in einem Kopfschütteln. Das war schließlich meine Sache. Ich war ganz seiner Meinung.

«Du kannst sie anrufen, wenn unsere Helden von der Stadt mit den Köpfen in den Gullys stecken. Serge schickt dir einen Sachverständigen, er erwartet deinen Anruf. Frag dieses Mädchen, ob Jaques Lafleur geschrieben hat.»

«Das mach ich gleich morgen früh.»

«Danke. Wo parkst du?»

«Ein Stück weiter auf dem Bürgersteig ...»

«Gib mir deine Schlüssel, ich werde eine Stunde schlafen ...»

Er reichte mir die Schlüssel und fragte:

«Willst du nicht eine gute Tat für den Winter vollbringen?»

«Ich bin nicht Abbé Pierre* ...»

«Der Vergleich ist gar nicht so schlecht, Félix.»

«Kommst du nun zur Sache?»

«Es hat mit Gaëlle zu tun ...»

«Verstehe ...»

«Es ist nicht, wie du denkst ... Da ist ihr Kind und außerdem, verdammt, du bist sowieso nie in deiner Wohnung! Wieviel zahlst du?»

«Das ist nicht das Problem ...»

«Hast du ein Glück ...»

Die Ironie entging mir nicht. Aber er fuhr fort, wohl wissend, daß nichts damit gewonnen war, wenn er Schuldgefühle in mir weckte:

«Sie ist ein feines Mädchen, Félix. Sie würde dir eine Kleinigkeit geben, als Entschädigung, und wenn es nicht reichen sollte, würde ich den Rest ausgleichen ...»

Ich seufzte. Ich war wirklich zerschlagen. Wenn ich in diesem Zustand eine Entscheidung traf, standen die Chancen gut, daß ich sie später bereuen würde. Andererseits sollte ich meine Entscheidung vielleicht gerade in diesem Zustand treffen. Ich hatte schon zu oft darüber nachgegrübelt. Manche Typen muß man wohl oder übel treten, damit sie über den eigenen Schatten springen. Vielleicht gehörte ich zu dieser Kategorie. Zweifellos war mir nicht klar, was für einen Gefallen Marc mir gerade tat.

«Liebst du sie?»

«Sie macht mich an.»

«Warum hast du dann nicht früher was gesagt?»

Ich löste meinen Schlüssel vom Schlüsselbund und legte ihn auf den Tisch.

«Ich werde mich dafür revanchieren ...»

«Dein Großmut bringt dich nochmal um.»

---

* Abbé Pierre: Geistlicher, besonders engagiert für Obdachlose *(Anm. d. Übers.)*.

«Wenn eines Tages ein Heiligenschein über meinem Kopf erscheint, kümmer dich nicht weiter drum …»

Bevor wir gingen, tätschelte ich ihm wohlwollend die Schulter.

«Aber du hast ihn ja schon, den Heiligenschein!»

## 26

## RÉMI

Zunächst war der Kampf ein wirres Durcheinander. Von ihrem Schwung mitgerissen purzelten sie übereinander. Arme und Beine verknäulten sich. Sie rollten sich auf dem Boden. Rémi spürte seinen fauligen Atem in seinem Gesicht, und ihm wurde übel. Er stieß gegen den Türrahmen, und es nahm ihm die Luft, er unterdrückte einen Schrei.

Sein Vater hatte nicht mit einer derartigen Reaktion gerechnet. Man zieht kein Schaf auf, damit es einem an die Kehle geht und sich dort festbeißt wie ein wütender Hund. Das kommt nicht vor. Kein Wunder also, daß er völlig überrascht erstarrte, als sein Sohn auf ihn losging. Erst als er gegen ihn prallte, hatte er gelächelt, als koste er bereits seinen Triumph aus. Er gewann auch bald die Oberhand, verbissen suchten seine Hände Rémis Hals.

«Da hast du, was du willst, Hurensohn!»

Rémi hörte seine Mutter. Seine Mutter, eine Hure? Seine Mutter? Die mit Sicherheit niemals einen anderen Mann gehabt hatte ... Sie klagte am Fuß der Treppe, beschwor ihre allmächtigen Götter!

«Ich bitte dich! Rémi!»

Was konnte er einem fast zwanzig Kilo schwereren Mann entgegensetzen, der, wenn auch besoffen, Muskeln wie ein Ringkämpfer hatte?

Mit nacktem Oberkörper hatte sein Vater ihn immer in

Angst und Schrecken versetzt. Er verströmte eine Art bestialische Kraft. Es stimmte, er hatte sein ganzes Leben lang geschuftet. Rémi hätte Ehrfurcht vor ihm haben können. Aber sein Vater hatte alles daran gesetzt, seine Kindheit zur Hölle zu machen, das Leben seiner Mutter zum Martyrium. Erstaunlicherweise hatte er nie die Hand gegen ihn erhoben. Eine Ohrfeige, und er hätte Rémi den Kopf abgerissen. Sie war es, die Schläge einsteckte. Aber er mußte seine Hiebe so bemessen, daß sie ihm trotz allem weiter willfährig blieb. Zwei Mal jedoch hatte Rémi wirklich geglaubt, er hätte sie umgebracht. Das war lange her, aber er hatte es nicht vergessen. Er hatte Angst empfunden wie nie zuvor, und Scham. Angst, daß er danach an der Reihe sein würde. Scham, weil er nicht hatte dazwischengehen können. Es ist schrecklich, wenn dein Vater dich mit sieben oder acht Jahren zum Feigling macht. Rémi dachte, daß er diese Demütigung nie aus seinem Kopf bekommen könnte.

Und jetzt war sein Vater über ihm. Wie Abschaum aus der Gosse versuchte er ihn zu erdrosseln. Rémi konnte ihm nur seinen Haß entgegenhalten. So lange unterdrückte er ihn schon! Seit dem Tag, an dem ihm klar geworden war, daß sein Vater ein Monster war! Seit fünfzehn, sechzehn Jahren flehte seine Mutter ihn an, den Mund zu halten, erpreßte ihn gewissermaßen! Denn wenn er aufmuckte, nun ja, dann würde es auf sie zurückfallen! In jedem Fall würde sie es abkriegen.

Vielleicht hatte es sogar noch früher angefangen.

Aber das war jetzt alles vorbei.

Es gelang Rémi, sich aus der Umklammerung zu befreien. Er wand sich wie ein Aal, trat mit den Füßen, stieß ihn mit den Händen zurück und kam schließlich keuchend auf die Beine. Sein Vater rollte auf die Dielen. Er war noch betrunken, sonst hätte er ihn nicht so leicht entkommen lassen. Er brüllte:

«Das wird dir noch leid tun, Freundchen ...»

In dem Augenblick sah Rémi wahrhaftig die bösartige Bestie, die versuchte, sich aufzurichten. Wenn sie es schaffte, war er tot. Also trat er sogleich mit aller Kraft mit dem Fuß nach ihm. Er traf die Bestie in den Brustkorb. Die Bestie taumelte nach hinten. Sie prallte schwer zurück. Sie knurrte. Sie warf ihm einen scheelen Blick zu.

Die Bestie versperrte ihm den Weg zur Treppe. Rémi saß fest. Er würde sowieso nicht fliehen. Zu oft hatte es ihm an Mut gefehlt, und die Wut tobte wie ein unbezähmbares Inferno in ihm. Seine Mutter jammerte weiter, aber er hörte sie nicht mehr. Die Bestie klammerte sich an den letzten Pfosten des Treppengeländers. Rémi mußte den günstigen Moment abpassen. Schließlich gelang es der Bestie, wieder auf die Füße zu kommen. Sie stand am Rand der äußersten Stufe. Noch hatte sie ihr Gleichgewicht nicht richtig wiedergefunden. Jetzt!

Rémi schrie wie ein Irrer, stützte sich ab und schnellte vor, sämtliche Muskeln gespannt, die Schultern voran. Der Schlag traf mit voller Wucht. Rémi hielt sich am Geländer fest, um nicht zu stürzen. Er landete auf dem Hintern, stemmte aber die Fersen in die Stufen und blieb oben. Die Bestie flog in die Luft. Ihre Füße hatten für ein paar Sekunden den Bodenkontakt verloren. Sie schlug mit den Armen durch die Luft und fiel nach hinten. Mit ihrem ganzen Gewicht fiel sie unten in die Ecke der Treppe. Rémi hörte deutlich, wie die Wirbelsäule brach.

Rémi stand auf, verwandelt. Er wußte, was ihm zu tun blieb. Er verlor keine Zeit. Er kehrte in sein Zimmer zurück. Er leerte die Schuhkartons, in denen er seine Post, seine Lohnabrechnungen und Nippes aufbewahrte und packte statt dessen Jaques Hefte hinein. Dann holte er seinen Rucksack unter dem Bett hervor und stopfte ein Minimum an Kleidung hinein, nur das Nötigste. Das Nötigste.

Seine Mutter schien den Sack auf seinem Rücken nicht zu bemerken. Ruhig stieg Rémi die Treppen hinunter und über seinen Vater hinweg, dessen Gesicht fahl, vom Schmerz verzerrt war. Seine Mutter stöhnte:

«Rémi! Was hast du getan? Rémi!»

Rémi musterte seinen Vater, dann seine Mutter, ganz wie zwei Menschen, die ihm plötzlich völlig fremd waren.

«Roger! Sag etwas! Was soll denn jetzt aus uns werden?»

«Von nun an ist er dir ausgeliefert», keuchte Rémi ohne jede Emotion in der Stimme.

«Schämst du dich nicht? Er ist dein Vater, Rémi, dein Vater!»

Rémi sah wieder, wie der Vater seiner Mutter ins Gesicht spuckte. Warum war es an jenem Abend ausgeartet? Wie üblich: ein schiefer Blick, nicht genug Salz in der Suppe, oder einfach schlechte Laune, mieser Fusel. Wie alt war er damals, neun? Es war zweifellos eines der erschütterndsten Bilder seiner Kindheit.

«Wo gehst du hin, Rémi?»

*Arme Mama …*

«Was hab ich dem Himmel nur getan?»

*Du hättest ein angenehmeres Leben haben können …*

«Rémi! Tu was!»

*Zweifellos wirst du ihm jetzt bis zu seinem letzten Tag den Hintern abwischen …*

«Rémi! Du gehst?»

*Der Kreuzgang ist noch nicht zu Ende, er wird es dir bis zum Schluß zeigen …*

Rémi seufzte.

«Mama, ich bitte dich … Ich werde die Feuerwehr rufen, einverstanden?»

Das hatte er zwar nicht vor, aber es schien sie zu besänftigen, und er stieg ruhig in den Keller. Er kramte in dem Werkzeug auf der Werkbank. Schließlich fand er, was er suchte, an einem Nagel hängen. Der Stahl glänzte, als er die Griffe in die Hand nahm. Sie war nicht sehr schwer.

Rémi stieg wieder ins Erdgeschoß. Jetzt hatte er Hunger. Er machte ein Sandwich für sofort und eins, das er in Alufolie wickelte, bevor er es in eine Seitentasche seines Rucksacks steckte. Aus einem Schrank nahm er noch weitere Lebensmittel, Dosenpasteten, Ölsardinen, Waffeln, Kekse. *Genug für drei Tage*. Seine Mutter lief um ihn herum. Ihr Gejammer wurde unerträglich. Er ging ins Wohnzimmer. Sie hing ihm immer noch an den Fersen. Er schlug ihr die Tür vor der Nase zu.

Er machte die kleine Lampe auf dem Fernseher an. Mitleidig schüttelte er den Kopf, als er das zertrümmerte Gerät sah. Dann griff er nach dem Telefonbuch. Er suchte nach Lafleur. Es gab zwei. Rémi wollte wissen, warum Jeanne diese wundervollen Tagebücher weggeworfen hatte, warum sie diesen Akt der Gotteslästerung begangen hatte.

Die Uhr auf dem Videorekorder zeigte 23 Uhr 49. Das spielte keine Rolle.

Er ließ es lange klingeln und legte schließlich wieder auf.

«Dachte ich's mir», murmelte er.

Er grub seine Zähne in das Sandwich und wählte die zweite Nummer.

Es war kurz nach Mitternacht.

Jemand nahm ab. Nahm ab.

## 27

## MARC

Telefongespräch zwischen Mariel Peyrotet und Marc Ventimiglia, Kriminalbeamter, den 13/09/02.

Frage: «Ich fürchte, daß ich eben zu hart war. Bitte verzeihen Sie mir. Es tut mir wirklich leid. Geht es Ihnen besser?»

Antwort: «Etwas besser.»

Frage: «Sagen Sie Bescheid, wenn es Ihnen zu viel wird, dann machen wir eine Pause. Einverstanden?»

Antwort: «Sie sind sehr zuvorkommend für einen Polizisten.»

Frage: «Danke. Wollen wir?»

Antwort: «Ich würde Ihnen gern helfen, Lieutenant, aber ich fürchte, was ich Ihnen sagen kann, wird Ihnen nicht viel nützen.»

Frage: «Lassen Sie das meine Sorge sein, Mademoiselle … Was ist?»

Antwort: «Ich bin einundfünfzig, aber es stimmt, Sie können mich Mademoiselle nennen …»

Frage: «Gut. Sie waren also sehr eng befreundet, nicht wahr?»

Antwort: «Seit … Ich weiß nicht mehr, wann, vielleicht

1991, hat Jaques jedes Jahr ein paar Wochen bei mir verbracht. Wir standen uns sehr nahe, ja.»

Frage: «Wie nahe? Wie Freunde ... oder Liebhaber?»

Antwort: «Freunde, aber ...»

Frage: «Aber?»

Antwort: «Ich war verliebt in ihn. Sie denken sicher, daß ich viel älter war als er. Ich war nicht immer einundfünfzig ... Ich glaube nicht, daß ihn das abgeschreckt hätte. Nur war Jaques nicht frei.»

Frage: «Das heißt?»

Antwort: «Auch er war verliebt, aber nicht in mich.»

Frage: «In wen dann?»

Antwort: «Ich weiß nicht.»

Frage: «Nicht mal eine ungefähre Idee?»

Antwort: «Nein. Aber die Liebe verzehrte ihn. Jaques hatte alle Symptome eines liebeskranken Mannes. Er wartete darauf, daß etwas passierte, und das machte ihn krank. Ich hoffe, daß diese Frau ihn verdiente.»

Frage: «Wie lange ist er letztes Mal bei Ihnen geblieben?»

Antwort: «Fast vier Monate. So lange war er noch nie geblieben. Es gab Momente, da war er sehr unglücklich. Als es so aussah, als würde er sich wieder fangen, hat es sich zur Tragödie entwickelt.»

Frage: «Wie das?»

Antwort: «Seit Wochen war er da und ließ sich gehen. Natürlich hat er mir weiter geholfen, Holz gehackt und so. Aber Jaques konnte nicht leben, ohne zu laufen. So wenig, daß ich dachte, ja, er wäre wieder auf dem Damm, als er beschlossen hat, ein paar Tage in die Berge zu gehen. Er hat meinen Hund mitgenommen, und mein Hund hat sich von einer Viper beißen lassen. Er ist daran gestorben. Wir haben Patou in Jaques Rucksack begraben. Ich weiß nicht, ob Ihnen Bedeutung und Tragweite dieser Geste bewußt sind.»

Frage: «Ich glaube schon. Wann war das?»

Antwort: Wir haben Patou am 20. September 2001 begraben.»

Frage: «Sie sind sehr genau.»

Antwort: «Am Tag davor war endlich etwas geschehen.»

Frage: «Nämlich?»

Antwort: «Er hatte einen Brief bekommen, der ihn in rasende Wut versetzt hat. Daraufhin ist er übrigens gegangen. Ich hatte eine böse Vorahnung.»

Frage: «Den 20.?»

Antwort: «Nein, den 21.»

Frage: «Ist er zu Fuß gegangen?»

Antwort: «Ich habe ihm meinen Wagen geliehen.»

Frage: «Er war also am Steuer Ihres Autos auf der ...»

Antwort: «... Auf der Umgehungsstraße unterwegs, als die Fabrik explodiert ist, ja. Ich hätte ihn nicht so gehen lassen dürfen. Ich bin immer noch voller Gewissensbisse. Und die Probleme, die ich deswegen hatte! Hier können Sie ohne Auto nicht leben. Außerdem war ich nicht für einen zweiten Fahrer versichert. Oh! Ich mag gar nicht mehr daran denken. Aber in dem Augenblick waren andere Dinge ohnehin wichtiger.»

Frage: «Haben Sie ihn im Krankenhaus besucht?»

Antwort: «Ein paar Tage später.»

Frage: «Hat er mit Ihnen gesprochen?»

Antwort: «Er hat nicht viel gesagt, außer, daß es ihm leid tat, daß er mich in eine so schwierige Lage brachte, und daß die Explosion ihn sicherlich davon abgehalten hatte, eine große Dummheit zu begehen.»

Frage: «Ohne nähere Erklärung?»

Antwort: «Genau.»

Frage: «Hatten Sie seitdem von ihm gehört?»

Antwort: «Jede Woche. Wo er sich auch aufhielt, er dachte an mich. Er hatte einen neuen Rucksack gekauft und war wieder losgezogen. Ich war erleichtert. Er erzählte mir am Telefon von seinen Erlebnissen. Er sprach davon, mich bald wieder zu besuchen.»

Frage: «Jaques hat Sie angelogen, Mademoiselle. Er hat dieses ganze Jahr bei seiner Schwester verbracht... Hallo? Sind Sie noch dran?»

Antwort: «Dann hatte er sich also nicht erholt. Das ist schrecklich. Ah! Mein Gott! Wenn ich doch nur etwas hätte tun können.»

Frage: «Ihre Hilfe wäre ihm zweifellos wertvoll gewesen, davon bin ich überzeugt. Sie haben ihm übrigens bestimmt geholfen, ohne daß Sie sich dessen bewußt sind. Schrieb Jaques?»

Antwort: «Ja, er führte Tagebuch.»

Frage: «Haben Sie es gelesen?»

Antwort: «Natürlich nicht! Ich glaube nicht, daß er seit seinem letzten Aufenthalt viel geschrieben hat.»

Frage: «Sind Sie zufällig im Besitz dieses Tagebuchs?»

# 28

## FÉLIX

Die Sackgasse war still wie ein Friedhof. Diese Wohnviertel schlugen mir voll aufs Gemüt. Wenn ich dort leben sollte, dachte ich, müßte ich des Lebens überdrüssig sein, aber zu feige, es mir zu nehmen. Das wäre ein Kompromiß, mehr eine Form der Resignation als ein Ende an sich. Ich war vierzig Jahre alt und hatte noch das Bedürfnis zu leben. Wie der Mann aus Nummer 38 vielleicht, der damit beschäftigt war, sein Gartentor neu zu streichen. Die Fassade des Hauses war zitronengelb, und er strich sein schmiedeeisernes Tor violett. Das war weder besonders dezent, noch geschmackvoll, noch appetitlich. Aber vielleicht war es für ihn eine Art des Protests. Selbst wenn sein Schuppen sich dadurch wohltuend vom Rest des Viertels abhob, käme ich nie auf den Gedanken, ihn zu kaufen. Je weiter der Fall sich entwickelte, desto weniger stand mir der Sinn nach Friedhöfen. Diese Viertel entsprachen überhaupt nicht meinem Naturell, und meine Gebeine dorthin zu schleppen, ging mir zunehmend auf den Wecker. Schlimmer noch, ich hatte das Gefühl, daß es meine grauen Zellen einfror.

Der Mann unterbrach seine Arbeit und beobachtete mich, als ich, das Handy ans Ohr gepreßt, an der Tür der Lafleurs klingelte und anschließend zum Tor ging, das ich abgeschlossen fand. Das ärgerte mich allmählich. Marc sagte ich nichts davon.

«Wenn sein Tagebuch weder bei Mariel Peyrotet noch bei Jeanne Lafleur ist, wo glaubst du, steckt es?»

Ich rüttelte energisch am Tor und sagte:

«Jeanne hat es zerstört, Venti, eine andere Erklärung gibt es nicht. Aber ich finde heraus, was darin stand ...»

Ich würde es herausfinden, wenn Pierre Lafleur mich nicht im Stich gelassen hatte, was ich zu vermuten begann. Vielleicht hatte ich mich in ihm getäuscht.

Ich hörte Marc, aber auch die Typen, die hinter ihm schimpften und den Verkehrslärm.

«Sie sind zu viert, und glaubst du, sie teilen sich den Job? Einer hebt die Deckel hoch, die scheinen sehr schwer zu sein, und drei gucken zu und reißen Witze ...»

«Stehst du den Schock durch?»

«Mja ... Es ist der zwölfte Gully, den sie untersuchen, und sie wiederholen sich mit ihren Witzen nicht wirklich ... Hör zu.»

*«Wenn ich eine Gartenschere brauche, gehe ich zu Casto, dort finde ich alles, was ich brauche ...»*

«Es ist soweit, sie sind fertig. Wir gehen zum Nächsten ...»

«Wirklich lustig.»

«Städtisches Verantwortungsbewußtsein.»

«Wo seid Ihr?»

«Rue Colbert. Willst du meine Meinung hören? Jaques hat es mit seiner Schwägerin getrieben.»

«Wenn du sie sehen würdest, hättest du auch nichts dagegen, Venti.»

Ich drehte mich zu dem Mann von Nummer 38 um und beendete das Gespräch. Ich erwog, Pierre auf seinem Handy anzurufen, unterließ es aber.

Der Mann tauchte seinen Pinsel wieder in den Eimer mit der lila Farbe.

«Das Tor ist wohl verschlossen?», fragte er scheinbar uninteressiert.

«In der Tat.»

«Um so besser.»

Er wandte sich ruhig wieder seiner Pinselei zu.

«Meine Frau wäre beruhigt, wenn sie noch von dieser Welt wäre. Sie hatte eine Schlangenphobie. Mich stört es nicht, solange das Tor zu ist.»

Ich sah das Tor an und sagte mir, daß nicht viel dazugehörte, einen Mann zu beruhigen.

«Da würde ein Krokodil drunter durch passen», bemerkte ich.

«Machen Sie mir nur Angst!»

«Haben Sie Ihren Nachbarn fortgehen sehen?»

«Sie finden ihn auf den Gleisen… Da ist er oft. Meine Frau und ich haben uns die ganze Zeit gefragt, was er da zu suchen hatte.. Wenn Sie an meinem Haus entlang gehen, kommen Sie direkt hin.»

«Sehr hübsch Ihre Fassade.»

«Finden Sie wirklich?»

«Kein bißchen…»

Der Durchgang war schmal und unter dem Unkraut kaum zu erkennen. Gerade als ich die Böschung hinaufstieg, raste ein Intercity vorbei. Ich befand mich auf halber Höhe, hielt vor Schreck die Luft an und zog mich zurück. Eine große Wurzel ragte aus der Böschung, und ich klammerte mich daran fest. Ich spürte den heißen Luftschwall in meinem Gesicht und kniff in dem Staub die Augen zusammen. Als ich schließlich auf dem Schotterbett stand, klopfte ich mir den Staub ab und betrachtete die Landschaft, die in der Hitze dahinzuschmelzen schien. Der Zug war bereits außer Sicht. Der Staub senkte sich wieder. Und die Stille. Rechts wäre ich in weniger als drei Minuten am Bahnhof Saint-Agne. Links ging es zum Bahnhof Matabiau. Bis dorthin würde ich wesentlich länger brauchen, aber ich könnte nach zweihundert Metern abbiegen und zu Jeannes Haus gelangen, dann wäre ich auch nicht mehr weit von den städtischen Gewächshäusern entfernt.

Ich entschied mich für die zweite Richtung. Ich überquerte die Gleise, damit ich der Gefahr des entgegenkommenden Zuges ins Auge sehen konnte. Bis zu dem Bahnübergang an der Rue Colbert standen die Villen sehr dicht an der Böschung. Dahinter lagen sie weiter abseits, und manche verschwanden hinter der Vegetation der Gärten. Am ehemaligen Bahnwärterhäuschen angekommen entdeckte ich Marc, etwa hundert Meter weiter unten, an der Ecke der Rues Desarnauts und Colbert. Seiner Haltung nach zu urteilen, stand er vor einer Revolte, auf jeden Fall vor einer Manifestation schlechter Laune von Seiten unserer Kanalarbeiter. Ich fühlte mit ihm, passierte das Transformatorhäuschen und ging noch eine Weile an dem Schotterbett unter einer Hecke aus Holunder, Liguster und Mimosen entlang, die sich im Wind hin- und herbewegte.

Pierre Lafleur saß regungslos wie eine Statue am Fuß eines Oberleitungsmastes auf einem Klappstuhl. Hinter ihm erhoben sich die Häuser der Wohnanlage Les Catalpas, über die ein Turmfalke dahinflog. Er trug gedeckte Farben und hatte ein Fernrohr um den Hals hängen. Ich überquerte die Gleise erneut, und da bemerkte er mich.

Einen Meter vor ihm ging ich in die Hocke. Ich pflückte einen Grashalm, führte ihn zum Mund, überlegte es mir dann aber anders. Ich drehte ihn eine Weile in den Fingern, betrachtete den Dreck um die Gleise herum, die Schienen, die in der Sonne glänzten, genoß die paradoxe Stille des Ortes und die Farbe des Himmels, babyblau, wie eine unschuldige Antwort auf einen ungeheuren Schlamassel, in dem wir allem Anschein nach versanken.

«Ich dachte schon, Sie hätten sich aus dem Staub gemacht ...»

Er runzelte die Stirn. Ich las Erstaunen in seinem erloschenen Blick, erfaßte aber sicher nicht den wahren Grund.

«Warum sollte ich?»

«Ja, warum ...»

Trotz des Risikos, daß er mir entwischte, hielt ich an meinem Beschluß fest, daß er mir entgegenkommen sollte, Schritt für Schritt. Ich sah eine Weile in die gleiche Richtung wie er und gestand:

«Ich habe viel über Ihren Bruder erfahren, verstehen Sie. Obgleich er tot ist, wird er mir immer sympathischer ...»

Er atmete tief ein.

«Und ich?»

«Ehrlich gesagt, fühle ich mich ihm mehr verbunden als Ihnen ...»

Er nickte langsam.

«Dabei haben Sie viel Geduld mit mir ... in einem anderen Leben werden Sie vielleicht eine Schlange sein ...»

«Aus Ihrem Mund fasse ich das als Kompliment auf.»

«... Familie der Würgeschlangen ...»

Er war nicht er selbst. Dennoch ging ich über sein Leid hinweg:

«Hat Jaques Sie jemals um Geld gebeten? War er nur neidisch? Pierre, Ihr Bruder und Ihre Schwester liegen im Leichenschauhaus, jeder in einem Fach ... fühlen Sie sich nicht zunehmend einsam?»

Unsere Blicke kreuzten sich, dann wanderte seiner jenseits der Schienen.

«Im Grunde», sagte er, «spielen wir beide, ich meine, jeder seine Partie.»

«Wir spielen?»

«Wir suchen unter der Oberfläche. Erinnern Sie sich an diese Zeichnungen, die wir als Kinder in manchen Zeitschriften gefunden haben? In einem komplizierten Bild, einem Kuddelmuddel aus Formen, galt es, zehn, fünfzehn verschiedene Figuren zu entdecken ...»

«Mir fehlte die Geduld. Ich habe nur die Deutlichsten gefunden.»

«Jaques war wie Sie ... Ich war das Gegenteil. Zuerst habe ich mich nur aus Spaß für Reptilien interessiert. Wo nur in der scheinbar einheitlichen Welt der Pflanzen und Mineralien liegt das Grundmuster? Ja, ein Spiel.»

Er machte eine Pause, lang genug, um einen Hochgeschwindigkeitszug passieren zu lassen. Der Zug war von vorn bis hinten besprüht, so daß die Passagiere an den Fenstern aussahen wie Akteure in einem absurden Theater. Ich für meinen Teil hatte genug vom Spielen. Der Zug verschwand schon wieder aus dem Blickfeld, und Pierre schien plötzlich beunruhigt. Er suchte den Schotter auf der anderen Seite der Gleise mit den Augen ab und lächelte schließlich schwach. Ich folgte seinem Blick, entdeckte den Grund aber nicht.

«Die Schlange verschmilzt mit dem Schotter, dem Dickicht, und dennoch ist sie aus anderem Stoff ... Da, ich bin sicher, Sie sehen nichts.»

Ich hatte die flüchtige Bewegung einer Eidechse erhascht, dachte mir aber, daß er mich auf etwas anderes aufmerksam machen wollte.

«Zugegeben, ich bin Ihnen gegenüber im Vorteil. Ich habe sie mit dem Fernglas entdeckt. Nehmen Sie.»

Er nahm das Fernglas von seinem Hals und reichte es mir.

«Sehen Sie, da hinten, diese Coladose? Ein Stück weiter rechts ...»

Durch die Vergrößerungsgläser wirkte die Schlange riesig. Sie verschmolz tatsächlich perfekt mit ihrer Umgebung. Der Zug hatte sie nicht in die Flucht gejagt. Sie hatte sich zusammengerollt, in Erwartung der Beute. Ihre Haut war dunkel und wie mit gelben Gedankenstrichen und Kommas gesprenkelt.

«Was ist das?»

«Eine gelb-grüne Natter. Sie sind überall an den Bahngleisen. Da staunen Sie, was? So große Schlangen mitten in der Stadt! Eigentlich darf sich niemand auf den Gleisen bewegen. Der Ort ist ideal zum Sonnenbaden und um andere Reptilien zu jagen, solche mit Beinen, die ebenfalls herkommen und die Hitze genießen.»

«Ist sie gefährlich?»

«Es ist eine Natter, also ungefährlich für den Menschen. Sie ist allerdings sehr aggressiv, sie könnte Sie beißen, wird Sie aber nicht töten. Sie entdecken eine ganz neue Welt, nicht wahr?»

«Gestern Abend habe ich im Garten Ihrer Schwester einen Igel gesehen.»

«Und wir sind, wie viele, ein oder zwei Kilometer Luftlinie vom Capitole* entfernt? Kaum zu glauben, nicht wahr?»

«In der Tat ...»

«Tatsache ist, daß die Wildnis immer weniger Möglichkeiten hat, sich auszudehnen, aber trotzdem versucht zu überleben, wie hier.

Ich stand auf und gab ihm das Fernglas zurück. Ich steckte mir eine Zigarette an und starrte ihn eindringlich an. Er wich meinem Blick nicht aus.

«Ich suche das Grundmuster und Sie den Beweggrund. Aber der Beweggrund, der ans Licht kommen wird, erklärt mit Sicherheit nicht alles.»

Vielleicht ebnete er den Weg. Er wirkte so harmlos und unglücklich auf seinem Klappstuhl. Ich hätte ihn in dem Moment nicht allein lassen dürfen.

«Ich fühle mich sehr müde, Capitaine.»

---

* Capitole: Toulouser Rathaus *(Anm. d. Übers.)*.

«Ich werde da sein, nicht weit. Ich möchte nicht auf die harte Tour vorgehen, Pierre. Ganz und gar nicht. Sprechen Sie mit Ihrer Frau. Ich gebe Ihnen eine Stunde.»

Élisa fiel mir in die Arme. Was für eine Überraschung! Sie hatte sofort eine euphorisierende Wirkung auf mich. Ihre Hände waren schwarz von Erde. Ihre Haut hatte einen hübschen, honigfarbenen Teint. Und ihre Augen, die vor Freude glänzten! Bevor ich sie kennen gelernt hatte, hatte ich ja keine Ahnung, daß ein Mädchen in Latzhosen so umwerfend sein konnte. Ich betete, daß sie es nie erfahren würde.

Es war das erste Mal seit ich Simon Crouzet dort erschossen hatte, daß ich einen Fuß in die städtischen Gewächshäuser setzte. Plötzlich kam es mir so vor, als würde ich mich von einer alten Haut befreien, und ich genoß es doppelt. Ich umarmte Élisa, vergrub mein Gesicht in ihren Haaren.

«Hast du aber einen Appetit!», rief sie.

Aus den Gewächshäusern drang blendendes Licht. Die Kuppel schimmerte wie Eis. Élisas Kollegen warfen uns neidische Blicke zu, die mich mit Stolz erfüllten.

«Wir haben fünfzig Minuten ...»

«Ich hatte schreckliche Sehnsucht nach dir. Wie lange haben wir nicht mehr miteinander geschlafen? Ich weiß es nicht mehr!»

«Ich führe dich ins Restau ...»

«Aber ich bin ganz schmutzig!»

«Was stört uns das?»

Wir aßen im «Jamon y Jamon», Avenue Crampel, Menüs für zehn Euro, Tresen aus Steingut, Stierkampfplakate, schnelle Bedienung und ein freundlicher Wirt. Wir bestellten gemischte Vorspeisen, eine Serranoschinken-Käseplatte, katalanischen und genuesischen Salat, aber vor allem verschlangen wir uns mit den Augen.

«Dort, auf dem Tisch», schlug ich vor.

«Das gehört sich nicht, Félix!»

«Aber würdest du gern?»

Sie schloß die Augen, um es sich auszumalen. Élisa war unwahrscheinlich rührend, wenn sie die Augen schloß und gleichzeitig lächelte, es war wie ein Relikt der Kindheit, das sie in sich zu bewahren suchte. Du hast eine großartige Frau vor dir, sagte ich mir dämlich.

«Ja», stieß sie ganz erregt hervor.

Sie schlug die Augen wieder auf. Sie lachte und steckte mir ein Stück Schinken in den Mund, gerade als mein Handy zu klingeln begann. Ich für meinen Teil konnte es mir beim besten Willen nicht vorstellen.

«Was ist los?»

Ich verzog das Gesicht.

«Wir lieben uns ein andermal auf dem Tisch ...»

«Ich habe mich innerlich darauf vorbereitet! Ich habe all meinen Mut zusammengenommen. Félix, du bist nur ein Blender!»

Bestimmt, aber zu meiner Entlastung hatte ich eine neue Leiche am Hals.

## 29

## RÉMI

«Wir werden allein sein, und niemand wird uns stören.»

Rémi hatte gedacht, daß seine Stimme zittern, daß er gar stottern würde. Ihre Festigkeit überraschte ihn. Er schlug sogar einen noch härteren Ton an.

«Ich glaube, daß Sie Jaques getötet haben. Ich habe genug, um Sie in den Knast zu bringen.»

Er legte auf. Plötzlich schauderte er und überflog die Gegenstände um ihn herum mit einem Blick, in dem Zufriedenheit und Ungeduld miteinander stritten. Aber er würde warten müssen. Wegen dem Jungen. Es kam nicht in Frage, ihn jetzt aus dem Bett zu holen und erst recht nicht, ihn ohne Aufsicht zu lassen. Wissen Sie, wie spät es ist? Das hatte ihn in Verlegenheit gebracht. Den Knirps hatte er in seinem Plan vergessen. Er hätte gern aus dem Impuls heraus gehandelt und somit vermieden, zu viel nachzudenken. So war er zu einer langen Wartezeit verdammt.

Rémi hatte die Unruhe und die Angst in der Stimme am anderen Ende der Leitung gespürt.

Das war so gut wie ein Geständnis.

Als er das Wohnzimmer verließ, klammerte seine Mutter sich an seinen Arm. Er musterte sie und war unangenehm berührt von der Verzweiflung, die sie entstellte, aber ein wenig verflog, als sie ihre Fingernägel in sein Fleisch bohrte und wütend hervorstieß:

«Du hast vergessen, was er alles für dich getan hat, und soweit mußte es erst kommen! Egoist!»

Sie hatte schließlich begriffen: die Verpflegung, der Rucksack. Rémi versuchte, ihr seine Hand zu entziehen, aber sie packte nur noch fester zu.

«Und jetzt läßt du mich ganz allein! Was soll nur aus mir werden?»

Er war unfähig, ihr zu antworten. Es gelang ihm, sie zurückzustoßen, und sie blieb schluchzend an die Wand gedrückt stehen. Er rieb sich den Arm und ging zu seinem Vater. Dieser hatte versucht, sich zu bewegen, hatte es aber nur geschafft, sich auf die Seite zu rollen, ohne daß die Beine folgten, so daß sein Oberkörper im Verhältnis zur unteren Partie seltsam verrenkt wirkte. Seine Finger krallten sich in die Treppenstufen. Er war dem Haß und der Verachtung ausgeliefert. Er litt schweigend, die Zähne zusammengebissen. Jeder andere hätte gestöhnt und gejammert, nicht er. Rémi hatte Lust ihm die Meinung zu sagen, aber eine ganze Nacht hätte nicht ausgereicht, und er konnte sich nicht länger im Haus aufhalten. Seine Mutter würde die Situation schließlich meistern. Sie würde den Rettungsdienst rufen.

Sie sahen sich ein letztes Mal an.

Warum hatte dieser Mann ihnen das Leben so schwer gemacht? Vielleicht wußte er es selbst nicht. Rémi grub in seiner Erinnerung nach der Zärtlichkeit, die dieser Mann ihm hätte geben können und fand sie nicht. So sehr er es versuchte, erinnerte er sich auch nicht an die geringste Ermutigung, das kleinste Kompliment. Er steckte den Sarkasmus dieses Mannes ein, wenn er Schwierigkeiten hatte, erduldete seine Gleichgültigkeit, wenn er sich freute. Und immer dieses seltsame Gefühl so zu leben, als müßte er ihm beweisen, daß er es verdient hatte. Sein Vater hätte ein Partner sein sollen und kein Gegner. Rémi hatte sich nicht mit ihm, sondern gegen ihn entwickelt. War das normal?

Könnte Rémi doch nur den Schmerz im Blick seines Vaters erkennen dafür, daß er ihnen das Leben so zur Hölle gemacht hatte. Was hatte ihn an der Liebe gehindert? Hatte sie einmal existiert? Wofür hatte er sie verantwortlich gemacht, bewußt oder nicht? Wofür hatte er sich an ihnen gerächt? Der Alkohol und das Leben in einer undankbaren Gesellschaft erklärten nicht alles. Plötzlich kam es Rémi so vor, als hätte er für eine Vergangenheit bezahlt, von der er keine Ahnung hatte und die ihn nicht betraf. Marcels Worte fielen ihm wieder ein: «Müh' und Pein sind unser Reichtum...» Was soll's! Und dann, erst gestern: «Man hat nur einen Vater.» Nicht unbedingt. Die Blutsbande schienen ihm nicht mehr so eindeutig. Plötzlich konnte Rémi sich schwer vorstellen, daß er aus seinen Eiern hervorgegangen war. Plötzlich dachte er, daß man seinen Vater leugnen und sich einen anderen erfinden konnte. Er konnte sogar behaupten, daß er nicht sein Sohn war. Möglich, daß er noch gar nicht zur Welt gekommen war. In diesem Augenblick konnte er geboren werden. Geboren. Von jetzt an konnte er sich Paul, Rémi oder Pascal nennen.

Oder Jaques.

# 30

## FÉLIX

Ein Schrei, und man sagte mir später, daß alle Fensterscheiben der umliegenden Häuser vibriert hatten wie bei der Durchfahrt des 10-Uhr-18 von Toulouse nach Foix. Der Mann aus Nummer 38 hörte auf zu malen, und der achte Gitterstab seines Gartentors würde häßliche Streifen davontragen. Wegen der herrschenden Temperaturen war es bereits zu spät, um den Schaden wieder gut zu machen. Er ließ seinen mit Farbe vollgesogenen Pinsel fallen, und als er versuchte, ihn aufzufangen, schmierte er sich die Hände voll und anschließend die Stirn als er sich mit verblüffter Miene kratzte. Die Farbe in seinem Gesicht wirkte wie die Spuren des Verbrechens, das er ja auch gerade beging. Aus den Häusern strömten Männer und Frauen, die sich jetzt ruhig verhielten, als stünden sie an einem Grab, was gewissermaßen der Fall war. Die Kanalarbeiter kamen angelaufen, und Marc hatte seine liebe Mühe, sie zur Vernunft zu bringen. Schließlich zog er seine Waffe und stellte sie vor die Wahl zwischen Leben und Tod. Sie entschieden sich für das Leben und wandten sich leicht schmollend dem Mann aus Nummer 38 zu.

«Wo hast du deine Farbe her, mein Junge?»

«Gehört das Haus dir?»

Diese Zielperson war zu verlockend. Der Mann aus Nummer 38 begann, den Bürgersteig mit einem Lappen abzuwischen. Marc steckte seine Waffe zurück. Woraufhin ich dazutrat.

«Wir waren am Ende der Straße», sagte er.

«Wer ist vor Ort?»

«Serge hat mir Olivier Antoine geschickt.»

Ich runzelte die Stirn.

«Er arbeitet vor allem mit Brugnera ...»

«Jedem sein Kreuz ... Jedenfalls ist er nicht umsonst gekommen.»

«Die Ereignisse scheinen ihm ein wenig über den Kopf zu wachsen.»

Da war er nicht der einzige.

Ich wollte den Weg wieder hinaufgehen, aber Marc zupfte mich am Ärmel. «Du gestattest?» Er fischte eine Zigarette aus seiner Brusttasche. Er paffte zweimal kurz daran, blies den Rauch genüßlich aus und reichte sie mir. So rauchten wir einen Moment, ohne etwas zu sagen. Ich spürte die Blicke der Nachbarn auf uns lasten. Fünf Kormorane flogen in einem unregelmäßigen V schwerfällig und ziellos über den Himmel, der in ein schmutziges Blau überging. Marc drückte den Glimmstengel auf dem Betonweg aus und steckte den Stummel ein. Er sah mich an und unterdrückte nur unvollkommen ein Kichern.

«Was ist so komisch?»

«Meine Pappnasen haben einen guten Witz zum Besten gegeben. Willst du ihn hören?»

«Siehst du, was für einen erheiternden Beruf wir haben? Mach schon, ich hab stark den Eindruck, daß er dir auf der Zunge brennt.»

«Der Sohn besucht seinen Vater im Altersheim. Der Sohn fragt: ‹Na, Papa, kümmert man sich hier auch gut um dich?› Und der Vater antwortet: ‹Jedenfalls ist alles gut organisiert. Sechs Uhr: pinkeln. Sieben Uhr: scheißen ...› Der Sohn findet das toll, und da sagt sein Vater: ‹Ja, aber das Problem ist, daß ich um acht Uhr aufstehe!›»

Ich lachte schallend los, und Marc schlug mir andeutungsweise die Faust in die Rippen.

«Was machst du dieses Wochenende?», fragte ich.

«Ich helfe Gaëlle beim Umzug ...»

«Leg meine Sachen beiseite ...»

«Das ist wirklich freundlich von dir, Félix.»

«Ich bitte dich ... Ich dachte, ich könnte ein Barbecue auf der *Julip* veranstalten. Seid Ihr dabei?»

«Du hast Recht, machen wir das Beste draus, solange wir noch am Leben sind ... Fleisch oder Fisch?»

«Fisch.»

Warum Fisch? Vielleicht wegen der Kormorane. Marc begutachtete den Himmel.

«Wäre Scheiße, wenn es regnen würde ...»

Es war schon Scheiße, auch ohne Regen. Aber ich versuchte, weiterhin positiv zu denken, soweit das bei einer Ermittlung möglich war, die uns jeden Tag eine Portion kaltes Fleisch bescherte. Wie auch immer, nichts würde die Toten zum Leben erwecken, und es hing von unserem seelischen Gleichgewicht ab, ob wir die Dinge, auch die Schwerwiegendsten, mit ein wenig Leichtigkeit nahmen. Sogar die Leichenbestatter können dem Leben noch etwas abgewinnen.

Die Ratten in ihrem Käfig machten einen teuflischen Radau. Der Raum stank nach ihrem Urin und verwesenden Pflanzen. Die Sonne gab reichlich Licht, und die Neonbeleuchtung wirkte nicht so kränklich.

Olivier Antoine grüßte mich mit einer knappen Handbewegung. Er war ein Bursche um die Dreißig und erinnerte mich sofort an einen jungen Paläontologen, der in Pakistan Baluchitherien hinterherjagte und den ich vor ein paar Jahren kennen gelernt hatte. Er hatte einen offenen Blick, dunkles Haar und einen Militärschnitt trotz seiner Schmachtlocken in Form von Gazellenhörnern. Er trug einen Diamantsplitter im rechten Ohr, Jeans und ein Kaschmirhemd unter einer flaschengrünen Weste, aus der die Kette einer Taschenuhr hervorschaute. Sein lockeres Äußeres glich die Anspannung aus, die einige seiner Gesten verrieten. Er hatte einen Kreidekreis um die Leiche gezogen und die verschiedenen Bestandteile des Dramas numeriert. Er war blaß, ganz normal, würde ich sagen. Selbst wenn man regelmäßig mit dem Tod seiner eigenen Spezies konfrontiert wird, ist es immer besonders unerfreulich, wenn es sich um ein Kind handelt.

Ich kniete neben Quentin nieder und mein Magen drehte sich um.

«Gottverdammte Scheiße», fluchte Olivier. Die Blasphemie sprach mir aus der Seele.

Quentin war unter schrecklichen Qualen gestorben. Er sah aus wie durch die Mangel gedreht. Seine Haut war bläulich angelaufen. Seine Augen standen weit offen. Sein Brustkorb wirkte gewölbt, als hätte der Junge einen Elektroschock bekommen und wäre während der Operation gestorben, genau in dem Moment, in dem sein Körper sich unter dem Stromschlag krümmte.

«Er ist in die Kehle gebissen worden. Möglich, daß er relativ schnell gestorben ist, an Atemstillstand …»

«Ja», brummte ich und fragte Marc, der zurückgeblieben war: «Hat sein Vater ihn angefaßt?»

«Ich glaube nicht, daß er die Zeit gehabt hat. Ich bin mir sogar sicher. Als wir eingetroffen sind, hat er die Schlange umgebracht. Anschließend haben wir ihn da rausgeholt …»

«Mit Gewalt», fügte Olivier hinzu.

Die Schlange lag ein Stück weiter, den Kopf vom Rumpf getrennt. Olivier hatte auch um die beiden Teile des Reptils einen Kreidekreis gezogen, sich aber offenbar nicht zu nah herangewagt. Pierre Lafleur hatte einen Spaten benutzt. Er hatte die Schlange in rasender Wut entzweigehackt, so daß das Spatenblatt nicht nur das Tier sauber durchtrennt hatte wie ein Zigarrenschneider, sondern auch in den gefliesten

Boden gedrungen war. Anschließend hatte er den Spaten quer durch den Raum geschleudert.

«Zweifellos eine Kobra… von der gefährlichsten Gattung.»

Olivier sah sich gewissenhaft um. Ich erhob mich, betrachtete die Vivarien, entdeckte eine Schlange, die sich auf einem Stein zusammengerollt hatte und mich mit ihren wimpernlosen Augen fixierte, und es überlief mich kalt.

«Was hältst du davon?»

«Es war mit Sicherheit ein Unfall. Aber ich frage mich, was er da zu suchen hatte…»

«Er hat die Schlangen gefüttert.»

Olivier nickte, verbarg seine Ungläubigkeit.

«Also ich sehe die Dinge folgendermaßen… Der Junge ist auf diesen Hocker gestiegen und der ist unter ihm weggerutscht…»

«Und dann?»

«Er hat sich am Rand des Vivariums festgehalten, und das ganze Ding ist mit ihm runtergekommen. Bevor er merkte, wie ihm geschah, hatte die Kobra ihm ihr Gift eingespritzt…»

«Selbst wenn… niemand wäre schnell genug gewesen», bemerkte ich und einen Augenblick später, wie zu mir selbst: *«Das ist die Natur…»*

Meine Gehilfen musterten mich neugierig, aber ich ließ sie zappeln. Olivier wirkte verärgert, als er die Stelle des Bodens untersuchte, an der das Vivarium in tausend Stücke zerborsten war.

«Ja, aber ich habe keine Spur von der Ratte gefunden…»

«Die Tür stand offen», bemerkte Marc. «Wahrscheinlich hat sie sich sang- und klanglos aus dem Staub gemacht!»

Die Anordnung der Gegenstände bestätigte Oliviers Theorie, der eine Frage aufgeworfen hatte, die eine weitere Antwort verlangte. Als wir wieder im Garten waren, fragte ich Marc dann auch:

«Ja, was hatte er da zu suchen? Freitag ist Schule.»

«Der Junge war krank. Seine Mutter hätte bei ihm sein sollen. Davon war sein Vater ausgegangen.»

«Und wo ist seine Mutter jetzt?»

Marc hob ratlos die Arme, und ich sah zu der Galerie hinüber. Wir gingen die paar Schritte zusammen, die uns noch von der Treppe trennten.

«Das beginnt sich zu summieren, Félix.»

«Ein Mord, dann ein Selbstmord und ein Unfall ... Beweise mir die Kausalität, und vielleicht finde ich den Schuldigen.»

«Der dann von Kollateralschäden reden würde», warf er ironisch ein.

«Sie beißen sich da in was fest, Lieutenant!»

«Trotzdem, verdammt, wir hätten sie überwachen lassen können ...»

Manchmal fragte ich mich, ob Marc wirklich für diesen Job gemacht war. Ich würde mich nicht wundern, wenn er eines Tages das Handtuch schmeißen und sich in den Dienst irgendeines Wohltätigkeitsvereins stellen würde. Ich für meinen Teil würde der Menschheit zweifellos den Rükken kehren, aber ich wußte nicht, ob es noch einen Ort gab, an dem das möglich war.

«Nimm es dir nicht zu sehr zu Herzen, Venti. Es ist einfach das Schicksal, das eine Familie heimsucht. In einem Viertel, in dem die meisten Menschen schon ein bißchen tot sind, ohne es zu merken.»

«Du bist vielleicht ein Optimist ...»

«Ich rühre mich während des Sturms nicht von der Brücke», scherzte ich. «Hast du Verstärkung angefordert?»

«Ja. Ich weiß nicht, was sie treiben.»

«Wenn ich mit ihm fertig bin, läßt du die Bude von oben bis unten auf den Kopf stellen. Du wirst ja wohl ein Foto von Valérie Lafleur finden. Gib eine Suchmeldung raus. Es würde mich wundern, wenn du sonst noch etwas findest.»

Ich stieg die Treppe allein hinauf. Pierre Lafleur saß auf einer Bank zwischen den beiden Fenstertüren. Ich sagte mir, daß ihn bald niemand mehr vermissen würde, wenn er hinter Schloß und Riegel käme. Seine Haare schienen weißer geworden zu sein. Er war so leichenblaß, als hätte er selbst seinen letzten Atemzug getan.

Er stand auf, als wollte er sich in meine Arme werfen, und drehte sich schließlich zum Garten um. Er klammerte sich an das Geländer unter dem unreifen Wein. Als ich auf ihn zuging, dachte ich an meinen Traum von der Schlange. Ich legte meinen Arm um ihn, und sein Kopf rollte auf meine Schulter. Der Himmel zog sich weiter zu, vielleicht die Folge der anhaltenden Luftverschmutzung oder der Regenfront, die von Westen heraufzog. Die Kormorane waren bestimmt zum Fluß geflogen und ausgeschwärmt, um in der Strömung zu fischen oder sich irgendwo auf einem toten Ast niederzulassen. Sein ganzer Körper wurde geschüttelt und ich drückte ihn schließlich an mich. Ich strich ihm übers Haar, während er heulte.

## 31

## RÉMI

Es würde ihm an nichts fehlen. Er schlief auf einer Bank und schlief gut. Seine Häutung war noch nicht vollendet, das war ihm bewußt. Durch die Ereignisse der Nacht war er vorzeitig gealtert. Und als er aufwachte, schien es ihm, als ob er die Welt neu entdeckte, sie auf eine andere Weise sah. Er hatte die Vielfältigkeit, die Schönheit nie wirklich mit dem Verstand erfaßt. Vorher hätte Rémi die Bachstelze auf dem Haufen toter Zweige nicht wahrgenommen, die Bisamratte, die gegen den Strom schwamm.

Er reckte sich, griff nach seinem Rucksack und begann, den Fluß hinaufzugehen. Das Ufer war schmal und von Spurrillen durchfurcht, die in der Sonne hart geworden waren. Er ließ die Stadt langsam hinter sich. Die Bäume verbargen den Sportkomplex und die Studentenwohnheime am anderen Flußufer. Dort, wo er sich befand, unterbrach das Viertel Croix-de-Pierre den Flußlauf mit einem sehr hohen, stufenlosen Betondamm – grauenhaft. Er entdeckte den rotweißen Schornstein der Fabrik und verlor ihn hinter den Windungen gleich wieder aus den Augen. Rémi kannte den Ort, denn er war am Tag nach der Explosion dorthin gegangen. An jenem Tag herrschte eine ungewöhnliche Stille, eine Art Grabesstille, furchterregend, weil die Angst vor einer weiteren Explosion darin lauerte. Er war nicht weiter als bis zur Umgehungsstraße gegangen. Ihm war nur daran gelegen gewesen, die Angst auszutreiben. Der Boden war von Trümmern übersät bis hin zu Eisenträgern lang wie Bahnschienen, verbogen, als hätte es sich lediglich um Knetmasse gehandelt. Ein Stahlregen war gefallen. Ein Jahr danach lag immer noch ein Ruinenfeld über ihm.

Sie würden ungestört sein.

Der Damm verschwand hinter ihm und gleichzeitig wurde das Ufer jetzt breiter, bildete Tümpel und kleine Buchten, in denen fauliges Wasser stand, umgeben von einer immer dichter werdenden Vegetation, einem Urwald gleich. Von der Erde stieg der Geruch modriger Fäulnis auf. Plastiktüten und Stoffetzen hingen auf Mannshöhe an den Zweigen. Das Hochwasser hatte noch eine Menge anderen Dreck hinterlassen: Kanister, Reifen, eine alte Matratze, eine Waschmaschinentrommel, alle möglichen eisernen Gegenstände.

*Die Sonnenstrahlen spielten im Unterholz.*

Rémi genoß den Augenblick. Er hörte die Vögel. Er meinte sogar, in dem dichten Laub einen zu entdecken.

Am Ende gabelte sich der Uferweg. Von rechts kam man mit dem Auto von der Route d'Espagne zu einem holprigen Weg entlang der Uferaufschüttung. Nach links bog der Weg ab und verlief sich unter der Ringautobahn, trotzdem wäre es ein Kinderspiel gewesen, jenseits der Eisenbahnlinie, die den Fluß ebenfalls überspannte, über den Zaun zu klettern, der den Zutritt zum Fabrikgelände versperren sollte. Zwischen der Stützmauer der Brücke und dem Fluß lagen etwa zwanzig Meter. Die Mauer war völlig zugesprüht, und auf der Erde fanden sich zerbrochene Bierflaschen, ein Wagenverdeck voller Unrat und Spuren eines Lagerfeuers.

Rémi legte seinen Rucksack ab und ließ sich gegen die Mauer sinken. Er blieb eine ganze Weile sitzen und beobachtete einen Kormoran, der nicht weit von den ersten

Brückenpfeilern im grünen Wasser fischte. Der Vogel war wachsam, er tauchte in regelmäßigen Abständen und kam nie dort wieder zum Vorschein, wo man ihn vermutet hätte. Rémi dachte, daß sein Leben von nun an zweifellos auch so sein würde.

Plötzlich spitzte er die Ohren. Ein Wagen näherte sich. Zuerst hörte er das Prasseln der Steine, die beim Kontakt mit den Rädern aufspritzten. Der Wagen fuhr das letzte Stück im Leerlauf. Rémi sah ihn in letzter Sekunde, als er aus der Kurve kam und aus dem grellen Licht in den Schatten der Brücke schwenkte, die sich in der Windschutzscheibe spiegelte. Der aufgewirbelte Staub senkte sich wieder.

Rémi ging ruhig auf den Wagen zu.

Er öffnete die Beifahrertür.

Er schlüpfte auf den Sitz.

Er stellte den Rucksack zwischen seine Beine.

Er begann, an der Lasche von seinem Rucksack herumzufingern.

Valérie Lafleur roch gut. Ihre Kleidung, Jeans und ein enges Top, unterstrichen ihre appetitlichen Rundungen. Aber Rémi war nicht eingeschüchtert. Er dachte nur, das ist eine Frau, unter der man leidet. Sie musterte ihn. In ihren Augen konnte er nicht viel taugen.

«Ich frage mich, warum ich eigentlich gekommen bin», fing sie an und sah auf den Fluß hinaus.

«Aber Sie sind gekommen ...»

Fast hätte er hinzugefügt: Miststück. Er wandte seinen Blick ebenfalls ab und sagte:

«Wegen der Tagebücher und vielleicht auch, weil *Lieben gefährlich ist ...*»

Sie drehte heftig den Kopf. Erneut sah sie ihn an, aber auf eine andere Art, mit echter Neugier, milder. Diese Worte hatte sie schon einmal gehört, aus dem Mund von Pierre oder Jaques, sie wußte es nicht mehr.

«Wie heißt du?»

«Jaques ...»

Sie war verwirrt. Das machte sie nervös. Sie öffnete ihr Seitenfenster. Sie schwiegen ein paar lange Sekunden. Über ihnen rauschte der Verkehr.

«Jaques ... Seine Tagebücher interessieren mich nicht ...»

«Das ist nicht wahr. Sonst wären Sie nicht hier.»

Er hatte Recht. Gestern Nachmittag hatte sie Jeanne aufgesucht. Sie wollte diese Tagebücher. Jeanne hatte ihr ins Gesicht gelacht wie eine Wahnsinnige. Jeanne wußte Bescheid. Sie hatte gesagt, daß sie sich schämen sollten, daß sie dafür bezahlen würden.

«Sie könnten den Flics in die Hände fallen ...»

Sie lächelte, einschmeichelnd.

«Aber das willst du nicht, stimmt's?»

Er antwortete nicht.

«Hast du sie dort in deinem Sack?»

«Halten Sie mich für bescheuert?»

«Du willst Geld ...»

«Wieviel würden Sie springen lassen?»

Sie tat so, als würde sie nachdenken. Er fingerte noch immer an der Lasche von seinem Rucksack herum. Er öffnete die Schnallen, hielt dann inne.

«Ich denke», sagte er, «daß Sie ihm sauber entwischt sind. Sie sollten nicht mehr von dieser Welt sein.»

Sie zuckte zusammen. Rémis Stimme nahm einen rauhen, beängstigenden Ton an.

«Vor einem Jahr wollte Jaques Sie töten, und ich weiß nicht, was ihn daran gehindert hat ...»

Sie glaubte ihm nicht. Dazu wäre Jaques nicht fähig gewesen. So oder so, er war tot. Und sie vermißte ihn nicht. Sie wollte nur noch eins: diesem Theater ein Ende machen und zu ihrem Sohn zurückkehren.

«Was geht dich das alles überhaupt an?»

Auf den Moment hatte er gewartet. Sie war genervt.

«Du bist nichts als ein dummer Junge. Na los, steig aus dem Wagen ...»

«Ich weiß wirklich nicht ...»

Er bückte sich, tauchte eine Hand in den Rucksack. Sie bemerkte nichts. Sie war ganz mit ihrer Wut beschäftigt.

«Wenn du denkst, daß ich dir Geld gebe, täuschst du dich, mein Früchtchen! Raus hier!»

Seine Hand schloß sich um die Gartenschere. Er ließ den Sicherheitsverschluß aufspringen.

«Sie sind nicht besonders barmherzig gewesen, wirklich nicht ...»

Die Klingen waren zu kurz. Sie schlitzten knapp das Fleisch auf. Valérie Lafleur führte ihre Hände an den Hals. Sie schrie. Ihre Schreie hallten wieder, mischten sich unter den Verkehrslärm. Die Verletzung war oberflächlich, aber das Blut lief, schon durchtränkte es den oberen Teil ihrer Brust, ihr Top. Sie sah ihre blutverschmierten Hände an und schluchzte. Ihre Augen weiteten sich, zunächst mehr vor Schreck als vor Schmerz. Sie suchte den Türgriff. Das war gutes Reaktionsvermögen. Die Tür sprang unter ihrem Gewicht sperrangelweit auf. Aber sie verlor das Gleichgewicht und stürzte zu Boden.

Rémi ging um das Auto herum. Valérie Lafleur wollte aufstehen, aber er verpaßte ihr einen heftigen Fußtritt, so daß sie erneut der Länge nach hinfiel.

*Aber was machst du denn da?*

Er blickte auf die Gartenschere in seiner Hand. Scheißmodell. Ungeeignet. Taugte gerade mal zum Rosenschneiden. Er dachte an seine Mutter. Er ließ die vor Blut und Fett glänzenden Klingen spielen und warf die Schere schließlich fort, die in den wilden Gräsern am Flußufer abprallte.

Valérie kroch auf den Fluß zu, heftig weinend.

Rémi blickte sich um.

Valérie kroch, versuchte nicht einmal mehr aufzustehen.

Worauf hoffte sie? Wäre sie im Wasser weniger verletzlich? Glaubt sie wirklich, sie könnte ihm auf die Weise entkommen? Sie befand sich ganz in Rémis Schatten. Der Schatten hatte kein Gesicht. Ich bitte dich, Jaques ... die einzigen Worte, die sie sprach.

Das entlockte ihm ein Lächeln.

Bald würde sie am Rand des Ufers angelangt sein. Sie würde sich ins Wasser gleiten lassen. Sie war eine gute Schwimmerin. Er vielleicht nicht.

Er bückte sich und hob einen Stein auf. *Was machst du denn da?*

Endlich das Wasser ...

Er hob den Stein auf, hielt ihn hoch. Seine Muskeln traten hervor. Sein Schatten wuchs. *Na was wohl? Ich räche mich!*

Der Stein zerschmetterte ihren Schädel. Ihr Gesicht versank im Schlamm. Langsam vermengte sich die Hirnmasse mit dem grünen Wasser.

## 32

## FÉLIX

Wir bahnten uns einen Weg durch die Menge, und Pierre warf einen letzten verzweifelten Blick auf das Vivarium.

«Wir kümmern uns um alles», murmelte ich, aber er sah weiter über seine Schulter, während die Gaffer sich zurückzogen und wir die Sackgasse hinaufschritten.

Wir gingen schweigend zur Avenue d'Italie und außer ihn zu bitten, den Sicherheitsgurt anzulegen, sagte ich auf dem Weg ins Kommissariat kein Wort.

Pierre schien nicht wirklich zu wissen, wo wir waren. Er hängte sich an mich wie ein Blinder, den ich durch ein mit tödlichen Fallen gespicktes Labyrinth führte. Ich wünschte, er würde von mir abrücken, aber als ich versuchte, mir Luft zu verschaffen und ein wenig Abstand nahm, geriet er in Panik und hängte sich sogleich wieder an mich.

Ich befürchtete, Magali zu begegnen, und bemerkte erst dann die sonderbare Stille, die in den Fluren herrschte, wie an einem Sonntag im August. Wir trafen alles in allem zwei Beamte in Uniform und einen Lieutenant, der auf dem Weg zu seinem Büro in *Le Midi olympique* vertieft war.

«Wollen Sie einen Arzt?»

Er schüttelte den Kopf.

«Etwas zu trinken? Einen Kaffee?»

«Ein Glas Wasser, bitte … Und meine Frau?»

«Wir fahnden nach ihr. Sie wird bald bei uns sein.»

Auch nicht mehr Leute im Aufenthaltsraum. Nur zwei Kollegen saßen an einem Tisch. Sie bereiteten eine Gewerkschaftsversammlung vor und blickten kaum auf. Ich war kein Gesinnungsgenosse von ihnen, und ihr herablassender Gesichtsausdruck ermunterte mich nicht, nach den Gründen für diese ungewöhnliche Stille zu fragen. Ich füllte einen Krug, den ich Pierre in die Hand drückte, und nahm zwei Gläser von der Abstellfläche.

Pierre folgte mir, den Krug vor sich hertragend, als handle es sich um eine Bestattungsurne.

Er setzte sich, ohne eine Einladung abzuwarten, auf den Besucherstuhl. Ich hing meine Jacke an den Garderobenständer, schloß meine Waffe ein, machte es mir in meinem Sessel bequem und warf den Computer an. Selbst wenn ich nur kurz fortging, stellte ich meinen Computer immer ab, seit ich irgendwo gelesen hatte, daß wir ein Kernkraftwerk einsparen könnten, wenn jeder von uns genug Grips besäße, seine elektronischen Geräte, Fernseher und sonstiges nicht auf Standstrom laufen zu lassen. Ich löschte nach Feierabend auch immer die Lichter hinter mir, seit ich mit Verblüffung gelernt hatte, daß in den USA jährlich mehr als hundert Millionen Vögel starben, weil Hochhäuser über Nacht erleuchtet blieben. Während mein Computer hochfuhr, ordnete ich in Gedanken meine Fragen.

«Ich erwarte bedingungslose Kooperation von Ihnen, Pierre. Ich bin nicht mehr in der Lage, Sie zu schonen.»

Er nickte langsam. Sein Blick war offen, aber ich erriet den Schleier, den der Schmerz vor seinen Verstand gelegt hatte.

«Ich fühle aufrichtig mit Ihnen, glauben Sie mir, Pierre. Ich kann mir gut vorstellen, daß Quentin alles für Sie war.»

«Alles.»

Ich füllte die Gläser und schob ihm eins hin. Er streckte eine zittrige Hand aus und trank einen Schluck. Seine Zähne schlugen gegen das Glas.

«Sind Sie bereit?»

«Ich werde alle Ihre Fragen beantworten, Capitaine.»

«Danke ...»

Ich ließ ein paar Sekunden verstreichen, dann behauptete ich:

«Ihre Frau und Ihr Bruder waren Liebhaber.»

«Das ist wahr ...»

«Sie wußten es?»

«Ja.»

«Seit wann?»

«Schon bevor es passiert ist ...»

Ich starrte ihn eindringlich an.

«Seit wann?», beharrte ich.

«Das geht bis August 1997 zurück ...»

«Und wie lange ist das gelaufen?»

«Ein paar Tage.»

«Haben Sie darunter gelitten?»

«Es ist nicht, wie Sie denken, Capitaine. Sie haben mich nicht verstanden, als ich gesagt habe, daß ich es wußte, *schon bevor es passiert ist ...*»

«Ja und?»

Er wich meinem Blick aus und murmelte etwas vor sich hin. Ich hatte verstanden, bat ihn aber, es zu wiederholen. Er richtete seinen Blick wieder auf mich und sagte deutlicher:

«Ich bin unfruchtbar.»

Ich zeigte keine Reaktion, und er fuhr fort:

«Quentin ist Jaques Sohn, vom biologischen Standpunkt aus jedenfalls.»

Eine Szene wurde mir plötzlich in ihrer ganzen Tragweite bewußt. An jenem Tag, im Jardin des plantes, hatte Gaëlle panische Angst um ihren Sohn gehabt, ganz umsonst sicherlich. Jaques hatte ihn mal kurz als seinen eigenen Sohn betrachtet, vorübergehend. Ekel stieg in mir hoch.

Ich stand auf, öffnete das Fenster und atmete tief durch. Draußen herrschte ein Höllenlärm. Trotzdem hätte ich das Fenster gern offen gelassen, aber ich schloß es sorgfältig, bevor ich zu meinem Sessel zurückkehrte. Ich hatte einen Mann vor mir, der nichts mehr zu verlieren hatte. Ein Selbstmordkandidat. Ich würde den Teufel nicht in Versuchung führen. Außerdem war es Zeit, daß das blutige Spiel ein Ende nahm.

«Wir wollten ein Kind, wir wollten es um jeden Preis.»

Die ruhige Atmosphäre verstärkte noch die Niedertracht seiner Enthüllungen. Zugegeben, ich verspürte in dem Moment eine ganz natürliche Abscheu, wenn auch ohne moralischen Zeigefinger, aber ich ließ mir nichts anmerken.

«Da hat eine abwegige Idee Gestalt angenommen ...»

«Wir waren uns beide einig.»

«Wer wir?»

«Valérie und ich.»

Es war noch schlimmer, als ich gedacht hatte.

«Wir hätten uns für den medizinischen Weg entscheiden können, aber wir konnten uns nicht mit dem Gedanken an einen anonymen Spender anfreunden ...»

«Da kommt Ihr Bruder ins Spiel ...»

«Ohne sein Wissen ...»

Ich rieb mir sanft den Nasenrücken.

«Ihre Frau hat ihn also verführt, mit Ihrem Einverständnis.»

«Ja ...»

«Jaques war der Typ des Durchreisenden, ohne Bindung, ein wenig verloren, es war leicht, ihn zum Narren zu halten. Er war der perfekte Zuchthengst!»

Pierre senkte die Augen.

«Sie finden das widerlich, was?»

Es war ganz einfach abscheulich. Jaques Lafleur war das Opfer zeugungspolitischer Machenschaften! Ich klebte vor Ekel an meinem Sitz.

«Jaques war mein Bruder, und wir sahen uns sehr ähnlich. Wenn das Kind ein Junge würde – wer sollte etwas daran auszusetzen haben, daß er ihm ähnlich sah? Er würde auch mir ähnlich sehen ...»

«Als ich ihm Quentins Geburt verkündet habe, hat er sich seine Gedanken gemacht ... Die Geburt erfolgte genau neun Monate nach ihrer ...»

Er zögerte. Ich kam ihm zur Hilfe.

«Ihrer Paarung?»

«Das ist zweifellos das passende Wort. Es handelte sich in der Tat um einen einfachen Paarungsakt. Valérie hat meinen Bruder nie geliebt.»

«Und das hat Sie nicht gestört?»

«Nein ...»

«Ihr Bruder, der mit Ihrer Frau schläft! Sie spielten ein gefährliches Spiel: Ihre Frau hätte sich in ihn verlieben können.»

«Nein ... Ich vertraue ihr.»

«Haben Sie dabei auch nur eine Sekunde an ihn gedacht?»

«Soviel ich weiß, hat er seinen Spaß dabei gehabt.»

Mein Gott, ich hatte immer gedacht, daß sich in den Familien merkwürdige Dinge abspielten, aber auf etwas derartiges wäre ich nie gekommen. Allenfalls hätte ich mir ein Arrangement unter Freunden unter allseitigem Konsens vorstellen können, auch wenn es dafür außer einer zweifelhaften Moral einer äußerst krankhaften Gesinnung bedurft hätte. Aber das hätte ich noch eher nachvollziehen können. Ich brauchte eine Weile zum Verdauen. Mit einer Stimme, in der sich Naivität und Sorge mischten, stellte er eine Frage, die mich noch ein wenig mehr aus der Fassung brachte:

«Jaques hatte keinerlei Rechtsanspruch, oder?»

In der Tat war die Vaterschaft des Ehegatten vor dem Gesetz unanfechtbar. Artikel 339-4 des Code civil legte zum Beispiel fest, daß jede Anerkenntnis der Vaterschaft ungültig war, wenn die rechtsgültige Abstammung des Kindes bereits durch den Status als Mitglied einer Familie nachgewiesen war. Unter legitimer Abstammung verstand man den Tatbestand, daß das Kind vom Ehegatten seiner Mutter war, unter dem Status als Mitglied einer Familie den Tatbestand, daß das Kind wie das eigene behandelt wurde. Im Klartext: Vorausgesetzt Jaques hätte nachweisen können, daß Quentin sein Sohn war, hätte er Kraft der ehelichen Bande und weil er nicht der erste war, der das Kind dem Standesamt gemeldet hatte, vor dem Gesetz keine Chance. Brutal gesagt: Er war der Gefickte.

«Vielleicht, aber das ist noch nicht einmal sicher, es hätte sich anders verhalten, wenn Ihr Bruder Quentin als erster gemeldet hätte... Aber dazu hatte er ganz offensichtlich keine Gelegenheit...»

«Ich habe ihm die Geburt erst sehr spät verkündet.»

«Wie ist er zu der Gewißheit gelangt, daß Quentin von ihm war?»

«Er hat Valérie nach der Geburt mehrmals besucht, immer wenn ich nicht da war. Er hat sie bedrängt, und schließlich ist sie schwach geworden...»

«Ihr Geheimnis hat nicht lange gehalten.»

«Er hat gedroht, Quentin darunter leiden zu lassen. Da hat sie ihm die Wahrheit gesagt, zumindest einen Teil. Sie hat ihm nicht gesagt, daß ich Bescheid wußte. Sie hat ihm erzählt, daß wir versucht hatten, ein Kind zu zeugen, daß ich aber offensichtlich nicht fähig war. Wir waren verzweifelt. Sie allein hatte diese Idee gehabt. Jaques hat den Schock weggesteckt, seine Stimmung hat sich wieder gebessert, und sie hat ihm das Versprechen abgenommen, mir nie etwas davon zu sagen, weil es zu schrecklich für mich wäre...»

Diese Ungeheuer.

«Und dann?»

«Er ist in die Natur verschwunden. Wir dachten, wir wären ihn los, und dann, 2001, hat es ihn plötzlich gepackt!»

«Wie, wie das?»

«Er hat angefangen, Valérie Briefe zu schreiben... Ich denke, es war nur Mache, er wollte uns schaden... Plötzlich liebte er sie! Plötzlich konnte er sich ein Leben ohne *seinen* Sohn nicht mehr vorstellen! Er verlor den Verstand!»

«Sind Sie nie auf den Gedanken gekommen, daß er unter dieser Vaterschaft leiden könnte, die Sie ihm raubten?»

«Warum sollte er?»

Seine Verwunderung, die echt war, verstärkte meine Übelkeit.

«Und als Sie ihn bei seiner Freundin in der Ariège aufsuchten, was wollten Sie? Hatten Sie einen Hintergedanken? Wollten Sie ihn töten?»

«Nein... Er hat mir gefehlt, das ist wahr. Ich hatte das Bedürfnis, mit ihm zu sprechen. Die Sache begann auf mir zu lasten. Aber ich konnte es nicht... Später hatte er seinen Unfall, und damit schien das Problem auf einen Schlag gelöst...»

Ich fragte mich, ob Pierre sich auf diese Weise auch – vielleicht unbewußt – für den Tod des alten Herrn gerächt hatte. Das damalige Drama hatte zweifellos dazu beigetragen, daß sie ihren schändlichen Plan ohne großes Zögern entworfen hatten. Es erklärte, daß gewisse Skrupel gar nicht erst aufgetaucht waren.

«Sicher», bestätigte ich ironisch.

«Aber jetzt ist Quentin tot und...»

Er verbarg sein Gesicht in den Händen und wiegte sich hin und her. War ihm die Ungeheuerlichkeit des Ganzen überhaupt bewußt? Nicht sicher.

«Haben Sie Ihren Bruder umgebracht?»

«Nein», rief er und hob ruckartig den Kopf.

«Das schlimmste ist...»

In dem Augenblick klingelte das Telefon. Ich nahm ab.

«Nett, daß Du mir den Wagen geklaut hast!»

«Es tut mir Leid, Venti», sagte ich verlegen.

«Nicht weiter schlimm, denn es gibt Schlimmeres.»

«Was?»

Er begann zu erzählen, und das Blut gefror mir in den Adern. Meine Haltung entging Pierre nicht, der sich vorbeugte, um mitzuhören und in letzter Verzweiflung versuchte, in meinen Augen zu lesen. Ich drehte mich zum Computer.

«Scheiße ... Verdammt ...»

Als ich auflegte, konnte ich ihm nicht mehr in die Augen sehen.

«Etwas, das mich betrifft?», fragte er fast stöhnend.

Ich machte eine vage Geste, zum Zeichen meiner Verlegenheit und Machtlosigkeit vor dem Schicksal. Dennoch machte ich dort weiter, wo ich aufgehört hatte:

«Das schlimmste ist, daß ich Ihnen glaube.»

Ich ging wieder zum Fenster, so natürlich wie möglich. Manchmal muß man Barrieren zwischen sich selbst und dieser allumfassenden Scheiße errichten. Es ist eine Frage des Überlebens. Ich betrachtete den Himmel, der mich an die Toskana erinnerte. Das Wetter würde schön werden, hoffentlich das ganze Wochenende über. Der Tag war noch lange nicht zu Ende, aber mit ein wenig Glück könnte ich morgen früh einkaufen. Vielleicht würde ich Eusèbe zu meinem Barbecue einladen. Dann wären wir vier, fünf mit Gaëlle. Nein, sechs, mit dem Knirps.

Zurück an meinem Platz lächelte ich Pierre an, besser gesagt, ich bedachte ihn mit einer Grimasse.

«Wollen Sie es mir nicht sagen?»

Fisch also. Aber welchen Fisch? Thunfisch, Lachs, oder Sardinen?

# 33

## MAGALI

Arnaud Pouget feuerte auf seinen Zwerg. Es war 15 Uhr und ein paar Minuten. Der Zwerg war unschuldig. Das Gras war in zwei Tagen nur wenig gewachsen, und auch das hätte ihn keinesfalls irgendeines Vergehens schuldig gemacht. Arnaud Pouget ging auf ihn zu, und als er fast auf Tuchfühlung war, drückte er auf den Abzug seiner doppelläufigen Flinte und schoß die Schrotpatronen ab. Es war ein bißchen, als würde er ein Kaninchen in einem Käfig erschießen. Er konnte sein Ziel nicht verfehlen, und der Zwerg konnte nicht fliehen. Die Fensterscheiben vibrierten von der Detonation. Der Gips flog ins Gras. Arnaud Pouget lud sein Jagdgewehr nach und feuerte erneut, diesmal in den Himmel. Blei prasselte auf eine Veranda. Ein Nachbar beschloß, die Flics zu rufen.

Sylvain Brugnera nahm den Anruf entgegen. Er betastete sein schmerzendes Auge und sann über sein Schicksal nach. Würde er dem Einkaufsausflug ins Carrefour de Portet-sur-Garonne entgehen, den seine Frau für morgen, Samstag, plante? Wie jeden Samstag… Würde er ihr als wandelnder Taschenrechner dienen müssen, weil sie sich – sie könnte sich etwas Mühe geben! – nicht an den Wechsel zum Euro gewöhnen konnte? Oder würde sie darauf bestehen, daß er endlich das Badezimmer fertig täfelte – was für eine abartige Idee! –, und daß er die Täfelung anschließend weiß strich, wie um sich in Norwegen zu wähnen?! Solange sie ihm kein Wochenende bei ihrer Mutter vorschlug? Sein Glück war nicht auszudenken.

«Krach? Wo?»

Sein Veilchen verfärbte sich blaßlila und strahlte bis in den Nacken. Sein gesundes Auge drehte sich in Richtung Rachid Bezzekhara, seinem Teamkollegen für den Tag, ein Flic, der noch nicht verbittert war, und den er ohne allzu große Bedenken in Problemgebiete schicken konnte. Rachid für seinen Teil dachte an seine Nachbarin auf demselben Flur, eine junge Jurastudentin, die entgegen jeder gesellschaftlichen Logik seine Einladung zum Couscous angenommen hatte und die er nach dem Couscous verführen würde – oder davor? Sonntag würde er angeln gehen, ganz allein.

«Es gibt Arbeit», sagte Brugnera und machte sein Schulterholster fest. «Trommle die Mannschaft zusammen. Ich brauche alle, die zwei Arme, zwei Beine und ein Paar Eier haben ...»

«Und ein Hirn?»

«Ich fürchte die Konkurrenz nicht, Rachid.»

«Verständigen wir den Chef?»

Brugnera stellte sich taub, und das Kommissariat leerte sich. Eine Wagenkolonne raste mit heulenden Sirenen durch die Stadt.

Reifen quietschten. Türen knallten. Die Straße wurde an beiden Enden abgesperrt. Die Männer verteilten sich, die einen, mit kugelsicheren Westen versehen, an vorderster Front, die anderen in sicherer Entfernung. Sie bildeten zwei Sicherheitsketten auf beiden Seiten des Hauses in provenzalischem Stil, um die Neugierigen zurückzuhalten, die sich auf den Bürgersteigen versammelt hatten.

«Ich habe sofort zu *meinem* Telefon gegriffen», rief ein Nachbar. «Ich dachte, er würde in *meine* Fenster schießen!»

«Kümmer dich um *deinen* Mist!»

Brugnera brannte auf eine Schlägerei. Vielleicht würde ein entschlossenes Vorgehen ihn von seinem Schandfleck reinwaschen. Er packte seine Waffe und sagte zu Rachid:

«Wenn mir etwas zustößt, sag meiner Frau, daß sie einen Mathematiker heiraten soll ...»

Er rannte auf das Haus zu, leichtsinnig wie ein Mann, der sich selbst etwas beweisen will. In drei Sätzen erreichte er den Bürgersteig.

Die Evolution hat es dem Homo sapiens ermöglicht, aufrecht zu gehen, ohne jedoch die Fähigkeit zu verlieren, sich flachzulegen: ein Glück. Brugnera hielt die senkrechte Position nicht lange. Blei flog erneut durch die Luft und zerstreute sich, wie auch der Mut von Brugnera, der sich im Schutz des Lorbeers auf den Asphalt warf.

Brugnera brauchte einen Augenblick, um wieder zu Atem zu kommen. Er betastete sein Auge, die Wange auf den Bürgersteig gepreßt, und bemerkte eine kleine Eidechse auf dem Mäuerchen. Die Eidechse, so schien es ihm, kümmerte sich einen Dreck um ihn. Er rollte sich auf den Rücken, blieb einen Moment liegen und betrachtete den Himmel, über den große, schwarze Vögel flogen. Dann schrie er Rachid an:

«Beweg dich her. Ich brauch deine kugelsichere Weste ...»

Rachid war jung und wollte alt werden, er hatte wirklich Lust, für seine Jurastudentin Couscous zu kochen und glaubte nicht, daß eine Lorbeerhecke den Kugelregen abfangen würde. Er wollte auch nicht für Brugnera sterben, auch wenn das Blei auf diese Entfernung nicht tödlich war.

Brugnera rollte sich ein nach Art der Gürteltiere. Wäre nicht sein Dienstgrad gewesen, wäre er gekrochen. Er gelangte wieder zu Rachid, der sich hinter ihrem Auto versteckte, dessen Rückspiegel gesprungen war.

«Wie heißt dieser Wahnsinnige?»

«Pouget.»

Brugnera räusperte sich und schrie:

«Pouget! Sie sind umzingelt!»

«Da scheiß ich drauf!»

«Machen Sie es nicht schlimmer, als es ist!»

«Ist mir egal ...»

«Was wollen Sie?»

«Ich werde nur mit Sarkos Frau sprechen!»

Brugnera warf Rachid einen ungläubigen Blick zu, und der zuckte die Achseln.

«Das ist vielleicht mal was Neues! Der spinnt.»

Brugnera überlegte. Dieser Wunsch machte ihn ratlos. Er appellierte an seine ganzen Grundkenntnisse in Sachen Psychologie und fuhr fort:

«Ist dir klar, was du da von mir verlangst, du krankes Hirn?»

«Sie ist hübsch», parierte Pouget höflich, «und außerdem trägt sie einen Rollkragenpullover.»

Brugnera wandte sich an Rachid.

«Aber von wem spricht er denn nur?»

«Bestimmt von Magali.»

Nachbar Nummer 4 stand auf *seinem* Bürgersteig. Ich ignorierte Nachbarin Nummer 6, die mich mit herablassender Miene musterte. Ich bahnte mir einen Weg durch die Menge und ging langsam auf Brugnera zu. Rachid bemerkte die Narben, die an meinem Hals bis zum Haaransatz hinaufreichten, schien unangenehm berührt und wandte seinen Blick ab. Sie würden sich daran gewöhnen müssen. Es gab schlimmeres, ich hätte ein Bein oder einen Arm verlieren können. Brugnera für seinen Teil hatte mich nie wirklich angesehen und bemerkte den Unterschied nicht. Bislang war alles nach Vorschrift verlaufen, unsere Jungs gingen kein unnötiges Risiko ein, und die Nachbarn befanden sich in Sicherheit.

«Wie sieht's aus?», fragte ich.

«Der Typ spielt Heckenschütze, irgendwo aus dem Hinterhalt ...»

«Und er will mit mir reden ...»

«Ja», gab Brugnera mit einem Hauch von Bitterkeit zu.

Ich begann mich von dem Wagen zu entfernen.

«Und du gehst da einfach so hin?»

«Er will mit mir reden, er hat nicht gesagt, daß er mich umlegen will oder?»

«Sie hat was», bemerkte Rachid als ich mich dem Gartenweg näherte.

Ich ging langsam, die Arme weit gespreizt. Die Fenster waren geschlossen, Pouget mußte von der Freitreppe aus geschossen haben, vielleicht sogar von drinnen aus dem Flur.

«Arnaud? Lieutenante Lopez hier ...»

Er antwortete nicht. Ich ging gleichmäßig weiter. Mein Puls schlug normal. Die Tür stand offen, und ich trat in den Flur.

«Sind Sie da?»

Die massige Gestalt verdeckte plötzlich das Sonnenlicht, das durch die Gartentür hereinströmte. Er war aus einem Zimmer auf der linken Seite gekommen. Sein Kopf wiegte unter der handgestrickten Mütze hin und her. Das Licht war deutlich schwächer geworden, und ich mußte meine Augen daran gewöhnen. Seine Gewehrspitze glitzerte kupfern. Er hielt es lässig, aber die Läufe zeigten auf meinen Unterleib. Durch den Rückstoß würde er mich am Brustkorb treffen. Ich wäre durchlöchert wie ein Sieb.

«Ham se 'ne Waffe?», rief er.

«Ja. Machen Sie keine Dummheiten, Arnaud.»

«Hab ich schon!»

«Dann machen Sie nicht noch mehr, bitte.»

«Legen Sie Ihre Waffe auf den Boden.»

Ich gehorchte. Äußerst langsam zog ich meine Waffe aus

dem Holster und bückte mich, um sie an meine Füße zu legen.

«Jetzt kommen Sie auf mich zu.»

Ich ging näher, und er begann gleichzeitig, in den Flur zurückzuweichen. Er bewegte sich mit der Geschmeidigkeit einer fetten Ente. Er beobachtete mich mißtrauisch.

Ich sah den Gips auf dem Rasen verstreut, die leeren Patronenhülsen, die Flasche Ricard auf dem Tisch unter dem Sonnenschirm und die Schale voller fast geschmolzener Eiswürfel. Ruhig zog ich meine Jacke aus, hing sie über eine Stuhllehne und tat als würde ich die Landschaft betrachten.

«Was ist das für ein Baum in dem anderen Garten?»

«Ein Zürgelbaum ...»

«Hübsch, man könnte meinen, wir sind auf dem Land ... »

«Sind wir aber nicht.»

Er setzte sich auf den anderen Stuhl und legte das Gewehr auf seinen Schoß. In dem Augenblick hätte ich ihn in weniger als zehn Sekunden entwaffnen können. Ich betrachtete weiterhin die Bäume und sagte leise:

«Die Nerven sind mit Ihnen durchgegangen, sowas kommt vor. Niemand ist zu Schaden gekommen ... Was haben Sie zu verlieren? ... Sie brauchen eindeutig Hilfe.»

«Hilfe?»

«Um diese Durststrecke zu überstehen ...»

«Die Wüste Gobi, ja.»

Ich musterte die auf dem Rasen verstreuten Überreste des Zwergs und bemerkte:

«Dieser Zwerg hatte ihnen nichts getan ... Sie wollten nur die Aufmerksamkeit auf sich lenken, nicht wahr?»

Als er nicht antwortete, fuhr ich fort:

«Sie waren Jäger, nicht?»

«Früher.»

«Und was haben Sie gejagt?»

«Kaninchen, Rebhühner. Teufel auch, wie ich das geliebt habe! Über die Felder zu laufen! Die frischen, frühen Morgen! Und das Warten! Und der Schoppen Roten, um die Leidenschaft anzufeuern!»

Seine Stimme wurde melancholisch.

«Der Geruch der Erde… Und der Nebel bei Tagesanbruch… Ihnen sagt das alles nichts.»

«Warum haben Sie aufgehört?»

Er warf mir einen gequälten Blick zu.

«Meine Frau mochte es nicht, daß ich jagte. Sie hatte Angst vor dem Gewehr. Also habe ich ihr gesagt, daß ich aufhören und mein Gewehr wieder verkaufen würde. Einen Teil des Versprechens habe ich gehalten. Ich habe mein Schießeisen irgendwo gebunkert. Und dann hat sie mich verlassen… Man macht Zugeständnisse, und dann, zwangsläufig, erkennt man sich selbst nicht wieder, und je weniger man sich selbst erkennt, desto schwieriger ist es, Selbstachtung zu wahren. Man ist keinen Pfifferling mehr wert!

Seine Traurigkeit war mit den Händen zu greifen. Nach ein paar Sekunden fuhr er fort, wie zu sich selbst:

«Kann man so lange fern von seinen Träumen leben? Kann man ganz einfach leben, wenn man ihnen den Rükken kehrt? Ich habe gegen mein Naturell gelebt… Es war mir nicht bewußt… Mit nicht einmal vierzig habe ich das Beste in mir abgetötet… Verdammt! Vorher steckte ich voller Leben, ich habe das Leben in vollen Zügen genossen!»

Ich beobachtete ihn aus dem Augenwinkel. Ich merkte an:

«Als ihre Frau fort war, hätten sie wieder anfangen können…»

«Ich war angewidert. Keine Lust mehr… Und außerdem stehen da, wo ich gejagt habe, jetzt Siedlungen, das sind ganz und gar nicht mehr die gleichen Kaninchen!»

Ein kleiner Vogel mit schwarzem Kopf pickte die Früchte eines Ligusters, der aus einem anderen Garten herüberhing. Ich dachte an Jaques Lafleur inmitten seiner Dornen. Es schien mir auf einmal ganz klar, und ich warf scheinbar gleichgültig ein:

«Jaques kann die Jagd auch nicht gemocht haben ...»

«Wem sagen Sie das! Es hat ihn gestört, daß ich gejagt habe. Wie er mich damit aufgezogen hat! Er sagte, daß die Geister all der Rebhühner, die ich getötet hatte, mir nach meinem Tod das Herz auspicken würden! Ich habe Hunderte davon getötet!»

Wie ich, begann er die Bäume zu betrachten und griff nach seinem leeren Glas. Er füllte es mit dem Wasser der Eiswürfel und führte es an die Lippen. Schon wirkte er erleichtert.

«Er hat mir den Beinamen *Perdrix* verpaßt, für Rebhuhn, aus Spaß. Was für ein Jux!»

Er machte ein saugendes Geräusch mit dem Mund. Das Gewehr rutschte von seinen Knien und fiel zu Boden. Er machte sich nicht die Mühe es aufzuheben.

«Sie waren dicke Freunde, nicht wahr?»

«Sehr dicke ...»

«Sie waren Leidensgenossen ...»

«Ja, genau ...»

Ich wandte mich ihm zu und merkte, daß ich ihn zum Teil vor der Sonne schützte. Er senkte den Kopf, um nicht geblendet zu werden, kauerte sich in meinen Schatten und wirkte dadurch noch dicker. In dieser Haltung sah er aus, als hätte er keinen Hals, das schlaffe Fleisch seiner Wangen ging fließend in sein T-Shirt über. Er tat mir leid. Ich hatte den Eindruck, daß sein Leiden nie ein Ende haben würde.

«Aber Jaques hat noch mehr gelitten als ich ...»

«Warum sagen Sie das?»

«Jaques wollte sterben.»

«Wir spielen alle irgendwann einmal mit dem Gedanken...»

«Woran?»

«Daß es besser wäre, zu sterben...»

Er schüttelte den Kopf, schien wahrhaft verzweifelt.

«Bei ihm war es nicht das gleiche!», rief er aus. «Er... wollte, daß ich ihn umbringe!»

Ich lächelte, aber er konnte es wegen des Gegenlichts nicht sehen. Ich lächelte, weil ich für eine Sekunde nicht anders konnte, als an Félix zu denken, mir das Gesicht auszumalen, das er machen würde.

«Zuerst dachte ich, er spinnt, aber er meinte es ernst... Er fing immer wieder damit an, das... machte mich ganz fertig!»

Er schniefte, betrachtete ein paar Sekunden das Gewehr auf dem Boden, kratzte sich dann langsam im Nacken, wie geistesabwesend.

«Er sagte: ‹Du brauchst dir nur vorzustellen, daß ich ein Rebhuhn bin!› Oder auch: ‹Daß es der Weg wäre, dich an deiner Frau zur rächen, die abgehauen ist, und dich sitzenlassen hat wie den letzten Dreck. Stell dir vor, du würdest mich um diesen Gefallen bitten: Nun, ich hätte nichts dagegen, weil ich genauso unglücklich bin wie du, und außerdem, was hätte ich letztendlich schon zu verlieren?...› Jaques wollte sterben.»

«Das war kein Scherz.»

«Mit Sicherheit nicht...»

«Und haben Sie ihm geholfen?»

«Ich habe ihm gesagt, daß ich es nicht tun würde und dann...»

«Und dann?»

«...hatte ich mit einem Mal das Verlangen...»

«Sie haben das Verlangen gehabt, ihn zu töten?»

«Zu töten, ihn oder einen anderen.»

«Aber es war *er*!»

«Etwas hat mich getrieben, ich weiß nicht was, aber es hat mich dazu getrieben... Es hat mich völlig unvermittelt gepackt, plötzlich hatte ich diesen mörderischen Trieb in mir...»

Auch ich war zuvor einem unkontrollierbaren Trieb verfallen, wenn auch weniger zerstörerisch – zumindest körperlich – aber ich verstand ihn nur zu gut. Ich seufzte. Irgendwann drehten wir alle einmal durch, und es war ein Glück, daß es nicht im selben Moment passierte.

«Wieviel Zeit ist vergangen, bevor Sie zur Tat geschritten sind?»

«Vielleicht zwei Monate...»

Jaques Lafleur hatte reichlich Zeit gehabt, um es sich anders zu überlegen. Aber er hatte sich nicht gewehrt. Er wollte zweifellos ganz einfach sterben.

«Wie sollte es vor sich gehen?»

«Ich verstehe nicht.»

«Jaques hat durchblicken lassen, daß er sich rächen wollte. Aber wie?»

«Ich würde ihn eines Tages aufsuchen und ihn töten.»

«Verstehe, aber dann?»

«Er würde mir eine Waffe aushändigen. Ich sollte ihn nicht mit meinem Gewehr umbringen. Ich würde Handschuhe tragen. Dann würde ich diese Waffe mit seinem Blut daran oben am Haus seines Bruders verstecken... Es ging alles sehr schnell...»

«Und, haben Sie es getan?»

«Nein, das Viertel hat gleich darauf von Flics gewimmelt... Und mir ist plötzlich klar geworden, was ich getan hatte, und ich habe es mit der Angst gekriegt.»

«Wo ist die Gartenschere?»

«Im Keller, auf meiner Hobelbank.»

Ein Geständnis. Die Tatwaffe. Was meine Revanche anging, hatte ich Glück gehabt.

«Und was machen wir jetzt, Monsieur Pouget?»

«Sie trinken doch ein Gläschen Ricard?»

Ich lächelte wieder. Natürlich konnte er die wahre Natur dieses Lächelns nicht verstehen. Ich sagte mit verhaltener Freude:

«Ja, gern.»

## 34

## RÉMI – Heft 2002

September

In der Umgebung von Carbonne bin ich einer Polizeikontrolle entwischt. Ich wußte bereits, daß sie mir auf den Fersen waren.

Das Wesentliche habe ich aus der Zeitung erfahren: Die Festnahme dieses armen Pouget und den ganzen Rest. Er soll Jaques getötet haben. Ich glaube eher, daß er seinem Leid ein Ende gesetzt hat. Er ist nicht so schuldig, wie es aussieht. Ich auch nicht. Mein Verbrechen lastet nicht auf meinem Gewissen.

Ein Spaziergänger hat Valéries Leiche entdeckt. Ich war schon über alle Berge. Die Flics haben «sehr verwirrende Einzelteile» in ihrer Nähe gefunden. Sie konnten noch keine Verbindung zu mir herstellen. Die Tage sind verstrichen, und sie haben Pouget, auch für diesen Mord logischerweise der mutmaßliche Täter, schließlich in diesem Fall für unschuldig erklärt.

Wie sind sie schließlich auf mich gekommen? Ich finde nicht die Worte, um auszudrücken, was ich empfinde.

Montag haben meine Eltern Klage wegen versuchten Mordes eingereicht! Sie haben mich verraten! Die Anschuldigung war schwerwiegend genug für die Polizei, um einen Ermittler zu ihnen nach Hause zu schicken. Er hat die

Tatumstände aufgenommen. Meine Mutter hat ihn auf das Verschwinden der Gartenschere hingewiesen. Mehr Flics sind aufgekreuzt. Sie haben meine Hefte gefunden. Sie haben Fingerabdrücke davon genommen.

Capitaine Félix Dutrey hat in der Dienstagsausgabe der Zeitung erklärt:

«Dieser Fall ist sehr rätselhaft. Rémi scheint in keiner Weise mit der Familie Lafleur in Verbindung gestanden zu haben. Wir fahnden nach ihm. Seine Festnahme wird Antworten auf einige unserer Fragen liefern. Es ist denkbar, daß er zufällig in Besitz der Tagebücher gelangt ist, sie gelesen und sich mit Jaques Lafleur identifiziert hat. Das könnte seine Handlungsweise erklären.»

Sie kriegen mich nicht! Ich laufe! Und ich schreibe! Ich werde unter allen Bedingungen und bei jedem Wetter schreiben!

Dieses erste Heft habe ich als Anhalter am Straßenrand angefangen. Ich habe den Mann nicht gemocht, der mich mitgenommen hat und einen Augenblick gedacht, daß ich ihm wehtun könnte. Er redete über Jaques, er befleckte seine Erinnerung! Jaques war letztendlich nur ein Penner, er hatte bekommen, was er verdiente! Ich hatte Lust, ihm *sehr* wehzutun. Ich habe mich beherrscht. Ich habe gesagt, daß ich aussteigen wollte. Das war kurz vor Carbonne. Ich habe einen Riecher gehabt.

Am Nachmittag habe ich Monbrun-Bocage erreicht, ein hübsches Dorf am Fuß der Ruinen eines Châteaus. Ich habe schöne, saftige Pflaumen gepflückt, Brombeeren dick wie Oliven. Ich bin in ein kleines Tal hinabgeschlichen, in dem es nach Pinien und Ginster duftete. Ich habe auf einer Wiese gelegen und vor mich hingeträumt. Ich habe einen Bussard aufgeschreckt, der auf einem Pflock auf der Lauer lag.

Das ist der richtige Weg. Ich vermeide jetzt die Straßen.

Ich mache kurze Abstecher in die Dörfer, um etwas zu essen zu besorgen. Ich gehe querfeldein. Irgendwann werde ich die Berge erreichen. Dann, und wenn es Wochen dauert, werde ich Mariel wiederfinden. Ich habe ein paar Hinweise. Hoffentlich erkennt sie mich wieder.

Es ist noch schön und mild, und ich habe keine Angst. Mir fehlt noch die Unbeschwertheit, die kommt schon noch. Wenn es regnet, verkrieche ich mich in eine Scheune. Aber im Augenblick bin ich draußen, ich warte auf die Nacht. Das Licht schwindet. Gleich wird die Sonne hinter den Bergrücken untergehen. Ich höre seltsame Geräusche, von Vögeln, Insekten. Ich habe keine Angst, nein. Der Himmel ist herrlich, endlos und coelinblau.

Henri Burton will alles: Geld, Sex und Ruhm, und das sofort. Und er hält sich für einen ganz harten Typen. Zuerst beteiligte er sich an Gewalttaten der politischen Rechten. Dann scheint er die Seiten zu wechseln. Er wird Leibwächter von N'Gustro, dem Leader einer afrikanischen Befreiungsbewegung. Er mischt sich in die große Politik ein. Und N'Gustro muß es ausbaden.

**Jean-Patrick Manchette**
**Die Affäre N'Gustro**
ISBN 3-923208-64-2

Der junge Martin Terrier hatte einen Plan: in genau zehn Jahren wollte er als wohlhabender Mann in seine Heimatstadt und zu seiner Jugendliebe zurückkehren. Um dieses Ziel zu erreichen, trat er als Berufskiller in die Dienste einer «Firma». Jetzt will er aussteigen. Doch die Firma ist von seiner Lebensplanung wenig begeistert.

**Verfilmt mit Catherine Deneuve und Alain Delon.**

**Jean-Patrick Manchette**
**Position: Anschlag liegend**
ISBN 3-923208-65-0

Eugène Tarpon, Ex-Flic, versucht sich als Privatdetektiv in Paris, ohne Erfolg. Als er schon seine Zelte abbrechen und zu seiner Mama aufs Land zurückkehren will, engagiert ihn eine junge Frau, weil ihre Freundin bestialisch ermordet wurde. Doch Eugène Tarpon muß bald erkennen, daß der Fall eine Nummer zu groß für ihn ist ...

**Verfilmt von Jaques Bral.**

**Jean-Patrick Manchette**
**Volles Leichenhaus**
ISBN 3-923208-43-X

Privatdetektiv Eugène Tarpon leidet immer noch nicht an Überbeschäftigung. Da kommt der Auftrag, ein verschwundenes blindes Mädchen zu suchen, gerade recht. Als seine Mandantin, die Mutter der Verschwundenen, kurz darauf vor seinen Augen erschossen wird, ermittelt Tarpon weiter. Aber das hätte er vielleicht besser lassen sollen ...

**Verfilmt mit Alain Delon.**

**Jean-Patrick Manchette**
**Knüppeldick**
ISBN 3-923208-44-8

Aimée ist Killerin und zieht von Stadt zu Stadt. Jetzt ist sie in Bléville, einer kleinen Provinzstadt scheinbarer Wohlanständigkeit. Als ein örtlicher Skandal droht, den es zu vertuschen gilt, bietet Aimée den Honoratioren ihre Dienste an. «‹Fatal› rast wie ein führungsloser Nachtexpreß durch die Phantasie des Lesers. Auf gerade 148 Seiten entrollt der bitterböse Roman die Geschichte eines gezielten Amoklaufs.» *stern*

**Jean-Patrick Manchette**
**Fatal**
ISBN 3-923208-47-2

Die junge Fotoreporterin Ivory Pearl ist ausgepowert von ihren Einsätzen an den Krisenherden der Welt.
Sie zieht sich auf Rat ihres Freundes Farakhan, ein englischer Geheimdienstagent, nach Kuba in die Sierra Maestra zurück. Dort kreuzt die Spur eines Verbrechens ihren Weg, das sich einige Jahre zuvor in Frankreich ereignet hat. Ivory wird plötzlich zur Schachfigur westlicher Geheimdienste und internationaler Waffenhändler.

**Jean-Patrick Manchette**
**Blutprinzessin**
ISBN 3-923208-49-9

Die anarchistische Gruppe «Nada», eine Frau und vier Männer, entführt den amerikanischen Botschafter in Frankreich aus einem Pariser Luxusbordell. Kommissar Goémond, von höchster Stelle beauftragt, die Entführer aufzuspüren, übernimmt die Ausführung mit größtem Eifer.

**Verfilmt von Claude Chabrol.**

**Jean-Patrick Manchette**
**Nada**
ISBN 3-923208-55-3

Eine echte Série noire: Nicolas hat in einer Woche seinen Job, sein Auto und seinen ältesten Kumpel verloren. Dieser soll an einem Herzschlag gestorben sein, was die Witwe bezweifelt. Sie bittet Nicolas, «Privatermittlungen» für sie aufzunehmen. Und der stößt dabei auf andere mysteriöse Todesfälle im Umkreis seiner ehemaligen Mitschüler vom berühmten Pariser Lycée Henri-VI, kurz «H4».
Ein hundertprozentiger Pouy!

**Jean-Bernard Pouy**
**H4Blues**
ISBN 3-923208-73-1

In Enrics Schrebergarten vor Paris wird die Leiche von Laura, einer Schülerin vom benachbarten Gymnasium, gefunden. Das gibt Ärger. Enric beschließt, den Fall aufzuklären, da ihm die Flics sowieso ständig auf die Füße treten. «Verschroben, lakonisch und fesselnd. Nicht nur Krimi, sondern Gesellschaftsportrait *(Hamburger Abendblatt)*.»

**TROPHÉE 813 DU MEILLEUR ROMAN FRANCOPHONE**

**Jean-Bernard Pouy**
**Die Schöne von Fontenay**
ISBN 3-923208-48-0

Die beiden «Schläfer» Benno und Adrien, sind auf Larchmütz, einem Bauernhof in der Bretagne, untergetaucht. Nach 25 Jahren werden sie von der «Orga» reaktiviert. Engagiert nehmen sie den Kampf wieder auf – beobachtet von Momone, der Kuh Nr. 5632 mit telepathischen Fähigkeiten. Aber was sind das für eigenartige Aufträge, die sie jetzt ausführen sollen?

**PRIX POLAR MICHEL LEBRUN**

**Jean-Bernard Pouy**
**Larchmütz 5632**
ISBN 3-923208-45-6

Ein Doppelmord im «Moulin Rouge»: Manfred, homosexueller Startänzer, und Elsa, angehende Garderobiere, werden in inniger Umarmung mit durchgeschnittener Kehle aufgefunden. Gerade der richtige Einstieg für Kommissar Maurice Laice, der nach seinem Aufenthalt in der Normandie wieder nach Paris zurück versetzt worden ist.

**GRAND PRIX DU ROMAN NOIR FRANÇAIS**

**Chantal Pelletier**
**Der Bocksgesang**
ISBN 3-923208-53-7

Kommissar Maurice Laice wurde erneut versetzt, diesmal von Montmartre ins 19. Arrondissement, ins «Chinatown» von Paris. Ein pittoreskes Quartier, wo rebellierende Jugendliche, asiatische Immi-granten und bohemienhafte Bourgeois aufeinanderprallen.
Auf der Suche nach dem Mörder eines alten Chinesen, der beim morgendlichen Tai-Chi im Park Buttes Chaumont erschossen wurde, stößt der Kommissarauf die reiche Bildhauerin Kyu-Lee, die ein Doppelleben führt, und gerät in die Schußlinie.

**Chantal Pelletier**
**More is less**
ISBN 3-923208-66-9

Mexico-City: Polizei-Offizier Carlos Hernández rackert sich ab für einen Hungerlohn. Kleine Nebengeschäfte sind da an der Tagesordnung, will er seine zwei Familien unterhalten und den Chef mitversorgen. Als er in einem heiklen Fall ermitteln muß – Gringos, Kubaner und Kolumbianer bringen sich gegenseitig um, Prostituierte verschwinden – fängt er sich auch noch eine Kugel im Kopf ein. Und sieht alles in anderen Farben ... Der Roman ist ganz nebenbei eine bitterböse Satire auf Machismus und Korruption.

**Rolo Diez**
**Der Tequila-Effekt**
ISBN 3-923208-70-7

Frauenmorde in Ciudad Juárez an der Grenze zu den USA machen Schlagzeilen. Frauen werden gefoltert, vergewaltigt, getötet und in der Wüste Tieren zum Fraß vorgeworfen. Sie arbeiteten fast alle in «Maquiladoras».
In Mexiko-City wird die Tante des Abgeordneten Organza, ermordet aufgefunden. Höchste Diskretion ist angesagt. Also wird Carlos Hernàndez, der Mann für besondere Fälle, mit der Aufklärung beauftragt. Carlos stößt bald auf einen Zusammenhang zwischen einer «Maquiladora» und dem Abgeordneten Organza. Und auf Drogengeld. Viel Geld und viele Tote...

**Rolo Diez**
**Hurensöhne**
ISBN 3-923208-76-6

## In der «Série Noire» sind bisher erschienen:

**Tonino Benacquista**
**Drei rote Vierecke auf schwarzem Grund**
ISBN 3-923208-69-3
**Didier Daeninckx**
**Bei Erinnerung Mord**
ISBN 3-923208-56-1
**Laurence Démonio**
**Eine Art Engel**
ISBN 3-923208-40-5
**Pascal Dessaint**
**Schlangenbrut**
ISBN 3-923208-77-4
**Rolo Diez**
**Der Tequila-Effekt**
ISBN 3-923208-70-7
**Rolo Diez**
**Hurensöhne**
ISBN 3-923208-76-6
**Roberto Estrada Bourgeois**
**Ein Modigliani aus Kuba**
ISBN 3-923208-39-1
**Pascale Fonteneau**
**Die verlorenen Söhne der Sylvie Derijke**
ISBN 3-923208-52-9
**Sylvie Granotier**
**Dodo**
ISBN 3-923208-54-5
**Thierry Jonquet**
**Die Goldgräber**
ISBN 3-923208-51-0
**Jean-Patrick Manchette**
**Volles Leichenhaus**
ISBN 3-923208-43-X
**Jean-Patrick Manchette**
**Knüppeldick**
ISBN 3-923208-44-8
**Jean-Patrick Manchette**
**Fatal**
ISBN 3-923208-47-2
**Jean-Patrick Manchette**
**Blutprinzessin**
ISBN 3-923208-49-9
**Jean-Patrick Manchette**
**Nada**
ISBN 3-923208-55-3
**Jean-Patrick Manchette**
**Westküstenblues**
ISBN 3-923208-62-6
**Jean-Patrick Manchette**
**Tödliche Luftschlösser**
ISBN 3-923208-63-4
**Jean-Patrick Manchette**
**Die Affäre N'Gustro**
ISBN 3-923208-64-2
**Jean-Patrick Manchette**
**Position: Anschlag Liegend**
ISBN 3-923208-65-0
**Chantal Pelletier**
**Eros und Thalasso**
ISBN 3-923208-46-4
**Chantal Pelletier**
**Der Bocksgesang**
ISBN 3-923208-53-7
**Chantal Pelletier**
**More is less**
ISBN 3-923208-66-9
**Jean-Bernard Pouy**
**Larchmütz 5632**
ISBN 3-923208-45-6
**Jean-Bernard Pouy**
**Die Schöne von Fontenay**
ISBN 3-923208-48-0
**Jean-Bernard Pouy**
**Engelfänger**
ISBN 3-923208-57-X
**Jean-Bernard Pouy**
**Papas Kino**
ISBN 3-923208-59-6
**Jean-Bernard Pouy**
**H4Blues**
ISBN 3-923208-73-1
**Serge Preuss**
**Einverständnis vorausgesetzt**
ISBN 3-923208-50-2
**Patrick Raynal**
**In der Hitze von Nizza**
ISBN 3-923208-67-7
**Marcela Serrano**
**Unsere Señora der Einsamkeit**
ISBN 3-923208-61-8
**Jordi Sierra i Fabra**
**Tod in Havanna**
ISBN 3-923208-42-1